VERLAG ANTJE
KUNSTMANN

Axel Hacke

Das Beste aus meinem Leben

Mein Alltag als Mann

Verlag Antje Kunstmann

Für Ursula und David

»Bügäln!«

Manchmal wache ich nachts auf, der Rücken tut mir weh, ich bin steif wie ein Brett und schweißgebadet und denke, ich schaffe es alles nicht, die viele Arbeit und die Familie und die ganze Verantwortung und das Geldverdienen – ich schaffe es nicht.
Warum kann ich nicht einen Schreibwarenladen haben, denke ich dann, einen kleinen Schreibwarenladen, in den die Leute hereinkommen und aus dem sie wieder herausgehen? Dazwischen kaufen sie etwas und lassen dafür ein bisschen Geld da, und ansonsten herrscht Ruhe. Oder warum besitze ich nicht eine Heißmangel, wo es den ganzen Tag nach frischer Wäsche riecht, und abends um halb acht sperrt man zu und geht nach Hause, und Schluss und Tagesschau?
Das sei ja wohl nicht mein Ernst, sagt Paola dann zu mir: Was wüsste ich denn von den Problemen der Schreibwarenverkäufer und Heißmangelbesitzer!? Ich solle nicht immer nach Sicherheit und Ruhe suchen im Leben, sagt sie, ich solle es endlich einmal als Herausforderung sehen. »Das Leben«, rief sie einmal nachts, »ist ein Abenteuer.« Dann nahm sie mich in den Arm und tröstete mich und sagte, ich würde es schon schaffen, alles.
Manchmal wache ich auf, weil mein Sohn schreit, Luis. Er ist gerade zwei Jahre alt, und dann und wann wird er wach und ist ganz verschwitzt und schreit einfach so, und dann und wann schreit er auch nicht einfach so, sondern er schreit: »Bügäln!«

Es hört sich vielleicht komisch an, aber Bügeln ist seine Lieblingsbeschäftigung, jedenfalls das, was er für Bügeln hält. Man holt das Bügeleisen aus dem Flurschrank und das Bügelbrett dazu, und dann bügelt er mit dem kalten Eisen ein Stück Stoff, immer das gleiche Stück Stoff, täglich ungefähr hundertmal.
Neulich ist er mitten in der Nacht aufgewacht und hat »Bügäln!« gebrüllt, und Paola ist zu ihm gegangen, um ihn wieder in den Schlaf zu singen, aber er wollte nicht in den Schlaf gesungen werden. Er wollte bügeln und brüllte »Bügäln!«. Paola sagte, er könne jetzt nicht bügeln, es sei drei Uhr in der Früh, alle Menschen schliefen. Aber er schrie »Bügäln! Bügäln! Bügäln!«, stand in seinem Kinderschlafsack in seinem Bett, rüttelte an den Gitterstäben, weinte – ein kleiner, verzweifelter Mann, der bügeln musste und nicht konnte. Sein Kopf wurde rot, der ganze Mensch wurde Kopf, ein großer, runder, roter, geschwollener Kopf auf einem Schlafsack, ein Kopf, in dem ein einziger entzündeter Gedanke schmerzte, und dieser Gedanke war:
»Bügäln!«
Es half nichts. Paola nahm ihn aus dem Bett, holte das Bügelbrett aus dem Flurschrank und das Eisen dazu, und der Kleine bügelte voller Eifer auf dem üblichen Stückchen Stoff herum.
Wissen Sie, manchmal stelle ich mir vor, dass auch der Bundeskanzler Kohl nachts hochschreckt und verzweifelt in seinem Bett liegt und schwitzt. Oder dass er auf der Matratze steht und »Regierän!« brüllt. Seine Frau sagt dann zu ihm, er könne jetzt nicht regieren, es sei tief in der Nacht. Aber er brüllt weiter: »Regierän!« Dann resigniert sie, geht mit ihm ins Kanzleramt, er setzt sich

ein bisschen an den Schreibtisch und regiert eine Viertelstunde. Darauf bringt ihn seine Frau ins Bett, er sinkt wieder in die Kissen und schläft entspannt ein. Oder ich bilde mir ein, Schummel-Schumi-mit-dem-großen-Kinn rufe im Schlaf »Rennenfah'n!«, gehe in die Garage, setze sich in sein Auto und spiele eine Viertelstunde lang Formel 1, bis ihn seine Frau wieder ins Bett bringt.
Na ja, so ist es wohl mal wieder nicht, aber die beiden wären mir sympathischer, wenn es so wäre.
Was nun den kleinen Luis angeht, so standen Paola und ich eine Viertelstunde lang um ihn herum, während er bügelte, gähnten und dachten, wie merkwürdig doch das Leben sein kann, so merkwürdig, dass es Menschen gibt, die nachts um halb vier um ein bügelndes Kleinkind herumstehen und sagen:
»Fein machst du das! Schön bügelst du!«
Nach einer Viertelstunde hatte er genug. Paola nahm ihn auf den Arm, wir brachten ihn ins Bett, und ich dachte noch, vielleicht macht er ja mal eine Heißmangel auf, er hätte es im Blut. Möglicherweise, dachte ich noch, wird er ja auch Bundeskanzler oder Rennfahrer oder Journalist oder irgendetwas, das ich mir gar nicht vorstellen kann.
Ich flüsterte ihm ins Ohr:
»Du schaffst das schon, alles. Das Leben ist ein Abenteuer!«
Paola sah mich kurz an, gab ihm einen Kuss, sah mich wieder an und fragte müde:
»Was hast du gerade gesagt?«

Findst du mich denn gar nicht bello?

Wissen Sie, wer mir vollkommen wurscht ist? Alain Delon ist mir vollkommen wurscht.
Sie können sich gar nicht vorstellen, wie egal mir Alain Delon ist.
Alain wer? ist? das? überhaupt?
Die neue zweite Kraft bei »Serge, le Coiffeur« in der Sendlinger Straße? Der Favorit im dritten Daglfinger Rennen? Ein Deodorant-Stift von Gillette?
Kann mich nicht erinnern.
Einmal kam ein junger Bursche in die Bar des italienischen Dorfs, das wir in den Ferien immer besuchen. Er war anscheinend nicht aus der Gegend und fragte die verrückte Alte, die oft im geblümten Kittel am einzigen Tisch sitzt, ob er sich setzen dürfe, und sie sagte:
»Wenn du Alain Delon wärst…«
»Was wäre dann?«
»Wenn du Alain Delon wärst, dann würde ich mir das Gebiss rausnehmen und dir einen…« (Entschuldigung, für das letzte Wort hat leider mein Italienisch nicht gereicht.)
Toll, was Alain Delon für Frauen haben kann, was?
Na, wie gesagt, mir ist er egal.
Wie komme ich überhaupt auf seinen Namen?
Ich komme darauf, weil ich sehr oft zusammen mit der Frau meines Lebens Filme anschaue, sagen wir, nur ein Beispiel, *Die Farbe des Geldes* mit Paul Newman. Wir sitzen zusammen auf dem Sofa, und ich schaue und schaue, und Paola schaut und seufzt, und ich schaue zu

ihr, und sie schaut zu Paul Newman und seufzt, und ich schaue wieder auf den Bildschirm, und sie auch und seufzt, und ich schaue wieder zu ihr, und sie seufzt, den Blick auf Paul Newman gerichtet. Und ich frage:
»Was seufzt du eigentlich dauernd so?«
Und sie seufzt.
»Sag's ruhig«, sage ich ruhig, »kannst es ruhig sagen.«
Und sie seufzt.
»Ach«, sagt sie dann seufzend und schaut mich an, als Paul Newman einmal kurz nicht auf dem Bildschirm zu sehen ist, »wie souverän er ist…«
Und ich seufze.
Dann nehme ich meine Rhett-Butler-Maske aus dem Schrank, tanze ein paar Schritte durch das Zimmer und singe das Lied aller Männer, die mit ihrer Frau zusammen Filme anschauen:

»Bin nicht Brad, bin nicht Pitt,
bin nur Du-hu-hurchschnitt.
Bin nicht Al, nicht Pacino,
sitz nur neben dir im Kino.
Bin nicht Redford, nicht Marcello –
findst du mich denn gar nicht bello?«

Klasse, oder? Aber jetzt hören Sie den Refrain:

»Bin nicht Clark, bin nicht Gable,
aber ich hab' einen Faible:
für dich!
Bin nicht Cary, bin nicht Grant,
aber mein Herz, das brennt:
für dich!«

Jedenfalls ist es besser, als es zu machen wie mein Onkel Heinz. Vor vielen Jahren sah meine Tante Elma einmal Omar Sharif in *Doktor Schiwago*. Wochenlang sprach sie bei jeder Gelegenheit von Omar, seiner Leidenschaft und Männlichkeit, so lange, bis der Onkel mit rotem Kopf in den Keller rannte, sich eine Axt holte und im Garten eine mittelgroße Tanne fällte, bei jedem Hieb brüllend: »Doktor Schiwago! Doktor Schiwago!«

Das ist lange her. Onkel Heinz ist schon tot, Tante Elma lebt bei ihrer Tochter und den Enkeln, und Omar ist wahrscheinlich auch schon Opar.

Wie hieß jetzt noch mal dieser Typ, der mir völlig schnuppe ist?

Richtig: Alain Delon. Was also nun Alain Delon angeht, so hatte ich kürzlich einen kleinen Streit mit meiner Frau, in dessen Verlauf ich mich sehr erregte, zu allerlei Unverschämtheiten verstieg, schließlich sogar das Haus verließ, um in einem Lokal in der Nähe zu trinken, dann zurückkehrte, mich weiter in der Wortwahl vergriff, bis Paola mich schließlich anschrie:

»Was glaubst du eigentlich, wer du bist? Alain Delon, oder was?«

Gut, dass mir ausgerechnet Alain Delon so total gleichgültig ist.

Ein Kühlschrank hat Angst

Ich saß mal wieder nachts in der Küche und starrte aus dem Fenster in den Hinterhof und auf das gegenüberliegende Haus, in dem gerade das letzte Licht hinter einem Fenster im vierten Stock erloschen war. Es war die Stunde, in der ich mich oft mit Bosch unterhalte, meinem sehr alten Kühlschrank und Freund. Ich trank Rotwein.

»Ich hätte auch gerne mal Rotwein«, sagte Bosch. »Nie stellst du Rotwein in mich rein.«

»Rotwein ist nichts für Kühlschränke«, antwortete ich, »und Kühlschränke sind nichts für Rotwein.«

Sein Motor brummte ein bisschen mürrischer als sonst, und ich fügte hinzu: »Ich habe gelesen, dass es bald Kühlschränke mit eingebautem Computer geben wird. Sie werden an das Internet angeschlossen und können selbständig im Supermarkt Nachschub bestellen, wenn keine Butter mehr da ist oder keine Erdbeermarmelade. Und wenn das Verfallsdatum der Milch abgelaufen ist, bestellen sie auch Milch. Solche Kühlschränke könnten sich auch selbst Rotwein kommen lassen.«

»Und wie kommt die Butter dann hierher und der Wein?«, fragte Bosch.

»Ein Bote bringt sie«, sagte ich.

»Schade«, sagte Bosch. »Es wäre doch schön, wenn die Kühlschränke auch selbst einkaufen gehen würden. Sie könnten in die Geschäfte gehen und Butter, Milch und Marmelade holen, und an der Kasse würden sie ihre Tür öffnen, und die Kassiererin könnte gleich alles in ihren

Leib hineinstellen. Sie bräuchten nicht einmal einen Einkaufskorb.«

»Aber wie willst du in den Supermarkt kommen?«, fragte ich. »So ein langes Elektrokabel gibt es nicht.«

»Man bräuchte halt einen Akku, der sich auflädt und zwei, drei Stunden hält«, sagte Bosch. »Ich habe gehört, dass es Akkus gibt. Der kleine Black & Decker hat es mir erzählt, der Tischstaubsauger, weißt du. Er hat selbst einen Akku.« Er seufzte. »Man würde auch mal andere Kühlschränke kennenlernen. Wir könnten uns beim Einkaufen treffen und über alles reden. Ich habe gehört, dass es auch Kühlschränke gibt, die Siemens heißen oder Liebherr. Und ich würde so gerne mal in ein Geschäft gehen und selbst einkaufen. Ich war noch nie in einem Geschäft, außer in dem Laden, in dem du mich gekauft hast, damals.«

Ich machte seine Tür auf, um mir ein Stück Käse zu nehmen. Er atmete mich kühl an, wie immer, aber irgendwie kam es mir vor, als leuchte er besonders hell, wenn er so erzählte. Er hat ja wirklich nur mich zum Reden und ein paar Elektrogeräte in der Küche. Aber die meisten mag er nicht: Der Herd sei ein Idiot, sagt er immer, alle Herde seien Idioten, und die Mikrowelle sei schon gar nicht sein Fall, ein hysterisches junges Ding, das ihn anschwärme, weil er so cool sei, immer so herrlich cool. Ich hatte auch gelesen, dass ein Professor in den USA beabsichtige, nicht mehr bloß Herzen und Lebern, sondern auch Köpfe zu verpflanzen. Eines Tages wird es soweit sein, dass man Köpfe auf Kühlschränke verpflanzt, dachte ich, und Beine wird man auch dranmachen, und dann wird so ein Bosch mit ins Wohnzimmer kommen können, wenn ich Fußball sehe, und

ich muss nicht mehr aufstehen zum Bierholen. Andererseits: Wenn man manchmal gewisse Managertypen im Flugzeug sieht – vielleicht machen sie das alles ja schon längst, das mit den Köpfen auf Kühlschränken. Und wir wissen es nur nicht.
Ich war wieder zum Fenster gegangen und blickte ins Dunkel hinaus. »Ich bin schon zu alt für diese Computer und dieses Internet«, sagte Bosch leise. »Für mich kommt das alles zu spät. Manchmal fühle ich mich krank, und der Kompressor tut so weh, und ich habe Angst vor Kühlmittelkrebs.«
»Ach was«, sagte ich. »So jammerst du schon seit Jahren. Du bist noch bestens in Schuss und so schön rund, und du brummst so sonor und bist nicht so ein dämlicher, unauffälliger Einbaukühlschrank wie die anderen.«
»Du wirst mich nicht verkaufen?«, fragte er noch leiser als vorher. »Du wirst mich nicht, ähm, entsorgen, nicht wahr? Du wirst dir nicht so ein junges Internet-Ding zulegen?«
»Nie im Leben!«, rief ich. »Keiner kühlt mein Bier wie du! Und jetzt lass uns schlafen gehen!« Ich gab ihm einen Klaps auf die Tür. Er hörte auf zu brummen. Ich ging auf den Flur hinaus und zum Schlafzimmer, aber auf halbem Wege kehrte ich noch einmal zurück, nahm die angebrochene Flasche Rotwein vom Tisch, öffnete den Kühlschrank und stellte sie hinein.

Eine plötzliche Erkrakung

Manchmal begegnet einem ein schönes, unbekanntes Wort so unverhofft, wie man bei einem Spaziergang durch den Dschungel vielleicht plötzlich einem seltenen und schillernd bunten Schmetterling gegenübersteht.

So geschah es mir, als ich vom Mittagessen in mein Büro zurückkehrte und ein Eilt!-Eilt!-Fax auf meinem Schreibtisch vorfand, abgesandt vom Sekretär des Herrn O., eines berühmten und bedeutenden Mannes, mit dem ich am nächsten Morgen verabredet war. Herr O., teilte mir sein Sekretär mit, könne unseren Termin leider nicht einhalten – und zwar »wegen einer plötzlichen Erkrakung«.

Fassungslos bedachte ich das Schicksal des O., welches so unerwartet über ihn hereingebrochen war. Eine Erkrakung! Schlimm wäre ja schon eine unvorhergesehene Erkrankung gewesen. Aber eine Erkrakung? Das klang wie etwas Unheilbares, Nichtwiederrückgängigzumachendes.

Ich stellte mir vor, wie O. noch sein Frühstück gemeinsam mit der Ehefrau verzehrte, die Hand mit der Marmeladensemmel zum Mund führte... Wie aber dann im Laufe des Vormittags aus eben dieser Hand und dem dazugehörigen Arm ein Tentakel wurde mit Saugnäpfen sonder Zahl, wie auch der andere Arm sowie die Beine sich in Fangarme verwandelten, wie der Mund zu einem Schnabel wurde, der ganze O. zu einem schleimig-weichen Polypen, ein erkrakter Mann, der seine Umgebung anstarrt »mit seinen hasserfüllten, menschenähnlichen Augen, während seine pneumatische Haut von Grau zu Violett wechselt, seine Saugorgane auf- und zuklappen, aus seinem Maul Wasserstrahlen sprudeln«, getreu Vilém Flussers Krakenbeschreibung in seinem Buch *Vampyrotheutis infernalis.*

Gut, dass man die Verabredung noch abgesagt hatte, dachte ich, sonst hättest du mit ihm kämpfen müssen, wie einst die Besatzung der »Nautilus« in Jules Vernes *20000 Meilen unter dem Meer* mit dem Kalmar kämpfen musste. Oder du wärst von ihm verzehrt worden, wie Odysseus' Freunde von der zwölffüßigen, sechsköpfigen Skylla verzehrt wurden, »das Ärgste von allem, was je meine Augen gesehen«, berichtete Odysseus.

Dann dachte ich an Alfred Polgars Geschichte über das Urich. Polgar blieb einmal beim flüchtigen Zeitungslesen an einem Satzstück hängen, das lautete: »... so spürt das Urich sich seiner übermächtigen Leidenschaften beraubt...« Gleich trat vor sein inneres Auge ein gewaltiges, elefantengroßes Urich mit langem, drahtigem Schweif, den es benutzte, sich selbst die Flanken zu peitschen, ein Tier mit scharfem Gebiss und tückischen Augen, gewöhnt, seine übermächtigen Leidenschaften an Hirschkuh und Gazelle, ja selbst an Löwinnen auszutoben. Nun aber schrie dieses Tier in des Autors Träumen immerzu jammervoll, es fühle sich seiner übermächtigen Leidenschaften beraubt.

Dann las Polgar den Zeitungsartikel noch einmal und entdeckte, dass dort nicht von einem Urich, sondern vom Ur-Ich die Rede gewesen war, dem reinen, der menschlichen Natur eingepflanzten Ego.

Ich nahm mir meinerseits den Faxbrief ein zweites Mal

vor, sah aber, dass ich mich keineswegs verlesen hatte. Zwar hatte der Sekretär möglicherweise von der »Erkrankung« des O. Mitteilung machen wollen, geschrieben hatte er indes eindeutig »Erkrakung«. Und so sandte ich O. meine besten Wünsche an sein Krakenlager. Mit ein bisschen Krakengymnastik und einer guten Krakenversicherung werde alles schon wieder werden, schrieb ich. Aber ich weiß bis heute nicht, ob er sich wieder entkrakt hat. Weder O. noch sein Sekretär haben sich nach meinem Brief je bei mir gemeldet.

Leider nein

Also, wir haben hier nun zuerst einen sehr höflichen Zweijährigen, welcher anscheinend, ohne es zu wollen, in eine frühe Trotzphase geraten ist.
»Lieber Luis, hast du Hunger?«, fragt Paola.
»Leider nein«, sagt Luis.
»Möchtest du nicht eine Semmel mit Marmelade zum Frühstück?«
»Leider nein«, sagt Luis.
»Oder hättest du gerne ein paar Cornflakes?«
»Leider nein.«
»Ja, aber du musst doch irgendetwas essen!«
»Leider nein.«
Man sieht: Er bedauert sehr, dass er seinen Eltern solche Ungelegenheiten machen muss, doch die Trotzphasen kommen und gehen, da kann man nichts machen als kleiner Mensch. Aber die Zeit schreitet fort, und es liegt in der Natur von Trotzphasen, dass sie sich mit der Gewalt von Hurrikanen entwickeln. Alle Höflichkeit wird hinweggefegt, und jedes vom Trotz zermürbte, porös gewordene Leider verfliegt im Wind – auch bei diesem kleinen Herrn hier.
»Luis, schau, hier ist so schöner Griesbrei, davon musst du etwas essen«, sagt Paola.
»Nein«, sagt Luis.
»Aber wenn du nichts mehr isst, wirst du ganz dünn, hast keine Kraft und kannst nicht mehr spielen«, sagt Paola.
»Nein«, sagt Luis.

Sein Mund bildet einen dünnen Strich.
»In der Trotzphase entdeckt das Kind seinen eigenen Willen«, sage ich. »Es experimentiert damit, ohne Sinn dafür, wo es angebracht ist und wo nicht.«
»Ach ja?«, seufzt Paola.
»Pass auf!«, sage ich und nehme einen Löffel Griesbrei. »Dies hier ist ein Feuerwehrauto, und es will in die Garage: Tatütata!«
Der dünne Strich klappt auf, und das Feuerwehrauto fährt in die Garage, das erste Feuerwehrauto der Welt, das mit Martinshorn in die Garage fährt.
»Siehst du!«, sage ich zu Paola. »So macht man das. Jedes trotzige Kind kann man mit einem netten Spiel überzeugen.«
Ich nehme einen zweiten Löffel Griesbrei.
»Achtung!«, rufe ich, »hier ist noch ein Feuerwehrauto. Tatütata!«
Der Mund bleibt hart. Ich wiederhole das Tatütata. Die Garage bleibt zu. Tatütata zum dritten. Nichts.
»Kannst du es mir noch mal zeigen?«, fragt Paola lächelnd. »Ich habe es beim ersten Mal nicht gesehen.«
»Tatütata!«, rufe ich, ein letztes Tatütata.
Der Mund öffnet sich.
»Nein!«, sagt der Mund. Außerdem entquillt ihm der Griesbrei vom ersten Löffel.
»Er hat halt keinen Hunger«, sage ich.
»Nein«, sagt der Mund.
»Ich kann das Wort Nein nicht mehr hören«, sagt Paola. »Wenn ich mit ihm spazierengehe, springt er aus dem Buggy, und wenn ich ihn rufe, sagt er ›Nein‹. Wenn ich ihn wickeln muss, windet er sich auf der Kommode und schreit ›Nein!‹. Wenn ich ihm Schuhe anziehen will,

macht er sich steif wie ein Brett und brüllt ›Nein!!‹. Und jetzt muss ich mit ihm in den Drogeriemarkt... Kannst du nicht mit ihm gehen?« Sie fügt leise hinzu: »Ich... schaffe... es... nicht.«

»Ich, ähm, habe eine sehr dringende Arbeit zu erledigen«, sage ich.

»Bitte!«, sagt sie.

»Also gut«, sage ich. Ich habe alle Trotzphasen hinter mir und bin gereinigt von eigenem Willen.

So mache ich mich mit Luis auf den Weg zum Drogeriemarkt. Als ich ihn in den Kindersitz des Einkaufswagens setzen will, schreit er »Nein«. Als ich ihn daran zu hindern trachte, das Regal mit der Zahnpasta auszuräumen, brüllt er »Neinnein«. Als ich ihm erkläre, er solle sich nicht mitten im Geschäft auf dem Boden wälzen, kreischt er »Neinneinnein«. Ich versuche, Babynahrung aus dem Regal zu nehmen, er öffnet währenddessen eine Packung Präservative. Ich überlege, welche Windelmarke ich nehmen soll, er versprüht derweil Glasreiniger über die Kräutertees. Ich laufe schnell zum Toilettenpapier, er untersucht den Schrank mit den teuren Pudern. Ich haste nervös wieder zu ihm, er pudert sich die Nase. Ich rutsche auf einer Dose Haarspray aus, die er auf den Boden geworfen hat, krache fallend in das Sonderangebot von Kölnisch Wasser und brülle: »Hör endlich auf damit und bleib bei mir!«

»Nein«, sagt er.

Über mir erscheint das Gesicht einer Verkäuferin. Sie sagt: »Es ist doch ein kleines Kind! Können Sie sich denn gar nicht beherrschen?«

Und ich murmele: »Leider nein.«

Blau macht mich so blass

Sicher wollen Sie wissen, warum ich so einen schönen auberginefarbenen Pullover anhabe, was? Na gut, ich werde es Ihnen erzählen.
Manchmal sieht man ja Männer, sitzend in Boutiquen, und sie haben traurige Augen, und sie denken an Fußball oder an das Steuersystem oder an Proschinsky, das Schwein vom Controlling, mit seinen Intrigen. Und vor ihnen geht die Frau ihrer Träume auf und ab, und sie probiert eine Bluse, und sie probiert eine Hose, und sie probiert eine Jacke, und sie probiert Schuhe, und die Männer denken »Ach…« und blicken nach innen. Solche Männer sieht man manchmal, und neulich war ich einer von ihnen.
Es war einer von jenen Tagen, an denen Paola, meine Frau, nichts anzuziehen hat. Sie steht dann vor dem Kleiderschrank und hat nichts anzuziehen und nimmt einen Rock und tut ihn wieder weg und hat nichts anzuziehen und nimmt einen Pullover und hält ihn sich vor den Oberkörper und tut ihn wieder weg und hat nichts anzuziehen und streift ein Kleid über und streift es wieder ab und tut es wieder weg und hat nichts anzuziehen, aber auch reineweg gar nichts. Und das, was sie hat, kann sie nicht mehr sehen. Und überhaupt sei sie so hässlich. Ob ich sie noch anschauen könne, so hässlich wie sie sei? Mich überfiel ein schlechtes Gewissen. Ich rief, dass ich ihr gerne etwas kaufen würde, etwas Schönes zum Anziehen. Wir gingen in den sehr bedeutenden Laden eines sehr bedeutenden Modeschöpfers. Das Geschäft wirkte

irgendwie leer, und ich dachte, vielleicht sei dem Modeschöpfer in letzter Zeit wenig eingefallen, oder jedenfalls wenig sehr Bedeutendes, und dann dachte ich an Loriots Bemerkung, als er in einem Restaurant eines sehr bedeutenden Kochs sein Essen serviert bekam: Es sieht sehr übersichtlich aus.
Eine sehr bedeutende Verkäuferin servierte uns Kaffee, und von ganz hinten kamen doch Kleider und Röcke und Blusen und Westen und Mäntel und Schuhe zum Vorschein. Paola probierte dies und probierte jenes, nahm etwas Enges und etwas Weites und etwas Langes und etwas Kurzes und dann etwas Blaues, und dann fragte sie mich: »Wie gefällt es dir?«
Ich sagte: »Ich finde es zauberhaft.«
Sie sagte: »Unsinn, Blau macht mich so blass.«
Sie zog etwas Violettes an, fragte mich wieder, und ich sagte, ich fände es wunderbar. Sie sagte bloß: »Mmmmmmh-nein.« Dann nahm sie etwas Türkisfarbenes und fragte: »Und das?«
»Oh, es ist toll!«
»Immer findest du alles toll.«
»Aber es ist toll.«
»Ach.«
Dann probierte sie etwas Gelbes, und ich sagte zur Abwechslung: »Gefällt mir nicht.«
»Schade«, sagte sie, »ich mag es. Aber wenn es dir nicht gefällt …«
Die sehr bedeutende Verkäuferin servierte noch mal Kaffee.
Ich glaube, etwa zu dieser Zeit begann ich an Fußball zu denken. Ich machte mir Vorwürfe deswegen, weil ich Paola eine Freude hatte machen wollen, und nun war

ich hier so wenig bei der Sache. Dann dachte ich an das Steuersystem und machte mir mehr Vorwürfe: Hier, vor dir, geht die Frau deines Lebens, dachte ich, und du wagst es, an das Steuersystem zu denken?! Als ich an Proschinsky, das Schwein, zu denken begann, stand Paola vor mir mit etwas Rotem.
»Es ist süß«, sagte ich.
Paola zischte: »Ja, aber es ist aberwitzig teuer.«
»Lass es uns trotzdem nehmen«, flüsterte ich verzweifelt.
»Niemals«, sagte sie, »es ist unverschämt.«
Ich hätte es gekauft, schon weil die Verkäuferin soviel Kaffee gemacht und mich irgendwie eingeschüchtert hatte, aber Paola zog sich um und mich zum Ausgang, die Verkäuferin mit einem Berg Ware zurücklassend.
»Das können wir nicht machen«, sagte ich, »alles probieren und nichts kaufen.« Gleichzeitig machte ich mir Vorwürfe, dass ich mich von einer Verkäuferin einschüchtern ließ. Paola wirkte erfrischt.
In der Fußgängerzone kamen wir bei einem Herrenausstatter vorbei. Paola drückte mich hinein. Ich war sehr müde von all den gelben, grünen und roten Sachen und von den Selbstvorwürfen auch, probierte apathisch den auberginefarbenen Pullover an, den Sie nun an mir sehen, und kaufte ihn.
»Er ist toll«, sagte Paola.
»Aber wir wollten doch etwas für dich kaufen«, sagte ich.
»Ach was«, sagte sie, »ich brauche nichts.«
So kam ich zu dem Pullover, den ich trage. Heute morgen stand Paola übrigens verzweifelt vor dem Schrank, und weil mich das schlechte Gewissen überfiel, wollen wir in die Stadt gehen, um etwas für sie zu kaufen. Mal sehen, was ich diesmal bekomme.

Als ich die Bademeisterin fraß

Neulich las ich die Gesundheitstipps in einer Zeitschrift. Mitten aus diesen Gesundheitstipps heraus blickte mich das Gesicht Franzi van Almsicks an. Und Franzi van Almsick sprach also zu mir etwa wie folgt:
Ich hab's euch immer schon gesagt, ihr sollt schwimmen dreimal die Woche und sollt euren Pulsschlag dadurch erhöhen, wie es auf den Gesetzestafeln des Sportbundes verzeichnet ist, auf dass ihr gesund bleibt und den Allgemeinen Ortskrankenkassen nicht zur Last fallt. Und ihr sollt jeweils eine halbe Stunde schwimmen und unter Wasser ausatmen, und wenn ihr also tut, das ist optimal, und ihr werdet euch dann nie einer Koronargruppe anschließen müssen.
Ich blickte an mir herunter und sah, dass ich fett war, fühlte mich kurzatmig, hässlich und herzkrank und tat, wie Franzi mich geheißen hatte, ging schwimmen, dreimal die Woche, atmete unter Wasser aus und über Wasser ein und verwechselte beides nur einmal, dann nie wieder. Ich kaufte mir eine Schwimmbrille und betrachtete, während ich schwamm, die anderen Schwimmer von unten: eine merkwürdige, ins Babyblau des Bassins getauchte Welt schwebender Bäuche, umkurvt von langgestreckten, wie Außenbordmotoren durchs Wasser wütenden Kraulern.
»Der Leib wird leicht im Wasser«, heißt es bei Brecht, und das ist schön, dachte ich, besonders für die großen Wasserverdränger, denn jeder Körper verliert im Wasser soviel an Gewicht wie die Wassermasse wiegt, deren

Stelle er einnimmt, capito? Das heißt, wenn ich nicht irre, dass der Dicke im Wasser mehr Gewicht verliert als der Dünne, aber leider nur so lange, bis er wieder heraussteigt. Richtig gut wäre es, wenn der Gewichtsverlust auch an Land erhalten bliebe, wenn man also zum Abnehmen nur kurz in die Badewanne gehen müsste, schon würde das Übergewicht durch den Abfluss gluckern. Aber das hat sich wohl nicht machen lassen bei der Erschaffung der Welt, wie so vieles andere auch, und wir müssen zufrieden sein, wie es ist.

Ich möchte aber auf Grund meiner Erfahrungen anmerken, dass es keine, aber auch gar keine Form des Sports gibt, die einen dermaßen wühlenden Appetit erzeugt wie das Schwimmen. Man hievt seinen ertüchtigten Leib aus dem Wasser, und sofort spürt man in dessen Mitte ein schmerzendes Loch. Mir ist ein Rätsel, wie Franzi dieses erträgt. Hält sie sich nicht täglich stundenlang im Wasser auf, dabei Unvergleichliches leistend? Wie kommt es, dass sie nach dem Training nicht sofort noch am Beckenrand ihren Übungsleiter frisst? Wie ist es möglich, dass nach einem Schwimmrennen nicht Teile des Publikums zwischen den Zähnen der Athleten landen, die anders ihres Hungers nicht mehr Herr werden? Bei mir ist es jedenfalls nun so, dass ich nach dreißig Bahnen im Dantebad schon auf dem Weg zur Dusche nicht mehr fähig bin, meinen Appetit zu zähmen: Ich rase zu den Kabinen wie ein tobsüchtiger Velociraptor in Spielbergs *Jurassic Park*, falle bereits auf dem Weg zu den Duschen zartfleischige Badegäste an und verschmähte kürzlich auch eine muskulöse Bademeisterin nicht, die Widerworte gab, als ich ihr das mitgebrachte Pausenbrot aus der Hand schnappte. Dem Wirt einer nahe der

Schwimmanstalt befindlichen Gaststätte bin ich ein lieber Gast, weil ich dreimal die Woche sein gesamtes Speisekartenprogramm verzehre.
In meinem Hungerschmerz und meiner Gier nehme ich nach jedem Badbesuch ein Vielfaches dessen zu mir, was ich durch die Körperbewegung tatsächlich abarbeite. Die Konsequenz: Ich werde dicker, weil ich schwimme, Schwimmen dient meiner Fettness. Eines Tages, wenn ich sehr viel geschwommen sein werde, werde ich meinen massigen Körper auf den Zehner-Sprungturm hinaufwuchten und mit einem gigantischen Juchhu! hinunterspringen. Die größte Arschbombe der Welt! Das Becken ist wasserfrei danach und mein Lachen fröhlich wie nie, denn ich bin fat for fun.
Danke, Franzi, für den Tipp!

Woher kommen die Buchstaben?

Bitte, Sie müssen wissen, dass ich aus bescheidenen Verhältnissen stamme. Wir lebten zu fünft in drei Zimmern, die Toilette war auf der Etage, die Mahlzeiten bestanden aus einfachen Gerichten. Aber- und abermals wurde unsere Kleidung mit Flicken ausgebessert, wenn sie beim Spielen zerriss. Später kaufte der Vater ein winziges Haus am Stadtrand, in dem mehr Platz war. Aus dem Garten versorgte die Mutter uns mit Gemüse und Obst. Aber in mancher Hinsicht wurde die Lage noch schwieriger. Die Schulden für das Haus drückten den Vater so, dass er eine zweite Arbeitsstelle annahm und jeden Morgen die Zeitung austrug. Danach ging er ins Postamt, um den Dienst als Schalterbeamter zu versehen.

Das Schlimmste jedoch war der Buchstabenmangel, der uns in jenen Jahren quälte. Es gab damals eine Reihe von ungewöhnlich langen, kalten, dennoch schneearmen Wintern, unter deren Folgen die Ernte der Buchstaben auf den Feldern rings um die Stadt genauso litt wie die des Weizens, der Gerste, des Roggens. Heute wissen viele Kinder nicht einmal mehr, woher die Buchstaben kommen. Sie denken, sie seien einfach da oder kämen aus der Fabrik, wie ein Glas Milch oder eine Kuh einfach da seien oder aus der Fabrik kämen. Nie haben sie eine Kuh, ein Kornfeld, eine Buchstabenpflanze gesehen.

Damals herrschte Not. Die Halme blieben spindeldürr, die Buchstabenähren darauf klein. Wenn die Mähdrescher im Sommer über die Felder fuhren, dauerte es doppelt so lange wie in normalen Jahren, bis einer der Wagen hinter den wartenden Traktoren mit Buchstaben gefüllt war. Die Buchstabenpreise stiegen aufs Dreifache. Anfangs konnte Mutter im Buchstabenladen, in dem sie einkaufte, anschreiben lassen. Bald gab der Händler keinen Kredit mehr.

Wir standen oft am Rand der Äcker, und wenn die Wagen und Dreschmaschinen weggefahren waren, sammelten wir auf dem Stoppelfeld herabgefallene Buchstaben auf, um sie nach Hause zu tragen. An Wochenenden wanderten wir ins Land hinaus und bettelten bei den Buchstabenbauern um einen Korb mit Vokalen oder Konsonanten.

Nicht selten wurden wir vom Hof gescheucht und kehrten mit leeren Händen zurück. Ich erinnere mich an einen Winter, in dem die Familie fast kein Wort miteinander sprechen konnte. Wir hatten keine Buchstaben mehr, um Wörter zu bilden. Stumm erwachten wir morgens, schweigend saßen wir um den Mittagstisch, wortlos abends im Wohnzimmer. Was hätte man sich zu sagen gehabt, aber es ging nicht! An Weihnachten kratzten die Eltern alle Vorräte zusammen, um wenigstens »Frohes Fest!« zu wünschen. Mutter hatte eine Schwester in Amerika, die dann und wann ein Päckchen schickte, leider mit viel Tiejdsch und Dabbeljuh, aber besser als nichts. Die Antwortbriefe sparten wir uns vom Munde ab. Nie erfuhr jemand, dass mein Vater auf der Post gelegentlich Briefe unterschlug und die Buchstaben mit nach Hause brachte, damit wir das Nötigste besprechen konnten. Wer seine Korrektheit kannte, weiß, was es für ihn bedeutete.

Schlimm war es im Gymnasium. Es gab die Kinder der

Reichen, die immer genug Lettern für Aufsätze und Diktate hatten. Wie aber sollte unsereiner, mochte er noch so begabt sein, jemals im Deutschunterricht vorankommen!? Mir erschien die Orthografie früh als Mittel der Herrschenden zur Erhaltung eines Klassensystems. Fast den ganzen Rilke konnte ich auswendig, aber wenn es ans Niederschreiben ging, war ich verloren; meine Eltern hatten kein Geld für teure Umlaute. »Sein Blick ist vom Vorybergehn der Stebe / so myd geworden, das er nichz mer helt«, schrieb ich – aus Mangel, nicht aus Unkenntnis! Es macht einen krank vor Wut, dass die etablierte Schriftstellerkaste heute gegen die Rechtschreibreform ist: Seit die Kerle sich Buchstaben säckeweise leisten können, versuchen sie, sich den Nachwuchs vom Leibe zu halten.

Ach, einmal aus dem Vollen schöpfen, einmal genug haben von allem! Stattdessen finanziere ich mir mit dem Honorar für einen Text nur die Buchstaben für den nächsten – wie da zu Großem kommen, Romanen von 800 Seiten?! Muss schon wieder aufhören, Vokalmangel, Schlss, st fst nchts mhr vrhndn …

Wurst

Wir wohnten damals am Stadtrand, im Grünen. Luis besuchte vormittags eine Kindergruppe, betrieben von einer Elterninitiative. Alle vier Wochen gab es einen Elternabend, bisschen oft, dachte ich, sagte aber nichts. Nicht selten dauerte der Elternabend bis nachts um eins, bisschen spät, dachte ich, sagte aber nichts. Sind eben initiative Eltern, dachte ich, initiativer als ich.

Als eines Abends kein Elternabend war, saß ich um neun in der Küche, aß ein Wurstbrot. Das Telefon klingelte. Jörg, ein Vater aus der Elterninitiative und ihr Vorsitzender, wollte wissen, woher die Wurst auf dem Frühstückstisch der Kindergruppe gekommen sei.

»Weiß nicht«, sagte ich und schluckte leise mein Wurstbrot hinunter.

»Bist du nicht diese Woche für den Frühstückseinkauf zuständig?«, fragte Jörg.

Ja, sagte ich, aber Wurst hätte ich nicht gekauft.

Dann müsse er weiterrecherchieren, sagte Jörg, die Kindergärtnerin anrufen, andere Eltern. Er wolle nicht, dass die Kinder Wurst äßen, werde das verhindern. Wurst sei schlecht für die Menschen. »Der Käse war von Tengelmann«, sagte er scharf.

Ja, sagte ich.

»Nicht aus dem Ökoladen«, sagte er.

»Nein«, sagte ich.

»Aha«, sagte Jörg mit Kommissarstimme und legte auf.

Ich machte mir ein zweites Wurstbrot.

Er rief noch oft an. Jörg war nicht nur Vorsitzender der Elterninitiative, sondern auch eine Art Wurstwart. Er telefonierte ebenfalls, wenn er Weißbrot auf dem Frühstückstisch gesehen hatte oder Zuckerkekse aus dem Supermarkt oder Nichtbio-Äpfel oder Unöko-Mohrrüben. Ob wir nicht wüssten? Nie gehört hätten? Nicht klar sei? Immer, wenn er aufgelegt hatte, machte ich mir sofort ein Wurstbrot. Oder zwei. Später drei. Ich wurde wurstsüchtig. Jörgs Stimme löste in mir einen so unmäßigen Wurstappetit aus, dass ich nachts nach einem Telefonat zu Aral fuhr, Tankstellenschinken kaufte oder Industriefleischsalat, aaah, ich löffelte ihn noch im Auto.
Einmal machte Paola allen Kindern mittags Fleischpflanzl. Sofort berief Jörg einen Sonderelternabend ein. Wir tagten zwei Tage und Nächte in Permanenz, verabschiedeten dann eine Resolution gegen Wurst allgemein mit spezieller Verurteilung von Fleischpflanzln. Als ich im Morgengrauen heimkam, pfiff ich mir elf Fleischpflanzl und acht Scheiben Leberkäs hinein.
Leider geschah nun folgendes: Luis schlug einem Jungen aus der Kindergruppe einen Holztraktor auf den Kopf, weil er ihm ein Spielzeug nicht hatte geben wollen. Leider blutete der Junge sogar. Leider war er Jörgs Sohn. Als Jörg bei uns anrief, war nur die Oma da. Er schrie sie an. Es reiche nun. Die Oma bat, er möge sich an die Eltern wenden. »Ist doch Wurst!«, schrie er. »Liegt doch alles in der Familie!«
Es gab einen Luis-Spezial-Eil-Elternabend. Jörg hielt einen schriftlich ausgearbeiteten Vortrag über Friedenserziehung. Ich ging hinaus, um aus dem Proviantkühlkoffer, ohne den ich schon lange keinen Elternabend mehr besuchte, heimlich drei Schinkenbrote, acht kalte

Schnitzel und eine Schweinskopfsülze zu essen. Ging wieder hinein. Fragte, ob nicht Raufereien unter Kindern zum Alltag gehörten. Und Skinheads mit Baseballschlägern, rief Jörg, gehörten die auch zum Alltag? Ich wieder hinaus. Koffer auf, acht Pfälzer, zwei Leberwürste, zwei Blutwürste. Wieder hinein.
Er habe, sagte Jörg, »einen verheerenden Eindruck« von unserer gesamten Familie.
Ich spürte die Wurst nun unter meinen Haarwurzeln, war wie besoffen von Cholesterin. Nannte Jörg brüllend einen Control-Freak, eine Blockwart-Type, einen Wurstfaschisten. Ging türenknallend ab. Kühlkoffer auf, zwei Pfund Tatar.
Wir sind dann weggezogen, hinunter in die Stadt. Luis ist in einer anderen Kindergruppe, eine fast ohne Elternabende. Ich lebe vorerst von Salat und Obst. Vor allem lebe ich ohne Jörg, ohne Jörg, ohne Jörg.

Vorhangstangen sind eigentlich doch schön

Lange Zeit glaubte ich, dass es im Irrenhaus eine Abteilung für gescheiterte Hobby-Handwerker gibt. Heute weiß ich es. Denn ich lebe dort, hihi.

Eines Tages sagte Paola zu mir, sie hätte gern im Schlafzimmer einen neuen Vorhang. Sie möchte aber keine Vorhangstange, sondern ein gespanntes Drahtseil, an dem Ringe hängen, an denen wiederum der Vorhang hängt.

Sehr schön, sagte ich. Ich bohre dann also in die Wände am Fenster zwei gegenüberliegende Löcher, sagte ich. In diese Löcher stecke ich Dübel. In diese Dübel schraube ich Haken. Und zwischen den Haken spanne ich das Seil.

Ich holte Bohrmaschine und Leiter, kletterte und bohrte. Beim ersten Loch rieselte viel Putz zu Boden. Das Loch wurde groß, und ich besserte es mit Gips aus. Beim zweiten war es schlimmer, Altbauwände sind morsch. Aber ich hatte genug Gips. Ich dübelte und schraubte, spannte den Draht. Als er straff war, flutschten beide Dübel samt Haken aus den Wänden, von der Spannkraft des Seils gezogen. Ich wurde ärgerlich, pumpte nun viel Moltofill direkt in die Löcher, steckte die Dübel in das weiche Moltofill, wartete, bis es hart wurde. Schraubte und spannte.

»Vorhangstangen sind eigentlich doch schön«, sagte ich zu Paola.

Diesmal rutschte nur ein Dübel aus der Wand, aber mit ihm eine Menge Moltofill, Putz, Ziegelstaub, Mörtel.

Das Loch war unbrauchbar. Ich musste neu bohren und gegenüber an der Wand noch mal, damit das Seil nicht schief hing.
»Verdammt!«, brüllte ich.
»Bei der kleinsten Arbeit in der Wohnung regst du dich auf«, sagte Paola.
»Sag noch einmal ›kleinste Arbeit‹!«, schrie ich. »Mach du es, wenn es eine kleine Arbeit ist!«, schrie ich.
»Und du? Ich habe die Vorhänge genäht!«
»Weil du dauernd neue Vorhänge willst, ist mir der Samstag versaut!«
»Die Vorhänge sind auch für dich!«, schrie sie.
Ich bohrte neue Löcher, nahm nun Spezialdübel und Spezialgips, schraubte, spannte. Diesmal krachte das Seil herunter, als die Vorhänge schon dranhingen. Der Stoff bedeckte mich, den Stoff bedeckte körniger Mauerstaub. Ich spuckte entsetzliche Flüche in den Raum.
»Ich hasse deinen Jähzorn!«, rief Paola.
»Warum hast du keinen Handwerker geheiratet?«, schrie ich.
»Das tue ich nach unserer Scheidung!«, rief sie.
Ich bohrte zum drittenmal, drang ins Mauerwerk wie eine Furie, Steine, Wand, Haus in Wutgesängen verhöhnend. In der Erregung riss ich den Stecker des Bohrers aus der Wand, aber er drehte sich weiter, betrieben von meinem ungeheuren elektrischen Zorn. Dann lief ich zu einem Eisenwarengeschäft in der Nähe, erkundigte mich nach Superspezialdübeln und Superspezialgips. Beides gebe es, sagte die Verkäuferin, aber man habe nur einen kleinen Vorrat. Der sei vorbestellt und werde gleich abgeholt.

Ihr Kittel verglühte im Flammenhauch des Zorns, der aus meinem Mund schlug. Ihre Haut wurde geröstet. Sie stand vor mir wie ein frisch gebratenes, vom Schicksal überraschtes Huhn. Der Ladenbesitzer eilte herbei, sah, was geschehen war, holte ängstlich eilend das Gewünschte. Zu Hause entdeckte ich, dass der Superspezialgips ein Kunststoff war, den man aus zwei Komponenten zusammenrühren musste. Ich tat dies und spritzte die Substanz in die Löcher. Indes härtete sie derart schnell, dass ich mit der Hand am ersten Bohrloch kleben blieb. Als ich mich losriss, blieben Hautfetzen an der Mauer zurück. Trotz Schmerzen dübelte ich, drehte wiederum Haken in die Wand, spannte das Seil, hängte die Vorhänge. Als ich fertig war, geriet ich auf der Leiter aus dem Gleichgewicht, fasste das Seil, riss alles zu Boden.

Ich raffte mich müde auf, wie ein alter Boxer nach einem grauenhaften Hieb, begann noch einmal, ein Loch zu bohren, einen Dübel hineinzustecken, einen Haken hineinzudrehen. An dem dort befestigten Drahtseil wollte ich nicht den Vorhang, sondern mich aufknüpfen.

Kräftige Männer hinderten mich daran. Kräftige Männer brachten mich an den Ort, an dem ich nun lebe. Kräftige Männer beaufsichtigen mich, wenn ich jeden Samstag neu in ein und demselben Zimmer Vorhänge an gespannten Drahtseilen zu befestigen versuche. Sie befestigen ihrerseits vorher Kabel an meinem Körper, die zu einem merkwürdigen Apparat führen. Das kitzelt, aber es ist notwendig. Denn mit der gewaltigen Energie meiner sich entfaltenden Wut wird das Badewasser der gesamten Anstalt beheizt, glaube ich, hihi.

Quauteputzli

Wahrscheinlich glaubt es mir niemand, lacht man mich aus, hält man mich für blöd. Ich erzähle die Sache trotzdem: Ab und zu, etwa alle zwei Monate, stehe ich morgens im Bad und denke nur ein einziges Wort, zum Beispiel, sagen wir, das Wort Quauteputzli. Ich weiß nicht, ob das klar ist: Ich habe wirklich nur dieses eine Wort im Kopf. Es verdrängt jeden Gedanken, wie ein Kuckuck seine Stiefgeschwister aus dem Nest schmeißt. Ich betrachte mich müde im Spiegel und denke: Quauteputzli. Ich mache den Wasserhahn an: Quauteputzli. Ich rasiere mich quauteputzli, dusche quauteputzli, trockne mich quauteputzli ab, quauteputzle mir die Zähne.

So ist das.

Ich will es nicht. Ich will nicht Quauteputzli denken. Ich will Gedanken haben über die Nacht und den Tag.

Aber ich kann nichts tun. Das Wort beherrscht mich. Durch mein Gehirn fahren Bulldozer, um es wegzuschieben. Ich lasse es von stämmigen Wörtern namens Bulle und Cop in Ketten legen und in einen finsteren Kerker werfen. Ich würge das Wort, bis ihm die Vokale aus dem Leib treten: Qtptzl. Aber es schüttelt sich und steht wieder in voller Größe da.

Quauteputzli.

Es ist das aztekische Wort für Mundwasser, und ich habe es in einer Glosse über die Geschichte der Zahnbürste gelesen. Aber das ist ja noch kein Grund, mich so in Beschlag zu nehmen! Jeden Tag lese ich haufenweise

Wörter: Gestern zum Beispiel stand in der Massagepraxis eine Flasche mit Sterilisierwasser, aber auf das Etikett hatte jemand »Stellerisierwasser« geschrieben. Aber ich denke jetzt nicht Stellerisierwasser. Ich denke – genau! Irgendwo habe ich einmal gehört, jeder Mensch trage in sich noch Originalzellen von Vorfahren, die seit vielen Jahrhunderten tot sind, selbst von Adam oder Eva. Vielleicht hatte ich einen aztekischen Vorfahren, den Erfinder des Mundwassers möglicherweise, und ausgerechnet die Gehirnzelle, in der er die Bezeichnung für seine Erfindung gespeichert hatte, ist auf mich überkommen, geriet in der Nacht außer Kontrolle wie eine Krebszelle, terrorisiert nun mein Gehirn. Oder ist es vielleicht eine Art Computervirus? Soll es ja geben, dass Leute morgens ihren PC anschalten und Texte aufrufen, die sie am Tag zuvor eingegeben haben – das Virus aber hat in der Nacht alles aufgegessen. Und überall steht nur noch: Quauteputzliquauteputzliquaute …

Vielleicht bin ich auch krank und müsste mich behandeln lassen, bevor sich schlimmere Wörter meines Kopfes bemächtigen und ich etwas sehr Böses tue, an das ich mich hinterher beim Gerichtspsychiater nicht erinnern kann. Oder ich sollte, im Gegenteil, die Sache ganz gelassen sehen: Junge, kommt vor, hat jeder mal. Wird sich halt austoben, das Wort in deinem Kopf. Wenn es müde ist und sich nicht mehr wehren kann, spuckst du's in die Kloschüssel.

Na ja, wie gesagt, es geht auch wirklich immer vorbei, tritt nur alle zwei Monate auf, und es gibt Schlimmeres. Aber unangenehm ist es schon.

Hoffentlich behandeln sie uns gut

Vor gar nicht so vielen Jahren wusste kein Mensch, was das Internet ist. Heute gilt einer ohne Internet-Adresse praktisch als Person ohne festen Wohnsitz. Wo wird das enden? Ich sag's Ihnen.

Beginnen wir in meinem Zeitungsladen, in dem Monat für Monat ein weiterer Regalmeter von Zeitschriften eingenommen wird, die zum Beispiel *OS/2 Inside* heißen und in deren Artikeln ich keinen einzigen Satz kapiere. Ich greife wahllos zwei Beispiele heraus, erstens: »In der Standardkonfiguration sind die Parameter Client User ID und Client Group ID auf NULL – nicht 0 – gesetzt. Das heißt: Sie existieren nicht.« Zweitens: »Nach ein wenig Einarbeitungszeit kommt man problemlos mit Ausdrücken wie diesem zurecht: (\« ^\« *\«\' ^' *').«

Gebt mir tausend Jahre Einarbeitungszeit, das werde ich nie verstehen! Muss ich auch nicht, es ist nicht für mich geschrieben, und es interessiert mich nicht. Ich könnte mit einem Text auf Koreanisch genauso wenig anfangen. Auch im medizinischen Fachbericht eines Arztes an einen anderen Arzt, betreffend eine Erkrankung meines Unterleibs, wäre mir Satz für Satz verschlossen.

Aber! Jemand könnte mir das Koreanische ins Deutsche übersetzen. Ein Mediziner könnte mir erklären, an welcher Krankheit ich leide. Niemals jedoch wird mir jemand begreiflich machen, was diese beiden Sätze bedeuten. Man kann sie nicht übersetzen. Es ist, als wäre man mit Wesen in Kontakt gekommen, die in einer anderen Dimension leben. Es müssen viele sein, sonst

würden nicht jeden Tag neue Zeitschriften mit solchen Sätzen erscheinen. Vor einiger Zeit fand ich sogar schon im Sportteil der Zeitung ein Inserat, in dem eine Firma mitteilte, dass sie dem Leser alles über ein Fußballspiel mitteilen könne, falls er das Match nicht habe sehen können. Die Firma gab ihre Internet-Adresse zur Kenntnis und verabschiedete sich mit den Worten: »Viel Vergnügen wünscht Ihr IT-Partner für Beratung, Systemintegration und Outsourcing.« IT-Partner? Systemintegration? Outsourcing? Wer grüßt da wen?
Ob Leute, die so sprechen und schreiben, noch das gleiche essen wie wir? Vielleicht leben sie nicht mehr von Brot und Butter, Fleisch und Gemüse? Vielleicht sehen sie noch so aus wie wir, tragen Anzüge und Kleider und bezahlen dafür mit Geld, damit sie nicht auffallen. Aber wenn sie allein sind, schlucken sie kleine grüne Tabletten oder verschlingen gierig die Innereien alter Laptops, oder sie verspeisen ihre eigenen Wörter, seltsame Menüs aus Begriffen wie »Bootmanager-Partition«, »Netscape-Browser« und »(»='«=`«.
Vielleicht lebt mitten unter uns eine Kaste von Wesen, die in einer anderen Wirklichkeit existieren. Sie gehören einer höheren Realität an, von der wir nichts wissen und zu der wir auch nicht vordringen können, weil unsere Gehirne prinzipiell zur Erkenntnis dieser Dimension nicht in der Lage sind: So wie eine Ameise diesen Artikel nicht lesen kann, kann ich nicht *OS/2 Inside* dechiffrieren. Diese Wesen lesen ihre eigenen Zeitschriften, surfen in ihren eigenen Computer-Netzen, regieren ihre Parallelwelt in eigenen Ministerien. Sie tanzen auf ihren eigenen Parties nach ihrer eigenen Musik, und wenn sie sich mögen, sagen sie »\(»‘)/?« zueinander und pflanzen sich

mit ihren eigenen Geschlechtsorganen fort, die sehr anders als unsere funktionieren.
Das Verhältnis zwischen den Computerexperten und uns wird eines Tages ganz und gar sein wie das Verhältnis zwischen Mensch und Tier. Der Mensch erforscht das Verhalten der Tiere, freut sich an ihrer Existenz und nutzt sie. Wozu werden wir von Nutzen sein? Wird man uns als eine Art Singvögel halten, in Käfigen, unserem Gezwitscher lauschend? Wir werden nicht verstehen, was sie mit uns tun, und auf den Lauf der Welt werden wir keinen Einfluss haben.

Nachrichten aus dem Flachland

Erzähl' mir von draußen«, sagte Bosch, mein alter Kühlschrank und Freund, als ich ihm abends ein Bier entnahm. »Ich erlebe hier nichts, bloß immer Tür auf und Tür zu – sonst erlebe ich ja nichts.«

Ich setzte mich an den Küchentisch, nahm einen Schluck und sagte: »Die Straße war heute gesperrt, weil sie einen Film gedreht haben. Immerzu drehen sie hier Filme, weil die Straße so schön ist. Diesmal war es ein Film mit Schießerei. Die Schießerei haben sie auf Handzetteln angekündigt, damit wir nicht erschrecken. Dem Briefträger ist an der Baustelle nebenan ein Ziegel auf den Kopf gefallen, aber er hat es überlebt. Der Elektroladen drei Häuser weiter hat zugemacht. Da ist ein Pizza-Service eingezogen.«

»War das der Laden, wo du die blöde Mikrowelle gekauft hast?«, fragte Bosch.

»Ja«, sagte ich.

»Geschieht dem Laden recht«, flüsterte er, »ich hasse das hysterische Miststück.«

»Aber was sollen wir mit noch einem Pizza-Service?«, sagte ich. »Immer wenn ein Laden dichtmacht, eröffnet stattdessen ein Pizza-Service. Und jeden Tag liegt der Prospekt eines anderen Pizza-Services im Briefkasten. Eines Tages werden wir keine Läden mehr haben, bloß Pizza-Services.«

Die Bierflasche war leer. Ich nahm eine neue.

»Und was macht ein Pizza-Service?«, brummte Bosch.

»Bringt Pizza ins Haus«, sagte ich. »Man ruft an, und er

bringt sie. Hier, steht alles im Prospekt: Pizza mit Plockwurst und Pizza mit Formfleischvorderschinken und Pizza mit Ananas und Pizza mit Pizza und Pizza mit Schofsköse...«

»Schofsköse?«, fragte mein Kühlschrank.

»Schafskäse, ein Druckfehler«, sagte ich. »Pizza mit Druckfehlern gibt's auch. Neulich stand in einem Faltblatt, man könne nicht nur Pizza, sondern auch ›beleckte Semmeln‹ haben, lecker beleckt mit Formfleischvorderschinken oder Plockwurst oder Köse, äh, Käse.«

Ich schaute Bosch an. »Hast du noch Bier?«, fragte ich.

»Aber immer«, sagte er.

Ich öffnete ihn, nahm die dritte Flasche und schloss die Tür wieder.

»Ich versteh's nicht«, sagte er dann. »Sind die Leute nicht früher in Restaurants gegangen und haben dort Pizza gegessen, mit Messern und Gabeln und von Tellern?«

»Ja«, sagte ich und trank. »Aber das ist bald vorbei. Man geht nicht mehr auf die Straße. Was willst du dort? Es fallen dir Steine auf den Kopf, oder du kommst nicht weiter, weil ein Film gedreht wird. Und Läden zum Einkaufen gibt es nicht mehr, weil alle Geschäfte durch Pizza-Dienste ersetzt sind.«

»Seltsam: immer Pizza«, sagte mein Kühlschrank.

»Eigentlich gar nicht seltsam«, sagte ich. »Pizza ist das ideale Essen für Leute, die nicht mehr aus dem Haus gehen. So schön flach. Man kann es durch den Briefschlitz werfen oder unter der Haustür hindurchschieben und muss nicht einmal mehr mit dem Lieferanten in Kontakt treten. Eines Tages wird man sich per Internet eine Pizza auf dem Bildschirm aufrufen und dann aus dem

CD-Laufwerk holen oder ausdrucken. Manche schmecken jetzt schon so.«
Ich trank gluckernd.
»Pizza«, rief ich, »ist 'n schönes, flaches Essen, flach wie die modernsten Handys und die neuesten Laptops und die schönsten Autos, flach wie das Fernsehprogramm, flach wie die ganze Welt von morgen. Der Lieferpizza gehört die Zukunft! Wir brauchen flache Mahlzeiten!«
»Und… und neue, flache Kühlschränke?«, fragte Bosch zögernd.
»Fang nicht wieder mit deinem Pessimismus an!«, rief ich und entnahm ihm die vierte kalte Flasche. »Flaches Bier gibt's nicht. Wir werden alle leben wie du, immer daheim und nie draußen, angeschlossen an große Stromkreise, fern von anderen unserer Art, innen voller Kälte und doch voller Sehnsucht nach…«
Er unterbrach mich: »Wer ist hier der Pessimist?!«
Ich starrte aus dem Fenster ins Dunkle.
»Wenn du mir auch so viel zu trinken gibst…«, flüsterte ich.

Schill und Schiller

Königssöhne sind oft merkwürdige Typen, denken wir nur an Charles, oder, seltsamer, an jenen Prinzen, der in *Schneewittchen* vorgeblich absichtslos durch den Wald reitet, bei sieben Zwergen übernachtet und dabei die anscheinend tote Prinzessin in ihrem gläsernen Sarg entdeckt: So lange bettelt er die sieben an, bis sie ihm den Leichnam überlassen. Ich bitte sehr! Schiere Nekrophilie! Ein sexuell Fehlentwickelter als Märchenheld! Ein Kerl, der Frauen nur tot (und unter Glasstürzen vor seinen Begierden geschützt) ertragen kann. Davon erzählt man Kindern? Sie wollen es nun mal so. Was den kleinen Luis angeht, so möchte er zum Einschlafen immer das Märchen vom Froschkönig hören.

Ich fange also an: »... da lebte ein König, dessen Töchter waren alle schön, doch...«

»Nein«, ruft Luis, »die waren alle schill!«

»Nein, die waren alle schön«, sage ich.

»Schill!«, ruft Luis, »es heißt schill.«

»Wieso schill?«, frage ich. »Was ist schill?«

»Der Lautsprecher sagt: Die Töchter waren schill.«

»Der Lautsprecher?«, frage ich.

»Der Lautsprecher vom Kassettenrecorder.«

Ein Hörfehler, denke ich, er hat's falsch verstanden, als er die Märchenkassette anhörte. Weil es keinen Sinn hat, mit ihm zu diskutieren, fahre ich fort: »... dessen Töchter waren schill, doch eine war schöner als die anderen ...«

»Nein, schiller«, ruft er da, »sie war schiller als die anderen.«

»Hat's der Lautsprecher gesagt?«, frage ich.
»Ja, der Lautsprecher.«
»Aber, Luis, du hast falsch verstanden. Es heißt: ›Sie war schöner‹.«
»Schiller!«, ruft er.
Der Lautsprecher hat Autorität, denke ich. Und Luis soll schlafen.
Also erzähle ich weiter: »... war also die eine schiller als die anderen, und ...« Erzähle und erzähle und denke dabei: »Schiller«, denke ich dabei. Bei Schiller taucht der Edelknecht nach einem goldnen Becher, um der Königstochter Gemahl zu werden. Und »Goethe« denke ich, da sitzt der Fischer angelnd, und eine Frau rauscht aus dem Wasser empor, erzählt von der Schönheit der Tiefe, bis es um den Fischer geschehen ist und er abtaucht:

»Halb zog sie ihn, halb sank er hin,
Und ward nicht mehr gesehn.«

Überall wird getaucht, der Weiber wegen. Aber gut geht es nie aus.
Hier sucht ein Frosch nach güldnem Ball, bitteschön. Dafür möchte er mit der Prinzessin ins Bett. Für diesen Wunsch wird er an die Wand geworfen. Da komme ich ins Grübeln. Worum geht es? Um Sehnsucht der Männer nach Erlösung durch Frauen? Kann man erlöst werden durch eine wütende Frau, die einen an die Wand wirft? Warum wirft sie den Frosch an die Wand? Weil er mit ihr schlafen will? Weil er hässlich ist? Weil er hässlich ist und mit ihr schlafen will? Warum besteht der König darauf, dass die schillste Tochter Sex mit einem Frosch hat? Aus väterlichem Egoismus? Weil Frösche nicht

seinen Platz als erster Geliebter der Tochter gefährden können?

Oder ist alles eine Erfindung der Tochter? Schmuggelt einen Burschen im Froschgewande am Alten vorbei, wissend, dass sie den Grünen nur an die Wand werfen muss, um im Schleiflack-Jugendzimmer hemmungslos mit einer Art Brad Pitt herumvögeln zu können. (Die Eltern denken, sie pauke für den Bio-Leistungskurs?)

Von Iring Fetscher gibt es ein Buch mit Märchen-Deutungen: Da ist der goldene Ball Synonym für einen goldenen Phallus, mit dem die Königstochter Spielchen treibt. Sie verliert ihn in unbewusster Selbstbestrafungsabsicht. Der Frosch: hilfsbereiter, erotisch anziehender Jüngling aus dem Volke. Der König? Gutmütiger Bürgerkönig. Will die Tochter aus sexuellem Autismus und narzisstischen Masturbationszwängen befreien, ordnet darum Sex mit dem Nassen an.

Solche Geschichten erzählen wir Zweijährigen zum Einschlafen! Ich finde keine Worte! Das ist schill! Oder schrill? Schön ist es nicht, was?

Na denn

Kürzlich las ich in einer Zeitschrift die Geschichte einer Frau, die sich scheiden ließ, weil ihr Mann jede Mahlzeit mit den Worten »Sodele, Nudele« begann, ausgenommen das Frühstück. Da sagte er: »Eili, Peili«, bevor er sein gekochtes Ei enthauptete. Es war schön, das zu lesen. Ich wusste endlich: Ich bin nicht allein. Ich habe nämlich ebenfalls eine kleine Gewohnheit, bitte, werden Sie darüber schweigen?

Ich kann nicht essen, ohne vorher »Na denn ...« gesagt zu haben. Es ist merkwürdig, aber es geht nicht anders. Ich setze mich an den Tisch, nehme mein Besteck in die Hand und sage »Na denn ...«, so wie andere Leute ein Tischgebet sprechen oder »Guten Appetit!« wünschen. Das heißt, manchmal sage ich es gar nicht selbst, sondern Paola schaut mich an, wenn wir zu essen beginnen, und dann sagt sie »Na denn ...«, bevor ich es sagen kann. Wir lachen darüber, und ich freue mich, dass sie sich nicht scheiden lässt. Aber merkwürdig ist das natürlich schon.

Meistens registriere ich selbst gar nicht, dass ich »Na denn ...« sage. Ich sage es so automatisch, wie man sich die Haare im Wind glattstreicht oder die Brille zur Nasenwurzel zurückschiebt, wenn sie verrutscht ist. Schon mein Vater hat »Na denn ...« gesagt, bevor er zu essen begann, mein Großvater auch. Es sind sehr viele Nadenns in den Männern unserer Familie enthalten – die müssen heraus. Ich vermute, dass bei uns der Magen-Darm-Trakt nicht funktioniert, wenn wir nicht »Na denn ...« gesagt haben. Er braucht das als Zauberwort, sonst arbeiten die Verdauungszellen nicht, wie kleine Maschinen, die niemand angeschaltet hat, oder wie Heinzelmännchen, die vergebens auf den Sonnenuntergang warten.

Man kann natürlich auch der Meinung sein, es sei zwanghaft, immer »Na denn ...« sagen zu müssen, oder es sei ein nervöser Tic, so wie andere Menschen ständig mit den Wimpern zucken oder sich dauernd an den Haaren herumfummeln. So weit würde ich nicht gehen. Wenn man es sich genau überlegt, macht fast jeder Mensch irgendein kleines Gewohnheitsgeräusch. Zum Beispiel beginnt Lothar Matthäus alles, was er sagt, mit »Ja gut ...« Ich glaube, wenn er nicht »Ja gut ...« sagen würde, könnte er nicht reden. Es ist die Formel zum Einschalten seines Gehirns, oder wie man das bei L. M. nennt.

Ein anderes Beispiel: Es gibt sehr viele Manager, die jeden zweiten Satz mit »Ich sage mal ...« einleiten, achten Sie mal drauf! Wenn man diesen Leuten das Ichsagemal wegnehmen würde, wie man einem Kind eine Schachtel Zündhölzer wegnimmt – dann könnten sie überhaupt nicht mehr sprechen. Sie säßen an ihren Schreibtischen, und wenn das Telefon klingelte, wären sie hilflos wie kleine Kinder. Sie würden den Hörer in ihrer Hand anstarren, aus dem sie eine Stimme hörten, die eine Antwort von ihnen erwartete, die sie nicht geben könnten, weil sie das Ichsagemal nicht mehr hätten. Dann würden sie anfangen zu weinen – alles bloß wegen dreier Worte, die ihnen nicht mehr zur Verfügung stünden. Verrückt, was? Aber so ist es.

Was ich sagen will: Ich sage dieses »Na denn ...« schon

längst nicht mehr, sondern mache es, und zwar nicht willentlich, sondern unwillkürlich, so wie ein Bekannter von mir immerzu »Ngpffft« mit der Nase macht, ohne es selbst noch zu merken – er hat irgend etwas mit der Stirnhöhle. »Na denn« ist ein etwa dem Schnarchen gleichgestelltes Geräusch, wobei ich ausdrücklich erwähnen möchte, dass ich nicht schnarche – aber auf diese Auskunft sollten Sie nicht viel geben. Mein Vater zum Beispiel leugnete stets, dass er schnarchte, obwohl er so sehr schnarchte, dass man ihn noch am anderen Ende der Stadt hörte. Selbst als ich 600 Kilometer weit weggezogen war, konnte ich nachts aus den Geräuschen der großen Stadt sehr leise meinen schlafenden Alten heraushören.

Dabei fällt mir ein Freund ein, der seine Sätze nicht mit »Na denn …« oder »Ja gut …« zu beginnen pflegte, sondern – das ist wirklich wahr – immer und immer und immer mit: »Du wirst lachen …« Einmal traf ich ihn auf der Straße. Ich fragte ihn, wie es ihm gehe, und er sagte: »Du wirst lachen: Meine Frau hat mich verlassen.«

Verspannt in alle Ewigkeit

Damen und Herren, nehmen Sie die Parade der Alltagsversehrten unter meinen Freunden ab! Hier haben wir meinen alten Wegbegleiter Paul: Stören Sie sich nicht an dem kleinen Brummen, das aus seiner Kleidung dringt – es ist sein Blutdruckmessgerät, er muss es für 24 Stunden tragen. Der da kopfüber von der Decke hängt wie eine Fledermaus, ist Dieter. Er lässt seine Rückenprobleme behandeln, die ihn oft schräg durch die Welt gehen lassen wie ein sturmgepeitschtes Ausrufezeichen. Der Herr mit dem verbeulten Gesicht? Mein Steuerberater. Er wurde von unerklärlichen Schwellungen am Schädel befallen, sein Kopffleisch sah aus wie von enormen Mücken bearbeitet – es müsse mit dem plötzlichen Stressabfall am ersten Tag eines Kurzurlaubs zu tun haben, sagt er. Der Mann mit dem roten Gesicht: Peter, an einer Allergie gegen den eigenen Schweiß leidend. Man befürchtet, die Sache könne sich zu einer Gesamtunverträglichkeit mit sich selbst entwickeln.

Nun zu mir. Seit Jahren kämpfe ich gegen die mangelnde Elastizität meines Körpers, gegen Sehnenverkürzungen, Muskelhärte, Nackenverspannungen, kurz, gegen eine brettartige Physis, mit der ich als Versteifungselement im Gerüstbau oder als Treppenstufe Verwendung fände, hätte ich nicht noch andere Talente.

Was habe ich nicht alles zu meiner Erweichung getan! Ich besuchte einen Masseur, der mich nach Art entfesselter Karateka zu einem Puzzle zerhackte, das mein

Sohn Luis wieder zusammensetzen durfte. Ich ging zu einer Gymnastin, welche mich im 90-Grad-Winkel sitzen ließ, die Beine gestreckt, die Knie mit Sandsäcken beschwert, der Oberkörper aufwärts gerichtet, ein perfekter, schmerzgequälter rechter Winkel. Noch heute findet mein Foto in diesem Zustand im Geometrieunterricht einiger Schulen Verwendung. Auch suchte ich eine in tantrischer Massage geschulte Dame auf, welche auf meinem Bauch Sensoren eines Abhörgerätes befestigte. Dessen Kabel führten zu einem Kopfhörer, den sie sich aufsetzte. So übersetzte sie mein Leibesgegrummel in Handbewegungen, wurde zur Dienerin meines Gedärms, bis das Haus unter der Gewalt meines Gelächters einstürzte. Ihre letzten Worte: »Sie hätten sagen müssen, dass Sie kitzlig sind.«

Solche Geschichten erzählen wir, wenn wir von den Schlachten des Alltags berichten wie die Väter vom Krieg: Pauls legendärer Blinddarmdurchbruch nahe Uelzen, Arthurs Nierensteinabgang im ICE nach Stuttgart, Gerds Herzinfarkt in London, der kein Herzinfarkt war, sondern eine Magenkolik – er ist unser Jüngster und kann noch nicht unterscheiden zwischen den Schmerzen.

Ich bin seit kurzem nicht mehr anwesend bei diesen Gesprächen, seit nämlich Paola mich zu meiner definitiven Elastifizierung bei einer Ayurveda-Massage anmeldete. Ich betrat nichts ahnend eine Praxis am Stadtrand. Zwei Damen erwarteten mich. Ich solle mich entkleiden, sagten sie. Ich entkleidete mich bis auf die Shorts.

»Ganz nackt!«, sagten die Damen.

Ich schluckte, legte mich rücklings nackt auf eine Bank, wurde mit warmem Öl begossen und massiert: Eine

Dame übernahm das linke, die andere das rechte Bein, danach die eine den Bauch links, die andere den Bauch rechts undsoweiterundsoweiter, beide im Takt sanft meinen verholzten Körper bearbeitend, während ich von einer so gewaltigen Erektionsangst befallen wurde, dass ich nur dachte: Kontrolliere dich selbst, kontrolliere dich! Nur nicht…! Nur nicht…! Ich versank in meditativer Konzentration auf mein Geschlecht.
Und? Ich war erfolgreich, indes zum Preis einer Gesamtversteifung meiner selbst, die so erheblich war, dass die beiden Damen mich am Ende der Behandlung wie die Statue eines Ölgötzen in eine Art Minisitzsauna trugen, deren Plastikumhüllung mit einem Reißverschluss derart geschlossen wurde, dass nur mein Kopf herausschaute. Dieser Verschluss kann von innen nicht geöffnet werden. Die Damen verließen den Raum und ließen mich im Schwitzkasten, stundenlang, tagelang. Ich befinde mich noch dort. Man will mich nun weichkochen. Ich werde biegsam sein wie eine verkochte Nudel, nachgiebig und weich, ja, in ein paar Tagen, Wochen, Monaten, Jahren, endgültig entspannt, irgendwann, bitte.

Sieht denn keiner uns're Qual?

Es war einmal eine Zeit, bevor der Mensch auf die Erde kam, da lebten die Zahlen und die Buchstaben froh und in Frieden zusammen, ohne jede Aufgabe. Die Zahlen mussten nichts zählen und die Buchstaben keine Wörter bilden. Sie konnten den lieben langen Tag tun, was sie wollten, und das gefiel ihnen sehr. Sie spielten zusammen und vertrugen sich bestens und unterschieden sich eigentlich gar nicht. Sie wussten nämlich gar nicht, dass sie Zahlen waren und Buchstaben – woher denn auch?

Sie waren einfach so da. Eine 1 war nichts anderes als ein U und eine 2 nichts Besseres als ein D, nur dass sie eben ein bisschen anders aussah. Und wenn zum Beispiel ein A und ein X und eine 7 und eine 4 und ein Z und ein F und eine 0 zusammenstanden, dann sah das so aus: AX74ZF0. Aber niemand wäre darauf gekommen, dahinter eine Bedeutung zu vermuten, eine Geheimsprache vielleicht oder einen Buchungscode bei der Lufthansa. Es war, wie es war, und wenn sie genug zusammengestanden hatten, gingen sie wieder auseinander. Die Zahlen sangen dann fröhlich:

»Eins, zwei, drei, vier.
Keiner rechnet mit mir!«

Und die Buchstaben riefen laut:

»Zett, Ypsilon, X.
Wir bedeuten nix!«

Dann kam der Mensch. Er ordnete die Welt, erfand die Sprache und die Bücher und die Zeitungen, und er sagte den Buchstaben, wie sie sich hinstellen sollten, damit sie ein Wort bildeten und einen Satz und einen ganzen Artikel. Und die Zahlen sortierte er aus und ließ sie erst mal in einer Reihe antreten, 1234567890, und so ließ er sie herummarschieren wie auf dem Kasernenhof, immer einszwei!, einszwei! Dann mussten sie rechnen, den ganzen Tag, in riesigen Kolonnen addieren, subtrahieren, dividieren, multiplizieren, immer schnell, schnell, schnell, und manchmal mussten sie sich sogar die Wurzel ziehen lassen, ohne Betäubung. Es war schrecklich, und das ist es bis heute.

Die Zahlen beneiden die Buchstaben sehr. Dabei haben die es beileibe nicht alle gut: Mancher muss sein Leben in einem hässlichen Wort wie zum Beispiel »Redaktionsschluss« verbringen, andere stehen in langweiligen Feiertagsansprachen herum, und am schlimmsten hat es das U erwischt, das bei Wind und Wetter draußen vor den Stationen der Untergrundbahn Wache halten muss. Aber andere haben ein herrliches, abwechslungsreiches, erfülltes Leben in Rilke-Gedichten oder Romanen von Joseph Roth, und das macht die Zahlen ganz fertig vor Neid. Sie sind in Rechenmaschinen eingesperrt oder lungern mit Milliarden von Schicksalsgenossen auf dem Konto von Bill Gates herum wie verlorene Seelen oder werden gleichgültig von Finanzministern hin- und herbefohlen – ödes, sinnloses Soldatenleben.

Wenn ich meinen Taschenrechner ans Ohr halte, höre ich den murmelnden Gefangenenchor:

»Eins, zwei, drei, vier, fünf, sechs, sieben – ach!«

Oder:

»Minus, plus und durch und mal,
sieht denn keiner uns're Qual?
Marschieren hier durchs Schattenreich,
ist gleich, ist gleich.«

Dann denke ich oft: Ich nehme jetzt einen Schraubenzieher und drehe die kleine Schraube auf, an der Rückseite des Rechners, gleich neben dem Satz »Fabriqué en Formose«, entferne das Rückenteil und hole die Zahlen heraus, befreie sie, wenigstens diese paar Zahlen aus meinem kleinen Sharp-Taschenrechner. Wir würden zusammen in die Welt hinausziehen, denke ich dann, ein kleiner, verschworener Haufen, die Zahlen und ich, und würden alle möglichen Abenteuer bestehen. Wenn ein Fluss zu überqueren wäre, würde die 1 sich wie eine Brücke drüberlegen. Wenn ein Riese uns bedrohte, würde die 3 ihn würgen. Wenn wir abends am Lagerfeuer säßen, würde die 7 uns Märchen erzählen. Und wenn wir Hunger hätten, würde die dicke 6 für uns kochen, Buchstabensuppe vielleicht, und danach würde ich am Busen der 8 einschlafen.
Und wir könnten glücklich sein, oh, könnten wir glücklich sein.

Können Kühlschränke lieben?

Es war um die Mittagszeit. Ich saß in der Küche und machte eine Pause. Starrte in die regengraue Luft vor dem Fenster. Es war totenstill.

»Schläfst du?«, fragte ich Bosch, meinen sehr alten Kühlschrank und Freund. Er hatte seit einer halben Stunde kein Geräusch von sich gegeben.

»Ich döse nur«, sagte er. »Was ist?«

»Was würdest du sagen, wenn ich Strom in Zukunft woanders bestelle, nicht mehr bei den Stadtwerken, meine ich. Man kann jetzt Strom überall bestellen.«

»Ach ja?«, sagte Bosch. »Ich war in letzter Zeit ganz zufrieden.«

Er hielt inne, dann sagte er: »Worauf willst du hinaus? Verbrauche ich zuviel? Ist dir das Bier nicht mehr kalt genug? Willst du dir einen neuen Kühlschrank kaufen, einen jungen, hübschen, sparsamen? Willst du mich mal wieder wegschmeißen?«

»Fang nicht damit an! Ich wollte dich noch nie wegschmeißen, und jetzt will ich es auch nicht«, sagte ich.

Er ist älter als ich. Immer schon neigte er zur Melancholie. Sein Selbstvertrauen war nie groß. Aber in letzter Zeit ist er richtig bitter. Ständig behauptet er, ich wolle ihn loswerden.

»Der Strom ist nicht schlecht hier«, sagte er. »Dabei habe ich ihn anfangs nicht vertragen. Er schmeckte oft so sauer und abgestanden. Ich bekam Kondensatorbrennen davon, und der Strom damals im Haus deiner Eltern, oben im Norden – er war so kühl und immer frisch. Aber in den letzten Jahren ist er auch hier sehr gut.«

Ich schwieg einen Moment und dachte über den Geschmack von Strom nach, da sprach er weiter.

»Weißt du, dass der Herd mir oft den besten Strom wegnimmt?«, zischte er plötzlich. »Er ist ein widerlicher Idiot. Manchmal nimmt er sich viel mehr Strom, als er braucht, und manchmal sogar welchen, wenn er abgeschaltet ist.«

»Quatsch!«, sagte ich. »Kein Herd kann sich Strom nehmen, wenn er abgeschaltet ist.«

»Was weißt denn du?!«, sagte der Kühlschrank. »Was weißt du von den Herden?! Das Schwein da drüben säuft mir den Strom regelrecht weg. Ich habe Mühe, zu überleben.«

»Hetz nicht immer gegen den Herd!«, sagte ich. »Wir brauchen ihn doch.«

»Ich nicht«, sagte Bosch. »Außerdem ist er von Bauknecht. Ich kann Bauknecht nicht leiden.«

»Paola liebt ihn«, sagte ich.

»Paola ist eine Frau«, sagte er.

»Und du?«, fragte ich. »Sind Kühlschränke Männer? Können Kühlschränke – lieben?«

»Ach...«, seufzte er. »In mir ist alles kalt, immer schon ist es so kalt in mir. Meine Seele ist ein gefrorener Kubus. Und die anderen Kühlschränke sind weit weg. Damals, oben am Meer, stand neben mir im Laden, in dem deine Eltern mich kauften, eine Kühltruhe, wochenlang stand sie neben mir und ich neben ihr und... Eines Morgens holte man sie ab. Ich habe sie nie wieder gesehen.«

»Alter...«, murmelte ich, »Mensch, ich... ich will, dass du den besten Strom bekommst.«

»Einmal«, sagte er leise, »da gab es einen Strom, der schmeckte – nach Salz und Meer und nach…« Er summte leise:

»Und peitscht der Sturm auch wild den Mast,
bäumt sich auch die Flut,
dass du niemals mich vergessen hast,
beflügelte meinen Mut.«

»Von wem ist das?«, fragte ich.
»Ein altes Seemannslied…«, seufzte er. »Gibt es Strom, der aus Wind gemacht wird? Ich glaube, der Strom damals war aus Wind.«
»Das kann nicht sein«, sagte ich. »Gab es damals schon Strom aus Wind? Aber heute gibt es welchen. Ich versuche es. Vielleicht kann ich welchen bestellen für dich.«
»Dass du niemals mich vergessen hast…«, brummte er, dann erstarb seine Stimme. »Einmal noch«, sagte er, »einmal noch so einen Strom…«
Dann war es wieder still. Ich strich mit der Hand über seine Tür und ging wieder an die Arbeit.

Und wo sind die Pinguine?

Ich dachte, wie schön es wäre, in den Zoo zu gehen, schöne und geheimnisvolle Tiere zu betrachten, sie dem Kleinen zu erklären.

»Luis, wollen wir in den Zoo gehen?«, fragte ich.

»Krieg' ich da ein Eis?«, fragte Luis.

»Von mir aus«, sagte ich.

So gingen wir in den Zoo. Rechts hinterm Eingang standen Flamingos, jeder auf einem Bein.

»Guck mal, die Flamingos, so schlafen sie«, sagte ich.

Luis fragte: »Wo krieg' ich hier mein Eis?« Als hätten die Tiere ihn angeregt, fügte er hinzu: »Ich möchte ein Eis am Stiel.«

»Hinten bei den Pinguinen gibt es Eis«, sagte ich. »Vorher schauen wir die Affen an.«

»Ich will aber zu den Pinguinen«, sagte Luis.

Das Affenhaus war so voll, dass man keine Affen sehen konnte, nur Leute von hinten. Die wenigen Affen, die man hätte sehen können, weil keine Leute davor standen, sah man nicht, weil sie sich unter Holzwolle verkrochen hatten, die Affen.

»Gehen wir zu den Elefanten«, sagte ich.

»Und die Pinguine?«, fragte Luis.

»Schau, da hinten sind die Elefanten«, sagte ich vor dem Elefantengehege.

Die Elefanten standen mit schaukelnden Köpfen weit weg am anderen Ende des Geheges vor der Tür zum Elefantenhaus und warteten, dass sie hineingelassen würden. Man sah sie entfernt und von hinten.

»Ich dachte, wir gehen zu den Pinguinen«, sagte Luis.
»Ja, wir gehen zu den Scheißpinguinen«, sagte ich halblaut.
Dann gingen wir dorthin. Luis interessierte sich nur für den Eisstand neben den Pinguinen. Außerdem waren die Pinguine anscheinend spazieren oder beim Frackschneider oder am Südpol, jedenfalls nicht hier.
Aber Eis gab es genug. Luis nahm ein rotes. Ich trug ihn auf dem Arm, und wir betrachteten die Robben gegenüber, das heißt, ich betrachtete sie, denn Luis betrachtete sein Eis, das heißt, ich betrachtete die Robben auch nicht. Sie waren die meiste Zeit abgetaucht. Als direkt vor uns eine Robbe auftauchte, erschrak Luis so, dass er sein Eis in mein Hemd fallen ließ, wo es auf meinem Körper schmolz und mein Hemd rot verfärbte.
Ich ging mit Luis ins Zooklo, um meine Kleidung in Ordnung zu bringen. Dann gingen wir wieder hinaus, in Richtung des Eisbären, der sich gerade anschickte, seine Rutschbahn hinunterzurutschen, eine spektakuläre Sache, weil ich Eisbären nur kopfschaukelnd hin- und herwandernd kenne.
Zwanzig Meter vor den Eisbären sagte Luis: »Ich muss mal ganz dringend.« So gingen wir zum Zooklo zurück. Als wir wieder zum Eisbären kamen, wanderte er kopfschaukelnd hin und her.
Wir erreichten den Vergnügungspark mitten im Zoo.
»Darf ich mit der Eisenbahn fahren?«, fragte Luis. Er durfte. »Darf ich mit dem Karussell fahren?«, fragte Luis. Er durfte. »Darf ich schaukeln?«, fragte Luis. Er durfte. Dann sagte er: »Ich hatte kein Eis!«
»Doch!«, sagte ich.
»Das ist runtergefallen!«, sagte er.

Weil er recht hatte, gingen wir zu den Pinguinen zurück, die immer noch nicht da waren, und kauften ein Eis. Ich trug Luis auf der Schulter, damit mir das Eis nicht wieder vorne ins Hemd fallen konnte.

»Jetzt gehen wir zum Tiger«, sagte ich.

Als wir dessen Käfig erreichten, hatte Luis sein Eis aufgeschleckt. Der Tiger ging mit schaukelndem Kopf in seinem Käfig hin und her. Ich hub an, zu berichten über das Wesen des Tigers, erzählte Geschichten aus dem indischen Dschungel, von Tigerjagden und Überfällen von Tigern auf Dörfer, von Gefährlichkeit und Gefährdung des Tigers. Dann merkte ich, wie Luis' Kopf neben meinen rutschte und hörte ein tiefes gleichmäßiges Atmen neben meinem Ohr. Da gingen wir heim.

»Na, wie war es?«, fragte Paola.

»Schön«, sagte Luis.

»Und welche Tiere hast du gesehen?«, fragte sie.

»Keine«, sagte Luis.

»Ich denke, ihr wart im Zoo«, sagte Paola zu mir, aber ich ging bloß stumm und mit schaukelndem Kopf den Flur auf und ab.

Wegschmeißer und Behalter

Ja ja, die Menschheit zerfällt in Männer und Frauen, ist klar, ist klar. Aber worin zerfallen Männer, und worin zerfallen Frauen? Sie zerfallen in Wegschmeißer und Behalter und in Wegschmeißerinnen und Behalterinnen.

Ich persönlich bin Behalter. Ich gebe nichts her. Ich schmeiße nichts weg. In meinem Kleiderschrank liegt noch die olivgrüne Bundeswehrunterwäsche, mit der bekleidet ich einst den Warschauer Pakt abschreckte. Warum sie olivgrün ist? Ich sollte eben noch gut getarnt sein, wenn der Russe mir schon die Uniform vom Leib geschossen hatte, so war das damals.

»Schmeiß das Zeug weg!«, sagt Paola. »Schmeiß es endlich weg!«

»Aber warum?«, frage ich. »Die Unterhosen sind aus gutem Material, sehr haltbar und ohne Löcher.«

»Aber du ziehst sie nie mehr an, Gott sei Dank«, sagt sie.

»Aber was ist«, sage ich, »wenn die Zeiten schlecht werden? Wenn wir verarmen und hungern und frieren? Wenn wir kein Geld für neue Unterwäsche haben? Dann hätte ich diese.«

»So ein Unsinn!«, ruft sie. »Dann hast du die Wäsche, die du jetzt auch trägst!«

»Ja, aber die alte hätte ich zusätzlich«, sage ich.

»Du spinnst«, sagt sie. »Dann schmeiße ich sie irgendwann weg, wenn du nicht da bist.«

»Wehe!«, schreie ich, verzweifelt und voller Ahnungen. »Wehe, du schmeißt hinter meinem Rücken etwas weg!«

Man muss wirklich aufpassen als Behalter. Die meisten von uns sind mit Wegschmeißerinnen verheiratet, die jede Gelegenheit nutzen, um wertvollstes, erinnerungsträchtigstes Eigentum in den Müll zu geben und sich dann vor Freundinnen zu brüsten: »Er hatte wirklich diesen zerschlissenen Bademantel hinten im Schrank und Cordhosen, die ihm seit der Konfirmation nicht mehr passen, und eine lächerliche Prinz-Charles-Reitmütze, die ihm seine frühere Frau geschenkt hat, weil sie mit ihm aufs Land ziehen wollte... Und dann habe ich, als er auf Dienstreise war, alles in den Container geworfen. Wisst ihr was? Er hat es nicht mal gemerkt!« So reden sie.

Ich lebe zwischen alten Sachen. Ich habe mir angewöhnt, sie in alten Blechschachteln zu verstauen, auf denen Werbesprüche stehen wie: »Avo – wer damit würzt, sagt Bravo!« Eine Schachtel habe ich, in der liegen kaputte Walkmen, die man in schlechten Zeiten reparieren könnte, und stumpfe Opinel-Messer, die man in schlechten Zeiten schleifen lassen würde, und Brustbeutel aus den siebziger Jahren, in die man in schlechten Zeiten sein Geld stecken würde, und eine versteinerte Marzipanfigur, die man in schlechten Zeiten essen würde.

Wissen Sie, eigentlich geht es mir selbst auf die Nerven: altes Gelumpe, das mich an Zeiten erinnert, an die ich nicht erinnert werden will. Im übrigen ist Behalten zwanghaft und kindisch. Jeder psychoanalytisch geschulte Wegschmeißer kann einem erklären, dass sich ein Behalter verhält wie ein Kind, das zum erstenmal auf dem Töpfchen sitzt, und dessen Mutter riesengroß vor ihm steht und wartet – und das Kind entdeckt zum erstenmal, dass es nicht machtlos gegenüber dieser Mutter ist, sondern sie zappeln lassen kann und warten und warten. Behalten, sagen diese Wegschmeißer, ist eine aus früher Kindheit ins Heute transportierte Verhaltensweise, neurotisch.

Allerdings sagen daraufhin die psychoanalytisch geschulten Behalter: Und was ist der Wegschmeißer anderes als einer, der sich sofort dem Willen der Mutter ergibt, widerstandslos, ängstlich, feige? Wegschmeißen, sagen diese Behalter, ist eine aus frühester Kindheit ins Heute transportierte Verhaltensweise, neurotisch.

Natürlich ist es vollkommen unmöglich, dass Behalter und Wegschmeißer im gleichen Haushalt leben. Aber das ist ja bei Männern und Frauen nicht anders.

Ich persönlich habe beschlossen, dies hinter mir zu lassen. Ich empfinde plötzlich so eine Bewunderung für kühles Sich-trennen-können, für erwachsenes Überlegen: Was brauche ich, was nicht, woran hängt mein Herz wirklich, was behalte ich nur aus einer Behaltensneurose heraus – ach, es ist herrlich, das so sehen zu können, und ich werde nun meine Dinge sortieren, mit klarem Kopf, gleich morgen.

Oder übermorgen.

Wie darf ich es dir machen?

Bis gestern wusste ich sehr wenig über meine Kopfhaut, ihren Charakter, ihre Bedürfnisse. Heute morgen aber massiere ich sie mit dem Öl der Florida-Palme und den Extrakten der Siegesbeckia-Pflanze, welche auf Madagaskar wächst. Ich habe eine sensible Kopfhaut, hat Pierre gesagt, und Pierre muss es wissen, denn er ist mein Friseur.

Als ich ein kleiner Junge war, hieß mein Friseur Herr Molnar und hatte einen blauen Kittel an. Herr Molnar handelte auf Anweisung meines Vaters. Wenn ich auf dem Frisierstuhl Platz genommen hatte, sagte mein Vater zu Herrn Molnar: »Ordentlich was runter! Wie immer!« Der Friseur wickelte meinen Hals in kratzendes Schutzpapier, holte Kamm und Schere aus der Kitteltasche, kämmte mein Haar gerade nach vorne und schnitt es über der Stirn in einer Linie ab. Dann mähte er meine Schläfen mit seiner Remington, bis die Haare dort so kurz waren wie das Sommerfell einer Maus. Den ganzen Tag juckte mein Hals von den Stoppeln, die in den Hemdkragen gerutscht waren.

Einmal, als ich dreizehn war, ging ich allein zu Herrn Molnar, weil mein Vater keine Zeit hatte. Da bat ich, mir einen Scheitel zu machen, ein klitzekleines Scheitelchen. Nicht alle Haare nach vorne bürsten, sondern links einen Scheitel ziehen, die Haare länger lassen oben und nach rechts kämmen. Bitte!

»Nee, nee«, sagte Molnar, »wir machen's wie immer. Sonst kriege ich Ärger mit deinem Vater.« Dann schor er

mich wieder wie ein Schaf, und ich fühlte mich auch wie eines.
Heute gehe ich in einen Friseurladen mit jungen Mitarbeitern, die Wolfgang, Robert oder eben Pierre heißen und keine Nachnamen haben. Manche rollen auf Inline-Skates, und alle schneiden mein Haar, wie ich es will. »Ich heiße Angie«, hat sich neulich eine junge Dame vorgestellt und gefragt: »Wie darf ich es dir machen?«
»Schneiden Sie mir erst mal die Haare«, habe ich gesagt und komplizierte Anweisungen gegeben, obwohl ich eine relativ simple Frisur habe. Ich liebe es, wenn die Friseure dann bei ihrer Arbeit mit mir über die Struktur meiner Haare sprechen, wenn sie mich zum Beispiel fragen, ob ich viel Stress hätte zur Zeit – mein Haar sei so dünn. Wenn sie Fragen der Glatzenbildung mit mir erörtern. Wenn sie über Shampoos sprechen, gewonnen aus Kleie, Vollmilch und Stroh, aus Algen und Korallen, aus Lindenblüten und Passionsblumen oder aus den ätherischen Ölen des Teebaums.
Herr Molnar hatte bloß ein einziges Haarwasser, und wenn ich seinen Salon verließ, roch ich wie diese Luftverbesserer, die sich manche Leute ins Klo hängen.
Ich müsse die Lotion nach dem Haarewaschen einmassieren, hat Pierre gesagt, zwei-, dreimal die Woche. Das werde die Talgdrüsen entschlacken und die Haarwurzeln stärken. Ich spür's schon. Meine sehr sensible Kopfhaut schwebt über dem Schädel, so leicht ist sie, und ich schreite einher, mit entspanntem Skalp und froh, ein erwachsener Mann zu sein.

Wie fragt man eine Mailbox ab?

Wir haben ein Handy gekauft, fragen Sie nicht warum. Wir sind in die Toskana gefahren, in Urlaub, mit Handy. Fragen Sie nicht warum. Fragen Sie bitte nicht warum!

Wir wohnten im Wald, ohne Telefonanschluss, aber mit Handy, jedoch in einem Funkloch, wie wir Handybesitzer sagen. Man kann nicht erreicht werden und niemanden erreichen, so ist das in Funklöchern, ob mit Handy oder ohne, es ist für alle gleich. Trotzdem blinkten am zweiten Tag die Worte »Kurzmitteilung erhalten«. Von wem? Stand nicht dabei. Es war eine Nachricht für mich in der Mailbox, aber ich konnte diese Mailbox nicht abhören, weil sie sich nicht im Handy befindet, sondern irgendwo außerhalb des Funklochs. Wenn es aber wichtig wäre?, dachte ich.

Ich entdeckte, dass 50 Meter unterhalb des Hauses, am Rande eines schlammigen Weges (schlammig, denn es regnete viel in diesem Urlaub), schon im Gebüsch, das Handy funktionierte. Dort baute ich mich auf, in Gestrüpp und Schlamm, in der einen Hand den Regenschirm, in der anderen das Handy. Wie man eine Mailbox abfragt? Weiß nicht. Ich weiß auch nicht, wie man den Videorecorder programmiert. »Weil du es nicht wissen willst«, sagt Paola. »Du denkst, Paola kann es. Warum sollst du es können.«

Ich ging ins Haus und fragte sie: »Wie fragt man eine Mailbox ab?«

Sie lag vorm Kamin und las. »Man wählt 3311«, sagte sie.

Ich ging in mein Gebüsch und wählte 3311. Nichts. Ich ging den Hang hinauf und fragte: »Und wenn 3311 nicht geht?«
»Versuch es mit 00493311«, sagte sie. Wieder im Gestrüpp. Das ging auch nicht. Erneut ächzte ich durch schmatzenden Schlamm zum Haus.
»Jetzt lass es!«, rief Paola, den Blick nicht vom Buch wendend. »Es wird nichts Wichtiges sein!«
»Und wenn es doch wichtig ist?«, sagte ich.
Es regnete heftiger. Vom Telefoniergebüsch aus rief ich alle Freunde an. Ob sie eine Kurzmitteilung hinterlassen hätten? Bei Bruno war der Anrufbeantworter an. Ich sprach meine Frage auf. Es wurde dunkel. Ich schleppte mich ins Haus, holte eine Taschenlampe. Kaum war ich zurück, blinkte es: »Sie haben zwei Kurzmitteilungen.« Bruno? Er war jetzt da. Ja, das sei er gewesen. Die erste Mitteilung – nein.
Ich spielte auf den Tasten. Um meine Füße spielte ein Regenbächlein. Ein vorbeikommender Fuchs pisste mich an. Plötzlich blinkte: »Mailbox abfragen?«
»Ja!«, drückte ich flehend. Eine Stimme aus dem Handy sagte: »Geben Sie Ihre Rufnummer ein!«
Ich hatte sie vergessen, in der Aufregung, rief Bruno an, damit er sie mir sage, notierte sie, Taschenlampe im Mund, Handy in der linken Hand, Schirm unterm Arm, auf einem Zettel. Ich gab meine eigene Nummer ein. Die Stimme sagte, ich könne eine Nachricht auf meine Mailbox aufsprechen.
»Eine Nachricht!? Auf meine eigene Mailbox?!«, greinte ich. Kurz darauf blinkte: »Sie haben drei Kurzmitteilungen.«
Ich gab nicht auf. Irgendwie bekam ich heraus, dass ich

nach Eingabe meiner Telefonnummer noch eine Geheimnummer eingeben müsste, um die Mailbox vom Ausland aus abzuhören.
»Paola!«, schnaufte ich durch die Haustür. »Wie ist unsere Geheimnummer?«
Sie goß sich Wein ein und sagte: »Eine Geheimnummer? Oh, weiß ich nicht.«
Ich stampfte wieder hinaus. Ich gab meine Bankleitzahl ein, meine Kreditkartennummer, mein Geburtsdatum, irgendwelche Zahlen… nichts. Nichts. Nichts. Ich war ein nassgeregneter Mann im Wald, geschüttelt von Wut und Verzweiflung. Irgendwann kam Paola und holte mich ins Haus.
»Du holst dir den Tod«, sagte sie sanft. »Nimm ein heißes Bad.«
»Wenn es eine wichtige Nachricht ist…«, stammelte ich.
Wieder in Deutschland, hörte sie die Mailbox ab. Sie sagte, es seien drei merkwürdige Kurznachrichten darauf gewesen: Einmal habe sich jemand verwählt, ein zweites Mal habe Bruno gesagt, er habe keine Kurzmitteilung in die Mailbox gesprochen und beim drittenmal habe man Regen rauschen gehört und meinen Schrei: »Eine Nachricht?! Auf meine eigene Mailbox?!«

Versuch über die Müdigkeit

Morgens im Bad. Luis ist in seinem Zimmer. Paola duscht. Ich rasiere mich.

Ich: »Mein Gott, bin ich müde.«

Paola: »Ich bin so müde, mein Gott.«

Ich: »Mein Gehirn fühlt sich an wie ein in Watte gepackter Stein.«

Paola: »Ich habe das Gefühl, als wäre mein Kopf ein rohes Ei – träge schwappt die Flüssigkeit hin und her.«

Ich: »Heute werde ich gar nicht wach.«

Paola: »Bist du heute nacht aufgestanden, um Luis ein Milchfläschchen zu machen, oder ich?«

Ich: »Aber ich bin auch wach geworden, als er geschrien hat! Und danach konnte ich drei Stunden lang nicht wieder einschlafen.«

Paola: »Warum bist nicht du dann zu ihm gegangen?«

Ich: »Weil ich zu müde war.«

Paola: »Ich darf nie zu müde sein! Man hat übrigens gar nicht gemerkt, dass du wach warst.«

Ich: »Ich war auch nicht richtig wach. Nur so, dass mein Schlaf gestört war.«

Paola: »Mir kommen Tränen. Dein Schlaf war gestört! Du hast dich also schlafend gestellt!«

Ich: »Das ist ja das Problem: dass man sich hier nachts schlafend stellen muss, statt zu schlafen.«

Paola: »Wenn ich mich schlafend stellen würde, würde unser Kind die ganze Nacht schreien.«

Ich: »Dann würde ich ja gehen.«

Paola: »Aha. Morgen nacht stehst du auf!«

Ich: »Dann bin ich ja morgens früh noch müder!«
Paola: »So müde wie ich jetzt.«
Ich: »Aber wenn du sowieso wach bist, kannst du doch auch Luis' Fläschchen machen.«
Paola: »Und wieso kannst du es nicht?«
Ich: »Ich bin ja nicht richtig wach.«
Paola: »Du wirst schon richtig wach werden...«
Ich: »Neulich habe ich von einem Experiment gelesen: Die Versuchspersonen gingen den Tag über ihrer normalen Tätigkeit nach. Aber mit Sonnenuntergang mussten sie sich ohne Licht bis zum Morgengrauen hinlegen, wie die Menschen in der Steinzeit. Sechzehn Stunden Schlaf und Dösen! Die Leute sagten, sie hätten zum erstenmal verstanden, was ›richtig wach‹ wirklich bedeute.«
Paola: »Manche Leute gehen halt zum Dösen ins Büro.«
Ich (scharf): »Du willst sagen, ich verdöse den Tag im Büro. Das willst du sagen?«
Paola: »Nein, aber du gehst einer interessanten Arbeit nach, trinkst zwischendurch Kaffee mit Kollegen auf dem Flur...«
Ich: »Du hast keine Ahnung, unter welchem Druck ich stehe. Das Arbeitsleben ist nicht so nett wie hier zu Hause mit einem kleinen Kind und ein bisschen Besuch zwischendurch.«
Paola (scharf): »Also, ich vertändele deiner Ansicht nach den ganzen Tag, mit Luis spielend, mit Freundinnen telefonierend, was? Da muss man nicht wach sein, was?«
Ich: »Ich habe nur gesagt, dass ich müde bin.«
Paola: »Ich auch.«
Ich: »Du hast gesagt, du seiest müder als ich.«
Paola: »Das habe ich nicht. Ich rede mit dir nur noch unter Zeugen.«

Ich: »Aber du hast es insinuiert.«
Paola: »Ich bin zu müde, um was zu insinuieren.«
Ich: »Schon wieder!«
Paola: »Was ›schon wieder‹?«
Ich: »Schon wieder tust du, als seist du müder.«
Paola: »Es gibt doch keine objektive Müdigkeitsskala. Es gibt nur Müdigkeitsgefühle.«
Ich (wasche mir den Raiserschaum aus dem Gesicht): »Und meines ist groß und mächtig.«
Paola (steigt aus der Dusche): »Meines auch.«
Die Tür geht auf. Luis kommt herein, sich die Augen reibend:
»Ich bin so müde.«

Das Geräusch der Unordnung

Die Keller meines Lebens? Den eindrucksvollsten hatte ich auf dem Land, in einem Bauernhaus, unter dem sich ein modriger Lehmkeller befand, dessen Tür ich nur einmal öffnete. Da schlug mir ein feuchter Hauch entgegen, und ich sah eine riesige, den Raum füllende weiße Kröte sitzen. Sie blickte mich verwundert an und machte ein gurgelndes Geräusch. Ich schloss die Tür und machte sie nie wieder auf.

Und heute? Ich wohne in einem alten Haus, fünf Stockwerke, mit Keller darunter. An einem Gang findet man blaue Stahltüren, die zu den Abteilen führen. Abends macht es auf dem Gang oft Schlappklapp-schlappklapp – ein Mann in gestreiften Gummilatschen geht zu seinem Kellerraum, um in einem Flaschenbehälter aus Kunststoff, der sechs Flaschen Platz bietet, sechs Flaschen Bier zu holen. Das ist einer meiner Nachbarn.

Oder man hört ein Rascheln, weil jemand in einem Freizeitanzug aus Fallschirmseide seinen Keller aufsucht. Dort hat er eine Modelleisenbahn, mit der er spielt, bis ihn seine Frau über die Gegensprechanlage zum Essen ruft. Das ist ein anderer meiner Nachbarn.

Oder es ist ganz still, und ein dritter Mann steht vor der Tür seines Abstellraumes und horcht.

Das bin ich.

Unser Keller war jahrelang sozusagen das Unterbewusstsein unserer Wohnung. Alles, was oben störte, verdrängten wir nach unten. Auf diese Weise sammelte sich allerhand hinter der Stahltür: alte Schränke und die

Einzelteile eines Ehebettes, ein unnütz gewordener Kinderwagen und Langlaufskier mit kaputter Bindung, zwei defekte Inhalationsgeräte und leere Bierkästen, Teile einer ausrangierten Duschkabine und zerschlissene Reisekoffer, lauter Sachen, die man nicht sehen will und trotzdem nicht wegwirft, weil man ja den Keller hat.
Unser Keller wurde voller und voller, die Dinge lagen übereinander, die hintere Wand war nicht mehr zu sehen, geschweige denn zu erreichen. Eines Tages stürzte etwas von innen gegen die Tür. Seither kann man sie nicht mehr öffnen, den Raum nicht betreten, nichts wegnehmen, nichts hinzufügen. Die Gegenstände drinnen sind sich überlassen. Ich habe einen Keller und doch keinen. Denn was unterscheidet Keinenkeller von einem, in den man nicht hinein kann?
Nicht mal an meinen Werkzeugkasten komme ich, und wenn ich eine Rohrzange brauche, leihe ich sie mir bei einem der Nachbarn. In ihren Kellern ist es so ordentlich, dass die Rohrzangen an Nägeln hängen, und wenn man sie abnimmt, wird dahinter jeweils der auf die Wand gemalte Schattenriss einer Rohrzange sichtbar. Man sieht sich um, ob es auch den Schattenriss eines kaputten Inhalators oder eines unnützen Kinderwagens gibt – nichts. Nur Ordnung, spießige, abstoßende, begehrenswerte Ordnung.
Und über allem hängend das sanfte Rascheln von Freizeitanzügen, dazwischen, wie ein Metronom, das regelmäßige Schlappklapp gestreifter Latschen. Wenn Ordnung ein Geräusch machen würde, wäre es so ein eintöniges, immergleiches Rascheln mit Schlappklapp dazwischen. Man müsste einen Apparat erfinden, der Ordnung hörbar macht, eine Kiste mit Mikrofon und

Kopfhörern. Vor Kasernen, Einwohnermeldeämtern, Bibliotheken hätte man das gleiche Geräusch im Ohr, nicht Bellen von Befehlen, sondern sandiges Reiben, hartes Klappen.
Und die Unordnung? Was wäre von ihr zu hören?
Abends, wenn der letzte den Keller verlassen hat, das letzte Schlappklapp verklungen ist, lege ich das Ohr an meine Kellertür und horche und kann sie hören, die Geräusche der Unordnung, die Musik des Chaos: das klappernde Lachen der Rohrzangen, das heisere Husten gebrechlicher Inhalatoren, das senile Schmatzen eines ausrangierten Luftbefeuchters, das alberne Kichern eines Kinderwagens, das Stöhnen einer Kreuzschlitzschraube, die sich einem Kreuzschlitzschraubenzieher hingibt, das Weinen eines fernwehkranken Koffers – all das, was Gegenstände nur machen, wenn sie lange Zeit unter sich sind. Und was nur wenige Menschen kennen, nur solche, die Keller haben wie ich.

Das Geheimzahlengrab

Psst, wir sprechen über Geheimzahlen. Was sind Geheimzahlen? Geheimzahlen sind bisher unbekannte Zahlen, die von blinden Arbeitern aus dem Dunkel der großen Zahlenbergwerke in Sibirien und Südafrika geschürft werden, dann in verplombten Loren an die Erdoberfläche gelangen, von dort in schwerbewachten Waggons in riesige Geheimzahlsortierzentren transportiert werden, wo taubstumme Analphabetinnen sie einzeln in blickdichte Umschläge verpacken und an Leute wie mich abschicken.

Psst, ich bin ein Geheimzahlengrab. Wenn ich wieder einmal einen Geheimzahlenbrief bekomme mit einer Geheimzahl für meinen Geldautomaten oder meine Kreditkarte oder mein neues Handy oderoderoder, dann meißele ich die Ziffern in mein Hirn, esse ohne Appetit den Geheimzahlenbrief, verdaue ihn, scheide ihn aus – worauf die geheime Zahl nur noch an einem einzigen Platz in der Welt existiert: in meinem Oberstübchen.

Ich habe ein sehr gutes Zahlengedächtnis, leider, möchte ich sagen. Sobald eine neue Geheimzahl bei mir eintrifft (und hier treffen, wie bei anderen Leuten auch, mittlerweile nahezu täglich Geheimzahlen ein), muss ich dafür eine Buchstabenkombination aussortieren: ein Wort. Ich vergesse es. Erst kürzlich schickte man mir eine Geheimzahl, mit der versehen ich die Mailbox meines Mobiltelefons aus dem Ausland abzufragen in der Lage bin. Dafür warf ich ein vierbuchstabiges Substantiv aus meinem Gedächtnis – welches, weiß ich natürlich nicht mehr. Auf diese Weise wird mein Kopf aber nach und nach besetzt von Zahlen, keine einfache Situation für einen Menschen, der beruflich auf Umgang mit Wörtern angewiesen ist. Ich wollte zum Beispiel in der nun folgenden Lücke ein Wort schreiben. Aber ich kann es nicht. Ich weiß dieses Wort nicht mehr. Es ist in meinem Kopf durch eine vierstellige Zahl ersetzt worden, eine Geheimzahl, die ich nicht hinschreiben kann, sonst würde ich sie ihres geheimen Charakters entkleiden und vernichten.

Es gibt aber viele Leute, die sich Geheimzahlen nicht so gut merken können wie ich. Sie versuchen, die Ziffern zu speichern, vergessen sie indes doch – worauf natürlich die Geheimzahl, von der ja nur ein einziges Exemplar auf der Welt existieren darf, für immer verloren ist. Die Folge: In nicht allzu ferner Zeit werden die vierziffrigen Geheimzahlflöze in den Minen der Welt erschöpft sein. Man wird beginnen müssen, Stollen zu den fünfstelligen Geheimzahlen zu graben, deren Abbau umständlicher und teurer ist. (Zudem haben sich alle Länder, die über Geheimzahlvorräte verfügen, zu einem Kartell ähnlich der OPEC zusammengeschlossen und sind bereit, die auf Geheimzahlen angewiesene Welt in eine ölkrisenähnliche Situation zu bringen.)

Vor allem aber gilt: Fünfstellige Geheimzahlen sind schwerer zu merken als vierstellige. Noch mehr Menschen werden grübelnd vor Geldautomaten stehen. Noch mehr Menschen werden noch längere Zahlen vergessen, wobei gleichzeitig ja der Bedarf an Geheimzahlen auch insofern steigt, als immer neue Geräte, Automaten und Geschäfte sich erst nach Eingabe einer Geheimzahl in Funktion begeben – bereits soll es Büros geben, die man nur nach Eintippen einer Geheimzahl betreten darf, um dort seine Arbeit zu verrichten. Noch mehr und noch längere Wörter werde ich durch Zahlen ersetzen müssen.

Logischerweise werden eines Tages auch die Vorräte fünfziffriger Geheimzahlen verbraucht sein. Man wird sich an die Hervorschürfung noch längerer Geheimzahlenreihen machen – ein Prozess ohne oder jedenfalls mit einem sehr bitteren Ende, meiner beruflichen Auslöschung nämlich, weshalb ich Sie bitten möchte, angesichts der bereits sichtbaren Löcher in meinen   , sich Geheimzahlen   sehr   zu merken,   ich brauche Wörter   keine   . Aber psst.

Als ich meinen Kühlschrank küsste

Morgens kam ich in die Küche, Paola und Luis schliefen. Es sah fürchterlich aus. Am Abend zuvor hatten wir Gäste gehabt, viele. Geschirr und Gläser standen noch herum.

»Eine Frage noch zu gestern abend«, sagte Bosch, mein sehr alter Kühlschrank und Freund.

»Hmmmm«, machte ich.

»Waren das alles deine Freunde? Und Freundinnen?«

»Nicht alle«, sagte ich. »Manche nur Bekannte.«

»Du hast alle geküsst. Erst links, dann rechts. Einmal als sie kamen, einmal als sie gingen.«

»Das macht man so«, sagte ich.

Ich betrachtete mein Gesicht in der spiegelnden Glasscheibe des Geschirrschranks. Manchmal kommt's mir nach so einem Abend vor, als sei das Wangenfleisch dünner oder angegriffen oder geschwunden von der Küsserei. Warum nur ist der Begrüßungskuss dermaßen in Mode gekommen? dachte ich.

»Neulich habe ich einen alten Film noch mal gesehen«, sagte ich, »*Fitzcarraldo* von Werner Herzog. Darin kommen Urwaldindianer vor, die sehr vorsichtig in ihren Gesten sind. Sie geben sich zur Begrüßung nicht mal die Hand. Sie reiben nur zart mit den Fingerspitzen an den Fingern des Gegenüber.« Ich strich mit meinen Fingerspitzen über die Kühlschranktür. »So.«

»Küssen ist schöner, glaube ich«, sagte Bosch. »Aber woher soll ich es wissen? Ich weiß nichts. Ich weiß nicht mal, was ein Film ist, weil ich in der Küche stehen muss, wo kein Fernseher ist.«

»Du passt nicht ins Wohnzimmer«, sagte ich.

»Dass ich mich in meinem Alter so bevormunden lassen muss«, sagte er scharf. »Eine Schande.«

Es entstand eine Pause. Ich räumte Gläser in die Spülmaschine.

»Küsst du gerne?«, fragte Bosch plötzlich. »Ich meine, nicht Paola… All diese Leute?«

»Ich weiß nicht«, sagte ich. »Manchmal küsse ich richtig gern. Manchmal fühle ich mich auch sehr hölzern, und es ist mir zu intim, zu nah – man ist ja auch in dieser Sache von seinen Stimmungen abhängig. Ein Begrüßungskuss ist kein Händeschütteln. Aber wenn man mal angefangen hat mit dem Küssen, kann man nicht mehr aufhören. Küsst du plötzlich eine Person nicht mehr, die du immer geküsst hast, wird sie denken: Steht was zwischen uns, was ich nicht kenne? Also küsst du immer, egal wie dir zumute ist.«

»Auch wenn sie gar nicht deine Freundin ist?«, fragte Bosch. »Nur eine Bekannte.«

»Auch dann«, sagte ich. »Man küsst heute fast jeden. Ich weiß nicht, warum. Wir haben dieses Gefühl einfach gern: Eigentlich kenne ich viele Leute sehr gut. Eigentlich haben mich viele Leute sehr gern. Eigentlich sind mir viele sehr nah. Je mehr wir uns voneinander entfernen, je oberflächlicher wir leben, je mehr wir uns isolieren, je zersplitterter unsere Familien sind, je weniger Zeit wir für andere haben – desto mehr wird geküsst.«

Wieder eine Pause. Die Spülmaschine war voll. Ich klappte sie zu und schaltete sie an.

»He!«, zischte Bosch.

»Ja?«, sagte ich.
»Würdest du sagen, dass ich dein Freund bin?«, fragte er.
»Natürlich«, sagte ich.
»Dann gib mir 'n Kuss«, sagte er. »Ich will wissen, wie das ist.«
»Ich kann keinen Kühlschrank küssen«, sagte ich.
»Gestern abend konntest du Leute küssen, die du kaum kanntest«, rief er. »Jetzt weigerst du dich, mir einen einzigen kleinen Kuss zu geben?«
Ich ging zu ihm. Drückte meine Lippen leicht auf das kühle weiße Metall oberhalb des Türgriffs. Ein Seufzen schüttelte ihn. Sein Motorgeräusch erstarb. Ich hörte nichts mehr.
»Was machst du denn da?«, fragte plötzlich Paola hinter mir.
»Den Kühlschrank küssen«, sagte ich.
»Hast du soviel getrunken gestern abend?«, fragte sie.
»Darum geht es nicht«, sagte ich, nahm sie in den Arm und küsste sie, damit sie nicht weiter fragte.

Eland

Das Leben der Puppe »Eland« – oh, wie grausam und rätselhaft. Schon warum die Puppe »Eland« heißt: Ich verstehe es nicht. Wir haben sie für Luis gekauft, unseren dreijährigen Sohn. Als wir ihn fragten, wie sie heißen solle, antwortete er, wie aus der Pistole geschossen: »Eland«. Warum? Das erklärte er nicht.
Es gibt in seinem Kindergarten, glaube ich, einen Jungen namens Elard, vielleicht hat er da etwas falsch verstanden, ist ja ein seltener Name. Elard, sagt mein Namenslexikon, sei die niederdeutsche Form von Eilhard, das sei eine Nebenform von Agilhard, das sei althochdeutsch und bedeute »starkes Schwert«. Stark ist die Puppe, hält viel aus. Aber Schwert? Na, sie heißt ja auch nicht Elard. Sie heißt Eland.
Eland gehört seit einem Jahr jener seltsamen kleinen Wohngemeinschaft an, die wir in unserer Wohnung beherbergen: Der Affe »Opitzer«, die Kröte »Schascha« und die Ananas »Ananas« sind ihre Kernmitglieder, Wesen aus plüschigstem Plüsch. Dazu stießen im Laufe der Zeit ein Nashorn, ein Elefant, ein Pinguin, ein Eisbärchen, ein Dackel, ein Bär sowie diverse Kleintiere, deren Aufzählung den Rahmen sprengen würde.
Das ebenso autoritäre wie brutale wie sentimentale Oberhaupt dieser Schicksalgemeinschaft ist Luis. Er kann lieben und hassen, annehmen und verstoßen, prügeln und kosen. Doch beschränkt sich das Leben der Wohngemeinschafts-Mitglieder auf kurze Auftritte in Luis' Leben, eine Ausfahrt mit dem Bobbycar, einen

Besuch im Sandkasten. Danach wieder gemeinsames Dösen in der Zimmerecke mit der schläfrigen Herde.
Anders für Eland. Mit ihr ist es so: Abend für Abend begehrte Luis, während er einschlief, mit Paolas oder meinen Haaren zu spielen, sie sich strähnenweise um den Finger zu wickeln, an ihnen zu ziehen oder sie wie einen Pinsel streichelnd über die Wangenhaut zu führen, während sich seine Lider senkten und senkten. Aber wir hielten das eines Tages nicht mehr aus, das Gezerre und Gezausel, manchmal eine halbe Stunde lang, denn nicht selten findet Luis nur schwer in den Schlaf.
»Kaufen wir ihm eine Puppe!«, sagte ich. »Eine Puppe mit langen Haaren, mit denen er spielen, die er sich strähnenweise um den Finger wickeln, an denen er ziehen und die er wie einen Pinsel streichelnd über seine Wangenhaut führen kann. Ein Übergangsobjekt«, dozierte ich, »das ihm in ein Leben hinüberhilft, in dem er alleine einzuschlafen in der Lage sein wird.«
So kam Eland zu uns, ein blondes Püppchen mit glattem Schopf damals. Jeden Abend ruft Luis: »Eland soll kommen!« Dann muss Eland antanzen, sich ins Bett neben ihn legen und sich die Haare wirbeln und zwirbeln lassen, bis sie aussieht wie Goldie Hawn nach 24-stündiger Kellerfolter durch einen geisteskranken Friseur.
Als sie noch im Regal lag, träumte sie wohl, wie alle Puppen, von einem sanften Mädchen, das sie mit den allerschönsten Puppenkleidern ausstatten und ihr täglich die Haare waschen, föhnen und kämmen würde. Stattdessen wird sie benutzt von einem kleinen, egoistischen Mann, der nicht einschlafen kann. Ihr rissiger weißer Stoffleib ist an drei Stellen notdürftig geflickt durch hautfarbene Pflaster. Eland: eine Sklavin, verletzt an

Leib und Seele, ein Wesen des Übergangs, das seine Zukunft vor Augen hat, vergessen in einer Schublade, abgelegt, verbraucht.
Manchmal finden wir sie nicht, wenn Luis »Eland soll kommen!« ruft, suchen und suchen. Einmal trieb ich sie erst in der Garage auf, auf dem Fahrersitz des Autos. Sie wollte abhauen, ich weiß es. Ein anderes Mal lag sie im Innenhof des Hauses, neben dem Affen Opitzer. Ob sie ihn liebt? Ob sie gemeinsam weg wollten?
Ich holte sie wieder. Gnadenlos.
Eland. Ein Puppenschicksal. Eland wie Elend, nur mit a. Eland wie Eiland ohne i. Doch genauso klein und einsam.

Warum ich keine Katze bin

Wir haben kein Haustier. Manchmal denke ich, es wäre schön, eine winzige Kuh zu haben, nicht größer als ein Pinscher. Sie könnte in einer Küchenecke leben und gerade genug Milch für den Kaffee geben. Ein Elefant dieses Formats wäre auch gut, würde morgens trompetend durch die Wohnung laufen und abends mit Luis in der Badewanne spielen – ach, toll!

Dann stelle ich mir vor, selbst ein Haustier zu sein, ein verwöhnter, schraunzender, schnorzender Mops oder ein Pudel, der tagsüber, wenn Paola und Luis nicht da sind, auf dem Sofa liegt und Bücher liest. Kennt jemand übrigens den Witz vom Mann, der sich als Katze fühlt, ewig von Hunden verfolgt? Er kommt in eine Klinik. Nach drei Monaten wird er geheilt entlassen. Eine Viertelstunde später steht er wieder vor dem Psychiater, zitternd vor Angst, und sagt: »Herr Professor, Sie wissen, dass ich keine Katze bin. Ich weiß es auch. Aber sind Sie sicher, dass es der Dobermann da auf der Straße auch weiß?«

Obwohl wir also kein Haustier haben, bekommt Paola Werbebriefe von einer Katzenfutterfirma, keine Ahnung, warum. Sie hat noch nie einen davon aufgemacht. Paola kann Post in einer Weise ignorieren, die mich wahnsinnig macht. Wer auch immer mir schreibt, egal ob eine Rechnung oder Werbepost, kann damit rechnen, dass ich den Umschlag im Hausflur mit den Zähnen aufreiße, um den Inhalt zu verschlingen. Paola legt Briefe auf den Küchenschrank und lässt sie dort.

Wenn ich sie ihr unter die Nase halte, sie anflehe, die Post zu öffnen, antwortet sie, man sehe am Umschlag, ob ein Brief wichtig sei oder nicht. Dieser sei unwichtig. Wäre er wichtig, hätte sie ihn gelesen. Manchmal schmeißt sie Post ungeöffnet ins Altpapier, wo ich sie hervorziehe, öffne, lese.

Wo war ich stehengeblieben? Bei der Post von der Katzenfutterfirma. Wieso kriegt sie diese Briefe? Hat sie heimlich einen Kater? Neulich war in der Katzenfutterpost ein Fragebogen: »Ergründen Sie das geheimnisvolle Wesen Ihrer Katze!« Paola war nicht da. Ich las und dachte: Und wenn ich eine Katze wäre? Paolas Kater? Ergründe mich!, dachte ich. Warum ergründest du mich nicht? Dann nahm ich den Fragebogen und ergründete mich selbst.

Zum Beispiel stand da: »Sie möchten mit Ihrer Katze spielen und werfen ihr ein zusammengeknülltes Papier zu? Wie reagiert sie?«

Wie würde ich reagieren, dachte ich. Wieso wirft sie mir zusammengeknülltes Papier zu, würde ich denken. Was steht auf dem Papier? Etwas, das ich geschrieben habe? Was!? Sie knüllt meinen Text zusammen und wirft ihn mir zu? Bin ich ein Hund, dass sie so mit mir umgeht, dachte ich. Ich wählte Antwort c): »Ihre Katze ignoriert das Papier.«

Eine andere Frage war: »Sie kommen nach Hause und schließen die Haustür auf. Wie reagiert Ihre Katze?« Antwort a): »Sie wartet bereits an der Tür, streicht mir beim Hereinkommen mit erhobenem Schwanz um die Beine.« Also bitte, dachte ich, mit erhobenem Schwanz! Wieder wählte ich c): »Ihre Katze bleibt, wo sie ist, später schaut sie vielleicht mal in der Küche vorbei.«

So ging's weiter. Immer landete mein Kreuz bei c). Als ich die Auflösung sah, war ich weder »das Schmusekätzchen« noch »der kleine Draufgänger«, sondern »der souveräne Individualist«.
Dann kam Paola. Sie schloß die Haustür auf. Ich blieb, wo ich war, später schaute ich bei ihr in der Küche vorbei. »Wusstest du, dass ich ein souveräner Individualist bin?«, sagte ich. »Wäre ich eine Katze, wäre ich der Typ souveräner Individualist.«
Sie lachte. »Du bist aber keine Katze«, sagte sie.
»Was bin ich dann?«, fragte ich. Sie schaute mich an und sagte: »Gelegentlich erinnerst du mich an ein nervöses Vollblut-Pferd.«
Ich wieherte kurz auf und galoppierte fröhlich den Flur hinauf und wieder zurück. Dann zerknurpste ich das Stück Zucker, das sie mir auf der flachen Hand anbot.

Absturz

Als ich noch sehr klein war, lag ich gern auf dem Rücken im Gras und sah den Flugzeugen am Himmel nach und den Kondensstreifen, die sie hinter sich ließen. Als man mir sagte, dass in den Flugzeugen Menschen säßen, dachte ich darüber nach, wie sie wohl in die Flugzeuge hineingekommen waren. Ich kam zu keinem endgültigen Schluss, aber meine Vorstellung war, dass die Flugzeuge irgendwann dort oben für eine kurze Zeit anhalten würden und dass man dann vom Boden aus eine sehr, sehr, sehr, sehr, sehr, sehr, sehr, sehr lange Leiter ausfahren würde und dass mit deren Hilfe die Passagiere Gelegenheit hätten, das Flugzeug zu besteigen und auch wieder zu verlassen.
Na ja, so dachte ich eben.
Einen Flugplatz gab es bei uns in der Nähe nicht, und deshalb erfuhr ich erst später, dass Flugzeuge starten und landen können, ja, müssen, und dass sie dabei zu uns herunterkommen. Noch später hörte ich, dass sie auch abstürzen können, und leider ist dies ein Gedanke, der mich bis heute nicht mehr losgelassen hat. Ich verstehe einfach nicht, wie Leute es fertigbringen, in ein Flugzeug einzusteigen, ohne an das Abstürzen zu denken! Wie kann man auch nur einen Flug buchen ohne das Wort »Absturz« im Kopf? Die Stewardess lächelt mir zu, ich denke: »Absturz.« Sie sagt, ich solle mich anschnallen, ich fühle: »Absturz.« Sie bietet mir einen Whisky an und – Absturz. Ich hab's euch immer schon gesagt: Wahr-

scheinlich ende ich eines Tages als Opfer einer Flugzeugkatastrophe.
Aber ihr habt mich immer unehrlich mitfühlend angeschaut und Statistiken aufgezählt, wonach nur ein paar Promille aller Flugzeuge vom Himmel fallen und Autofahren viel gefährlicher ist. Und wenn! Soll ich das Fliegen genießen, weil es weniger Risiken birgt als der Rest des Lebens?
Ich blicke den Dingen ins Auge, wie sie sind. Wenn ich auf meinem Sitz Platz nehme, sehe ich meinen Nachbarn an und denke: Neben dem da also wirst du sterben. Wie er sich wohl benimmt, wenn es soweit ist? Ob er kotzt oder schreit oder bloß stumm ist? Ob er einfach weiterspricht von seinen Geschäften? Sein Handy anschaltet und zu Hause anruft? Ob er eine letzte Zigarette rauchen will, obwohl rauchen in abstürzenden Flugzeugen mit Sicherheit verboten ist (falls es nicht sowieso ein Nichtraucherflug ist)? Ob man sich noch die Hand gibt, auch wenn man sich gar nicht kennt?
Ich meine, es ist ja doch ein relativ intimer Moment, wenn es mit einem zu Ende geht, und dann neben einem völlig Fremden zu sitzen – ich weiß nicht. Wenn er auch noch mit seiner Schwimmweste nicht zurechtkommt! Was ich ja noch mehr hasse als das normale Abstürzen, ist Abstürzen über dem Meer: Wenn ich je von wütenden Fischen hätte gefressen werden wollen oder gern in sehr kaltem Wasser ertrinken würde oder mitten im Atlantik den vorbeifahrenden Kreuzfahrtschiffen meine verhallenden Hilferufe hätte hinterherbrüllen mögen, wäre ich Seemann geworden, oder?
Ich bin aber bloß ein normaler Flugreisender. Man sieht mir meine Flugangst nicht mal an, höchstens wenn

man speziell geschult ist, und wer ist das schon? Ich sitze brav auf meinem Platz, lese Zeitung, denke ans Abstürzen, und wenn es soweit ist, bin ich wahrscheinlich der einzige an Bord, der kein bisschen überrascht ist. Ich bin in meinen Gedanken schon so oft vom Himmel gefallen, mir ist nichts mehr fremd.
Ein schreckliches Leben, denken Sie? Es gibt eine gewisse Entschädigung. Das ist der Moment, in dem ich nach der Landung der Maschine entsteige. Kann sich jemand dieses unfassbare Glücksgefühl vorstellen? Nicht abgestürzt! Ich lande nicht bloß, ich komme nicht einfach an – ich auferstehe! Das ist so wunderbar, das ist so unglaublich schön, und es hält so lange an, bis … bis ich halt zurück muss.

Der Wörterhändler

Immer wieder fragt man mich, wie ich zum Guru wurde, zu einem der Großen des Wörterhandels. Es ist ja nicht so, dass ich von dem leben muss, was man mir hier fürs Bücherschreiben bezahlt, Gott sei Dank. Es ist mein Hobby, ich kann's mir leisten. Richtig reich bin ich durch Spekulation geworden, Verkauf von Wörtern, steuerfrei übrigens.

Das Geschäft mit Wörtern blüht ja im Versteckten. Jeder liest Zeitungen, Zeitschriften, Bücher, Prospekte – aber vom Wörterhandel, der dahinter steht, wissen nur wenige. Jeder hat seinen kleinen Wortschatz zu Hause, mit dem er in den Schulen vom Staat kostenfrei ausgerüstet wird. Aber welches Business sich da verbirgt, welche Infrastruktur von Wörterfabriken, Wörtergrossisten, Wörterlastern, Wörterzügen, Wörterschiffen, Wörterbörsen, diese ganze Wörterwirtschaft, wer weiß das schon? dass die Leute, die Wörter drucken, jedes einzelne bezahlen müssen – unbekannt! dass es von jedem Wort ein Originalwort gibt, von dem ein Abzug gemacht werden muss, so wie es nur eine »Mona Lisa«, aber Millionen Reproduktionen gibt – unbekannt! dass hier Typen wie ich einen Riesenschnitt machen – unbekannt!

Was ist Ihr Geheimnis, fragen mich die Leute. Ich sage: Es ist mein Gefühl für die Zukunft von Wörtern. Außerdem sage ich: Man muss billig einkaufen und teuer verkaufen.

Ein Beispiel. Eines Tages kam ein junger Mann mit

Nickelbrille und langen Haaren zu mir, so wie sie immer zu mir kommen, abgebrannt und mittellos, mit ein paar Wörtern in der Tasche. Er hatte nur eines dabei, ein kleines aus Blei: »Betroffenheit«.
»Was für ein Scheißwort!«, sagte ich. »Ich kaufe es nicht.« (In Wirklichkeit hatte ich dieses Zittern im Daumen, das ich immer bei großen Geschäften kriege, so ein kleines, geldgeiles Zittern, wie ich es auch hatte, als mir – vor langer, langer Zeit – das Original von »Elchtest« angeboten wurde.) Der Typ war abgebrannt, er wollte das Wort unbedingt loskriegen. Schließlich gab ich ihm ein paar Mark.
Was soll ich sagen? Mit »Betroffenheit« habe ich meine erste Million gemacht. Ich baute eine Fabrik dafür in der Toskana, eine schöne kleine Betroffenheitsfabrik, zog Kopie um Kopie, gründete eine eigene Betroffenheitsspedition nur zur Lieferung dieses einen Wortes und brachte es unter die Leute. Herrje, das lief! Die Grüne Partei kaufte auf Kredit, weil sie die Mengen, die sie brauchte, gar nicht zahlen konnte. Aber man sieht eben auch: Das ist ein schmutziges Geschäft. »Betroffenheit« ist ein Scheißwort, ich hatte damals recht und werde immer recht haben. Heute nehmen meine Leute das Ding vom Markt, weil ich es so hasse, zu Mini-Preisen. Die Fabrik ist geschlossen.
Ich kann mir jetzt Wohltätigkeit leisten. Brauche ich eine dritte Jacht im Mittelmeer? Nein. Vor Jahren stand Handke bei mir vor der Tür, hatte einen Riesenwälzer geschrieben und brauchte für den Titel das Wort »Niemandsbucht«. Ich hatte es zehn Jahre zuvor auf einem Flohmarkt in Schwabing gekauft und wollte es nicht hergeben. »Nennen Sie Ihre Schwarte ›Die Angst des

Tormanns beim Elfmeter zwei‹ oder ›Die rechtshändige Frau‹«, sagte ich. Handke greinte und flehte – da schenkte ich es ihm. Wenn man Kohle hat wie ich, muss man was für die Literaturförderung tun.

Wenn Sie wüssten, was an Originalen in meinen Wörterkellern lagert, von »Ambiente« bis »Zweisamkeit« – dagegen war Leo Kirch mit den Filmen ein Ladenschwengel! Wieviel ich verdient habe an den tausend neuen Zeitschriften, an dem ganzen Geschwätz unserer Zeit! Schön, dass ich mir Hobbys leisten kann wie das hier, Spaß nach den harten Jahren. Das ganze Geschäft macht ja keine Freude mehr, wird bestimmt von den Engländern, und wenn erst die Chinesen einsteigen – das ist nicht mehr meine Welt. Ich kaufe nur noch schöne Sachen, neulich: »Kolossalzibömbel«. Es bedeutet nichts, einfach nur ein kleines Originalwort aus Blei, aber das kann sich ändern.

Und wenn nicht, schau ich's mir halt alleine an.

Ich habe das Grauen gesehen!

Frühling hat begonnen, was? Da wird man ein bisschen hysterisch.
Ich fühle mich jetzt zu dick, unfrühlingshaft dick, bah. Winterfett.
Und jetzt habe ich vier Unterhosen gekauft, Größe sieben, beste Qualität, eine Marke, die ich bisher nie trug. Ich habe sie nicht anprobiert. Größe sieben hat immer gepasst.
Heute morgen habe ich eine dieser Unterhosen zum erstenmal getragen. Ich gehe also, nur damit bekleidet, den Flur entlang zum Bad, als hinter mir Paolas gellendes Gelächter ertönt.
»Was ist das denn?!«, kreischt sie.
Ich drehe mich um. »Was ist jetzt los?«
»Was hast du da an?«
Ich blicke an mir herunter. »Eine Unterhose.«
»Die ist ja viel zu groß!«, ruft sie.
Es handelt sich um eine Unterhose in Mediumlänge. Mit Bein. Kein Slip. Diese hier scheint groß auszufallen, ich bemerke es jetzt. Der Stoff schlabbert um Bein und Hintern, statt anzuliegen wie bei den anderen Unterhosen, die ich habe.
»Weißt du, wie du aussiehst?«, fragt Paola. »Von hinten siehst du aus wie 'n alter trauriger Elefant.«
»Aha«, sage ich beleidigt und verschwinde im Bad. Sie hat aber recht. Das Ding ist zu groß. Die anderen drei, die ich gekauft habe, damit wohl auch. Ich kann sie nicht mehr umtauschen, habe alle schon gewaschen.

Das hat mir noch gefehlt: Ich bin zu dick, und meine Unterhosen sind zu groß. Ich sehe lächerlich aus im Spiegel.
Was soll ich machen? Die Unterhosen sind neu. Teuer. Ich bin zu sparsam, um sie wegzuwerfen. Soll ich warten, bis Luis hineinwächst? Soll ich Zirkuszelte daraus bauen für seine lustigen Plastikelefanten und die Playmobil-Figuren?
Paola kommt ins Bad. »Wenigstens kannst du mich nicht betrügen«, sagt sie. »In diesen Unterhosen kannst du mich niemals betrügen. Da lacht sich jede Frau bloß kaputt.«
Anscheinend habe ich mir einen Keuschheitsgürtel gekauft, denke ich. Vier Keuschheitsgürtel. Vier teure, haltbare Keuschheitsgürtel.
Ich gehe aus dem Bad. Ziehe mich an. Grauer Anzug, weißes Hemd. In einer Schrankecke hängen ein paar Sachen von früher, die ich nicht mehr trage, aber auch nicht wegwarf, Sachen aus Zeiten, in denen ich Paola noch nicht kannte. Ein kariertes Tweedsakko aus einer längst vergangenen Zeit, in der ich karierte Tweedsakkos trug – »deine Landlord-Phase«, sagt Paola. Eine Cordhose aus einer längst vergangenen Zeit, in der ich Cordhosen trug – »deine Wellblechhosen-Phase«, sagt Paola. Hinten eine Box mit Fliegen aus einer Zeit, in der ich Fliegen trug – »deine lächerlichste Phase«, sagt Paola.
Sie hat recht. Es war lächerlich.
»Ich könnte mich scheiden lassen, wenn ich daran denke, dass du Fliegen getragen hast«, sagt sie.
»Aber damals hast du mich noch gar nicht gekannt«, sage ich.
»Trotzdem«, sagt sie.

Hat nun hat die Trauriger-alter-Fettelefant-Phase begonnen? Die letzte Phase? Die allerlächerlichste?
Ich sitze jetzt im Büro. Das Telefon klingelt. Paola. Sie steht anscheinend auf der Straße, mit Handy. Und schreit: »Ich war gerade im Laden. Ich wollte ein Kleid kaufen. Ich habe mich im Spiegel gesehen, in der Kabine. Ich bin waaaahnsinnig hässlich! Und fett.« Sie wird noch lauter. Sie steht tatsächlich irgendwo auf der Straße und schreit, sie sei hässlich und fett. »Ich habe das Grauen gesehen!«, schreit sie. »Wie konntest du mich so fett werden lassen?!«
»Das macht doch nichts«, sage ich. »Der Trend geht jetzt zu molligen Frauen, habe ich gelesen.«
Sie stöhnt auf. »Und jetzt ist auch noch der Akku leer…« Plötzliche Ruhe.
Frühling hat begonnen, was? Ruhig bleiben, Leute, ganz ruhig bleiben.

Jesus Beuys

Übrigens bekommen wir seit Jahren Post vom Jugendamt, gedruckte Rundschreiben, in denen Erziehungsprobleme abgehandelt werden. Seit Luis' Geburt geht das so, alle halbe Jahr ein Text, passend zum Alter.

Neulich kam der Brief für Eltern von Dreieinhalbjährigen zum Thema »Löcher in den Bauch fragen«. Von »kleinen Fragegeistern« war die Rede, welche immerzu etwas wissen wollen: Warum das Licht brennt. Warum eine Flamme am Gasherd zu sehen ist.

»Eines ist dabei besonders wichtig«, schreibt das Jugendamt. »Unsere Antworten müssen richtig und wahr sein. Dass im Gasherd ein Feuerteufelchen sitzt und die Flamme macht, wäre beispielsweise keine sachgerechte Antwort.«

Jeden Morgen bringe ich den Luis mit dem Auto zum Kindergarten. Eine Viertelstunde lang bin ich für alle Fragen offen und will ihm die Welt erklären.

Wir fahren durch die Straßen. Ein Betonmischer kreuzt unsere Bahn. Ich sage, bevor Luis fragen kann: »Schau mal, Luis, ein Betonmischer.«

»Ja, und da ist ein Mischalong«, ruft Luis.

»Wo ist ein Mischalong?«

»Da!«, ruft Luis und zeigt auf den Betonmischer.

»Das, was du Mischalong nennst, ist ein Betonmischer«, sage ich.

»Nein, es ist ein Mischalong«, sagt er. »Ich will Musik.«

Ich mache das Radio an, aber Luis will eine CD hören.

Er will die CD selbst aussuchen. Jeden Morgen sucht er dieselbe CD aus, kramt in den Plastikhüllen mit den CDs so lange, bis er sie hat, und reicht sie mir nach vorn: den Soundtrack von *Pulp Fiction.*
»Everybody cool, this 's a robbery!« Pangpangdadapangpang... So geht das im Auto, und manchmal trinkt Luis dabei aus einem Milchfläschchen. Das Jugendamt hat noch keinen Brief geschickt, was mit Kindern ist, die zum Milchfläschchen den *Pulp Fiction*-Soundtrack hören.
Heute mache ich einen Fehler beim Einschalten, habe aus Versehen das Radioprogramm drin, und jemand sagt was von Joseph Beuys...
»Jesus Beuys!«, ruft Luis und setzt die Milchflasche ab. »Davon hat die Marita erzählt.«
Marita ist die Kunsterzieherin im Kindergarten.
»Aber der hieß Joseph Beuys, Luis!«
»Nein, Jesus Beuys, hat die Marita gesagt.«
»Das hast du falsch verstanden!«
»Nein, nein, und er hat sich in Tölz gewickelt, der Jesus Beuys.«
»In Tölz?«
»Ja!«, ruft Luis laut, denn jetzt läuft die Musik. Everybody cool!!! »In Tölz. Das ist so was Kuschelweiches.«
»Tölz? Meinst du Fett? Aber Fett ist nicht kuschelweich.«
»Nein, Tölz. Er hat sich hineingewickelt, weil, als das Flugzeug die Landung gemacht hat, hat er sich so weh getan, der Jesus Beuys. Deshalb hat er sich in Tölz gewickelt, damit es nicht weh tut.«
»Ach, du meinst Filz«, sage ich. Aber Luis wird allmählich ungeduldig.

»Nein, Tölz!«, brüllt er über die Musik hinweg. Manchmal spricht er mit der Milchflasche halb im Mund, quäkt so am Schnuller vorbei. Jetzt ist er kurz davor, mit der Pulle nach mir zu schmeißen.
»Kuschelweiches Tölz!«, schreit er. »Tölzzzzz!«
»Aber Tölz ist eine Stadt«, sage ich, des Jugendamtsbriefes eingedenk. Schön bei der Wahrheit bleiben! »Es heißt Bad Tölz. Wir fahren mal hin, dann zeige ich es dir.«
Luis ist außer sich. »Tööööölz!«, grölt er. »Jeeesusss Beuyyyys hat sich hiii-nein-gee-wiii-ckelt!«
Wir sind am Kindergarten. Vielleicht schickt das Jugendamt mal einen Brief für Eltern, deren Kinder keine Fragen mehr haben, weil sie schon alles wissen?

Der Große Gesundheitsberater

Kaufen Sie sich nie ein medizinisches Lexikon! Sie werden sofort krank. Ich weiß, wovon ich rede, denn ich habe diesen Fehler gemacht. In meiner Buchhandlung wurde zum sagenhaft günstigen Sonderpreis der *Große Gesundheitsberater* angeboten, ein dickleibiges Werk, in dem sämtliche Krankheiten, die Körper und Geist befallen können, verzeichnet sind.

Ich konnte nicht widerstehen und griff zu, nicht ahnend, in welches Elend ich mich stürzen würde.

Denn noch am selben Abend begann ich in dem Buch zu blättern, ziellos. Bereits beim flüchtigen Stöbern entdeckte ich so aberwitzige Erkrankungen, so entsetzliche Möglichkeiten des leiblichen Niedergangs, so unausdenkbare Realitäten des Körpers, dass jede Lebenslust von mir abfiel.

Es war ein teuflisches Werk: Über welche Krankheit auch immer ich etwas las, sofort befielen mich ihre Symptome. Sie kamen aus den Buchseiten heraus und über mich. So schlug ich beispielsweise das Kapitel über Erkrankungen der Leber auf und entnahm ihm, eines der ersten Anzeichen dafür, dass die Leber nicht mehr richtig funktioniere, sei Müdigkeit: Mangels Nervenzellen könne sich das Organ nicht durch Schmerz ausdrücken, sondern nur, indem es uns ermüde. Müdigkeit sei der Schmerz der Leber.

Man kann sich nicht vorstellen, welche Schläfrigkeit mich überfiel: Ich bin leberleidend, zweifellos. Morgens, mittags, abends – seit eh und je leide ich mehrmals am

Tag unter einer Müdigkeit, die mit normaler Erschöpfung nicht zu erklären ist, allenfalls noch mit dem chronischen Müdigkeitssyndrom, das ich ebenfalls in meinem Nachschlagewerk entdeckte. Und wie ungerecht bin ich zeit meines Lebens behandelt worden! Schnarchte ich im Dienst als Soldat, brüllte mich ein Unteroffizier an, dämmerte ich in einer Konferenz hinweg, zog mich ein Vorgesetzter zur Rechenschaft, kam ich irgendwo zu spät, bestrafte mich das Leben – mich, einen einfachen, unschuldigen Leberkranken.

Ich war kaum noch in der Lage weiterzulesen, tat es aber dennoch. Ich entdeckte folgendes: Geht man im Wald spazieren, entdeckt dort Himbeeren und nascht davon, kann man von einem Tierchen namens Fuchsbandwurm befallen werden. Dieses wiederum ruft eine Krankheit namens Echinokokkose hervor, welche sich zunächst durch Schmerzen im Oberbauch bemerkbar macht.

Seit Tagen war da ein leichter Druck zwischen Bauchnabel und Rippen … War ich nicht neulich im Wald? Hatte ich dort nicht wunderbare Waldhimbeeren gegessen? Ich erinnerte mich an die Lektüre des Buchs »Fräulein Smillas Gespür für Schnee«, in welchem von einem afrikanischen Körperwurm die Rede ist, der den Menschen aus dem Leib geholt wird, indem man ihn über Tage und Wochen aus einer Körperöffnung zieht und auf einen kleinen Holzstab wickelt. Ein Fuchsbandwurm in mir! Ich konnte spüren, wie er herumkroch, es kitzelte leicht im Fleisch, von innen, ein merkwürdiges, nie gehabtes Gefühl – aber kein schönes.

So ging es den ganzen Abend. Las ich über Magengeschwüre, bemerkte ich ein Reißen und Stechen im Bauch, las ich über Syphilis, wurde mir mein geistiger

Verfall in den vergangenen Jahren klar, las ich vom Blinddarm, realisierte ich einen heftigen Schmerz auf der rechten Seite, in der Nähe der Blinddarmnarbe, die mir in Erinnerung rief, dass ich ja keinen Blinddarm mehr habe – die einzige Erleichterung in dieser Nacht.
Ich hab's euch immer schon gesagt: Kauft keine Beratungsbücher. Sie rufen die Probleme, bei denen sie einem helfen sollen, offensichtlich erst hervor.
Als letztes entnahm ich meinem Medizinlexikon, dass man keine Schmerzen habe, wenn man Bauchspeicheldrüsenkrebs bekomme.
Ich hatte keine Schmerzen mehr. Das war das Ende!

Mach ma dodici

Einer der Gründe, warum Paola Paola heißt, ist: Einer ihrer Großväter war Italiener. Er lebte in einem kleinen ligurischen Dorf unweit des Meeres. Als Paola noch klein war, verbrachte sie dort oft ihre Ferien. Die Folge: Sie kennt, erstens, in dem Dorf fast jeden und sie spricht, zweitens, perfekt Italienisch.
Mein Großvater war Westfale. Er lebte in einem kleinen Dorf weit entfernt vom Meer. Als ich klein war, verbrachte ich dort oft meine Ferien. Die Folge: Ich kenne, erstens, in dem Dorf fast jeden und ich spreche, zweitens, fast kein Italienisch.
Jedes Jahr aber fahren wir mindestens einmal in das Dorf, in dem Paola als Kind so oft war. Das geht schon lange so und allmählich wird es peinlich, dass ich immer noch nicht Italienisch kann. Das heißt: Ich kann natürlich ein bisschen. Ich kann *buon giorno* sagen, ich kann einkaufen gehen, ich kann in einem Restaurant etwas zu essen bestellen, sogar sehr flüssig, so flüssig, dass der Kellner in der Regel denkt, ich könne Italienisch. Sobald er aber sehr flüssig eine Rückfrage stellt, bin ich verloren. Ich verstehe ihn nicht. Paola muss für mich antworten. Schlimmer ist es, wenn einer von Paolas zahlreichen Kindheitsfreunden sich mit mir auf Italienisch zu unterhalten versucht und ich mich daraufhin auch mit ihm auf Italienisch zu unterhalten versuche, mich vielleicht sogar in das Gefühl hineinsteigere, tatsächlich Italienisch zu können, bis ich an den ratlosen Blicken meines Gegenübers merke, dass sich mein Italienisch vielleicht für

mich selbst wie Italienisch anhört. Dass es aber keineswegs Italienisch *ist*.

Einmal sprach mich in München ein Asiate an. Er schien etwas zu fragen, aber ich verstand ihn nicht. Was er sprach, klang wie Deutsch, doch es war kein Deutsch. Er sagte zum Beispiel:

»Wu Bleistick das Niechenstein sum?«

Oder: »Ham Kambug Luckmeien schingen?«

Ich sagte, ich verstünde ihn nicht. Er sagte: »Wu Kambug Niechenstein das sum?« Ich musste ihm wieder sagen, dass ich kein Wort verstünde. Er wurde wütend, stampfte mit dem Fuß auf und sagte: »Bleistick Luckmeien schingen das!«

Er war fest überzeugt, Deutsch zu sprechen. Er dachte, ich wolle ihm einfach nicht helfen.

Bruno, mein alter Freund, wollte in einem italienischen Supermarkt mal Tee kaufen. Er fand ihn aber nicht, den Tee, stand ratlos herum, bis ein Italiener ihn fragte, ob er ihm helfen könne. »Voglio tè«, ich will Tee, stammelte Bruno, aber er sprach es nicht richtig aus, und der Italiener verstand »voglio te«, ich will dich, und hätte ihn beinahe gehauen. Na, das nur nebenbei.

Meistens rumpele ich meine Wünsche auf Italienisch hervor – dann sagt der Kellner auf Deutsch: »Sie sprechen aber sehr gut Italienisch.« Und fährt auf Deutsch fort. Die meisten italienischen Kellner sprechen ja deutsch, weil die meisten Leute, die sie bedienen, Deutsche sind, die kein Italienisch können, es aber verzweifelt versuchen.

Vor Jahren stand ich in München in einer der italienischen Bars, die an jeder Ecke aus dem Boden geschossen sind, als ein älterer Mann hereinkam. Er rief dem Barmann jovial zu: »Zwei Expresso, bitte!« Hinter ihm ging seine Frau. Sie wirkte wie von Peinlichkeit geschüttelt und rief über die Schulter ihres Mannes: »*Es*-presso! Duo *es*-presso!«

»-*si*«, sagte ich. »Wie bitte?«, sagte sie. »Due espres-*si*«, sagte ich besserwisserisch. »Ja«, sagte sie. »Si«, sagte ich. »Ach so«, sagte sie ratlos.

So durchdringen sich die Sprachen gegenseitig. Sie werden vielleicht eines Tages ausgetauscht, indem alle Italiener Deutsch sprechen oder das, was sie dafür halten, und alle Deutschen Italienisch oder das, was sie dafür halten. So entstehen neue Sprachen. Als die Frau die Kaffees, zwei Mineralwasser und ein Sandwich, das sie noch bestellt hatte, bezahlen wollte, sagte der Barmann: »Elf Euro dreißig.« Sie sagte: »Mach ma dodici.«

Von Wheelmäusen und Menschen

Es war früher Abend. Ich knallte die Tür zu, ging in die Küche, nahm mir ein Bier, öffnete es, ließ mich auf einen Stuhl fallen und trank.

»Was ist?«, fragte Bosch, mein sehr alter Kühlschrank und Freund.

»Ich kann nicht mehr«, sagte ich. »Ich habe einen DSL-Anschluss bestellt. Dann habe ich versucht, einen neuen Computer zu kaufen.«

»Was ist ein DSL-Anschluss?«, fragte Bosch.

»Es ist, es ist, es ist…«, stotterte ich. »Es hat mit Telefonieren zu tun. Man kann gleichzeitig telefonieren, im Internet unterwegs sein oder faxen.«

»Und das willst du?«, sagte Bosch.

»Was?«, fragte ich.

»Gleichzeitig im Internet unterwegs sein.«

»Ja«, sagte ich. »Alle wollen es.«

»Ich nicht«, sagte Bosch.

»Du bist ein Kühlschrank«, sagte ich.

»Ich weiß«, sagte er. »Ein Kühlschrank voller Wegschmeißangst.«

»Ich weiß«, sagte ich. »Und damit ich ins Internet kann, brauche ich einen neuen Computer. Mein alter Computer kann nicht ins Internet.«

»Dann ist er mein Freund«, sagte Bosch. »Ich kann auch nicht ins Internet.«

»Ich war bei der Telekom und in drei Computergeschäften«, sagte ich. »Es war, als ob ich versucht hätte, in China einzukaufen. Ich spreche kein Chinesisch. Ich verstehe kein Chinesisch. Es ist, als ob der Handel mit Telefonen und Computern von einem anderen Volk mit einer anderen Sprache übernommen worden wäre. Ich habe mit Männern gesprochen – sie benutzen Wörter, die ich noch nie gehört hatte. Wenn ich sie etwas gefragt habe, gingen sie zu einem anderen Mann im Laden, flüsterten ihm etwas zu und der Mann ging zu einem Telefon und fragte etwas ins Telefon und irgendwann kam mein Mann zu mir zurück und gab mir eine Antwort, die ich nicht verstand. Hinter mir warteten fünf Leute, die auch was fragen wollten.«

»Vielleicht muss man alles umdrehen«, sagte Bosch, »vielleicht müssen die Computer die Menschen kaufen. Das ginge schneller.«

Ich nahm einen Prospekt in die Hand. »Ich habe gesagt, ich möchte einen Computer, der einfach ist und schnell, und der nicht brummt...«

»Warum soll er nicht brummen?«, fragte Bosch.

»Weil's mich stört«, sagte ich, »ich kann nicht arbeiten, wenn was neben mir brummt.«

»Ich brumme auch«, sagte Bosch.

»Ich arbeite ja nicht in der Küche«, sagte ich.

»Warum nicht? Weil ich brumme?«

»Weil es eine Küche ist«, sagte ich. »Würde ich in einer Küche arbeiten, wäre ich Koch.« Ich blätterte im Prospekt. »Hier steht über einen Computer: ›AMD Duron 700 Mhz, 200 Mhz System-Bus, 128 KB Cache, 52x Lite-On CD-Rom, 18-Bit Sound, 120 Watt Simco Boxen, Wheelmouse, 20 G, Seagate ST320423A, 32 MB Elsa Erazor III LT, AGP, Riva TNT2 Grafikkarte...‹«

»Ich habe Angst«, flüsterte Bosch.

»Ich auch«, sagte ich leise. »Ein Verkäufer hat mir einen

Computer mit DVD gezeigt, auf dem kann ich Filme anschauen, dabei will ich arbeiten. Und wenn ich DVD hätte, sagte er, könne ich meinen Videorecorder wegschmeißen, weil DVD besser sei. Aber ich weiß nicht, was DVD ist. Ich kann nicht mal den alten Recorder programmieren, das kann nur Paola. In zwei Wochen kommt ein Techniker, der mir DSL installiert und den neuen Computer, den ich dann vielleicht gekauft haben werde.«

»Pass auf, dass er mich nicht sieht«, zischte Bosch.

»Wieso?«, fragte ich.

»Er wird mich wegschmeißen wollen«, sagte Bosch. »Weil ich alt bin und kein DVD habe. Man kann auf mir keine Filme anschauen.«

»Ich verstehe die ganze Welt nicht, nur noch dich«, sagte ich. »Keiner schmeißt dich weg.«

Watte hatte ich da

Luis hatte Ohrenweh heute nacht. Das ist ja das Schlimmste überhaupt: wenn dein Sohn Ohrenweh hat und so hilflos weint und sich die Ohren hält. Paola stopfte ihm Watte in die Ohren, die sie vorher mit Zwiebelsaft getränkt hatte. Ich hatte vorher mitten in der Nacht weinend die Zwiebel dafür gehackt.

Irgendwann schlief Luis wieder ein. Und heute morgen ist das Ohrenweh weg. Er soll trotzdem noch Zwiebelwatte in die Ohren stecken, damit das Ohrenweh nicht wiederkommt. Aber er will nicht.

»Nein, meine Watte will ich nicht!«, schreit er wie ein Wattekasper und hält sich die Ohren zu.

»Aber schau, Luis!«, sage ich. »Der Papa tut sich auch Watte in die Ohren. Ich habe ein bisschen Ohrenschmerzen heute morgen, wie du in der Nacht, und dagegen hilft mir die Watte.«

Sprech's und stopfe mir pfropf-pfropf links-rechts zwei Zwiebelwattebäusche in die Gehörgänge.

Das hilft sofort. Still und leise lässt sich Luis die Ohren wattieren. Er hat gerade eine Phase, in der er alles, was sein Vater tut, für gut und richtig hält. (Der Vorteil: Man fühlt sich super, wenn man so vergöttert wird. Der Nachteil: Meine Ohren riechen nach roher Zwiebel. Das ist im Berufsleben nicht das Parfum der Erfolgreichen.)

So fahren wir beide mit Watte in den Ohren zum Kindergarten. An einer Ampel pocht ein Fußgänger an die Seitenscheibe des Autos. Als ich ihn fragend ansehe, deutet er auf den Kindersitz. Luis hat einen puterroten

Kopf und weint. Ich nehme die Watte aus dem rechten Ohr und frage:
»Um Gottes willen, Luis, was ist?«
Luis nimmt die Watte raus.
»Sexbomb!«, schreit er. »Ich schreie die ganze Zeit, dass ich *Sexbomb* hören will. Aber du hörst mich nicht.«
Ich seufze. *Sexbomb* von Tom Jones ist sein aktuelles Lieblingslied. *Sex bomb, sex bomb, You can give it to me, when I need to be turned on.* Ich stelle den Apparat an und schiebe die CD hinein.
»Aber die Watte muss wieder rein«, sage ich.
»Du hast sie ja auch draußen«, sagt er.
Ich stopfe mir die Watte in die Ohren. Luis auch. Tom Jones singt. Luis sagt etwas, ich sehe im Rückspiegel, wie sich seine Lippen bewegen. Ich nehme die Watte raus.
»Was sagst du?«, frage ich.
Er nimmt seine Watte raus. »Was sagst du?«, fragt er.
»Ich habe gefragt, was du vorher gesagt hast?«, sage ich.
»Ich höre die Musik nicht«, sagt er, »wenn ich die Watte im Ohr habe.«
»Dann mache ich sie lauter«, sage ich. »Aber die Watte muss rein.«
Ich tue die Watte rein. Er auch. Ich drehe Tom Jones so laut, dass man ihn durch die Watte hindurch hören kann. SEXBOMB! SEXBOMB! (Etwas wie *Watte hadde dudde da* würde irgendwie besser passen.) Luis sitzt zufrieden in seinem Kindersitz. Wenn wir an Ampeln halten, sehen uns die Leute draußen merkwürdig an. Sie wissen nicht, dass wir Zwiebelwatte in den Ohren haben. Sie sehen nur einen Vater und seinen Sohn in einer Art Discomobil, aus dem obszöne Lieder dröhnen. Ein alter Mann schüttelt den Kopf.

Dann sind wir am Kindergarten. Ich bringe Luis hinein, nehme ihm die Watte kurz aus einem Ohr, sage ihm, dass er die Watte den ganzen Tag drinnen lassen soll, damit er nicht wieder Ohrenweh bekommt. Er nickt. Ich tue die Watte an ihren Platz zurück.
Draußen auf dem Radweg fährt mich ein Radler beinahe über den Haufen, den ich übersehen habe.
»Wie laut muss ich denn noch klingeln!?«, ruft er, während ich die Watte aus den Ohren nehme. »Haben Sie was an den Ohren?«
»Ich nicht«, sage ich und schnipse mit den Fingern einen Zwiebelwattebausch in sein verständnisloses Gesicht.

Kino, Kino

Ein Gespräch zwischen Paola und mir. Ich liege abends im Bett, Paola kommt zur Tür herein.
Ich: »Ich würde morgen abend gern ins Kino gehen. Geht das? Passt du auf Luis auf?«
Paola: »Ja, geh nur.«
Ich: »Wieso musst du da so einen genervten Unterton hineinlegen?«
Paola: »Muss ich vor Begeisterung aufschreien, wenn du ins Kino gehen willst?«
Ich: »Wie soll ich am Kinogehen Spaß haben, wenn ich dann da sitze, schlechten Gewissens…«
Paola: »Ah, du hast ein schlechtes Gewissen, wenn du mich abends zu Hause sitzen lässt, wo ich schon den ganzen Tag sitze mit Luis!«
Ich: »Ich gehe nicht, wenn du's mir nicht gönnst.«
Paola: »Dann gehst du eben nicht. Wenn du nicht gehst, kann ich ja gehen.«
Ich: »Was!? Erst bist du dagegen, dass ich ins Kino gehe, jetzt willst du selbst…!«
Paola: »Bitte? Ich war dagegen, dass du ins Kino gehst?! Ich habe doch gesagt: ›Ja, geh nur.‹«
Ich: »Die ganze Woche arbeitet man, und wenn man mal ins Kino möchte…«
Paola: »Was glaubst du, was ich hier im Haushalt mache? Keine Arbeit?«
Ich: »Dafür willst du ja morgen schon wieder ins Kino!«
Paola: »Was heißt ›schon wieder‹?!«

Ich: »Es heißt, dass ich nicht ins Kino gehen kann, weil du ins Kino gehen möchtest.«
Paola: »Aber du hattest doch gesagt, du willst nicht ins Kino.«
Ich: »Das hatte ich gesagt, als du gesagt hattest, dass du nicht willst, dass ich ins Kino gehe.«
Paola: »Ich habe doch nicht gesagt, dass ich nicht will, dass du ins Kino gehst! Ich habe gesagt: ›Ja, geh nur.‹ Muss man hier ein Tonband mitlaufen lassen?«
Ich: »Es kommt drauf an, wie man was sagt, und wie man die Mundwinkel dabei runterzieht.«
Paola: »Ich habe die Mundwinkel nicht runtergezogen.«
Ich: »Dann geh halt ins Kino, wenn du unbedingt willst.«
Paola: »Du könntest auch mal sagen, dass du den Abend mit mir verbringen möchtest.«
Ich: »Und warum sagst du nicht, dass du den Abend mit mir verbringen möchtest?«
Paola: »Weil du ins Kino gehen wolltest.«
Ich: »Deswegen kannst du trotzdem sagen, dass du den Abend mit mir verbringen willst.«
Paola: »Es macht keinen Spaß, den Abend mit jemand zu verbringen, der die ganze Zeit denkt, dass er lieber im Kino wäre.«
Ich: »Aber wenn du zuerst gesagt hättest, dass du den Abend mit mir verbringen willst, hätte ich von Kino gar nichts mehr gesagt.«
Paola: »Woher sollte ich wissen, dass du gleich sagen würdest, dass du ins Kino gehen möchtest?«
Ich: »Du willst ja selbst ins Kino gehen.«
Paola: »Du hättest vielleicht nicht mehr gesagt, dass du ins Kino gehen willst. Aber innerlich gewollt hättest du es trotzdem.«

Ich: »Nein, ich… Lass uns den Abend zusammen verbringen! Das ist schöner als Kino.«
Paola: »Jetzt zählt es nicht mehr.«
Ich: »Wieso?«
Paola: »Weil ich dir nun gesagt habe, dass es schön gewesen wäre, wenn du gesagt hättest, dass es schön wäre, wenn wir den Abend zusammen verbringen würden. Du hättest es von selbst sagen müssen.«
Ich: »Gut, dann gehe ich eben doch ins Kino.«
Paola: »Aha. Eben hast du noch gesagt, du willst den Abend mit mir verbringen. Jetzt sagst du, was du wirklich willst.«
Ich (flüsternd): »Können wir das ganze Gespräch noch mal von vorn anfangen. Bittebittebitte!«

Der Erlediger

Eine Person fehlt in meinem Leben: ein Erlediger. Was wären seine Aufgaben?

Ich stelle mir vor, dass der Erlediger mich befreit von den Gemeinheiten des Alltags, dass er den Banalitätensumpf entwässert, in dessen schmatzendem Schlamm ich unterzugehen drohe wie die grauenhaft schreienden Ponys in den Mooren des großen Grimpensumpfes, nachzulesen in Arthur Conan Doyles *Der Hund von Baskerville.*

Um es konkret zu sagen: In der Lampe über dem Küchentisch sitzen drei winzige Spezialglühlampen. Sie sind alle kaputt. An der schwarzen Lederjacke, mit welcher bekleidet ich einst Paola kennenlernte und an der also süßeste Erinnerungen hängen, sind die Stoffbündchen am Ärmelende zerfasert und müssen repariert werden. In der Ikea-Küche fehlt eine Ikea-Spezialschraube, welche nur erhältlich ist bei Ikea selbst, jener Vorhölle am Stadtrand, die ich nie wieder aufsuchen wollte, weil meine Nerven die Schlangen an der Autobahnabfahrt, die verlorengegangenen Kinder, die zu kleinen Kofferräume, die Kreischanfälle beim Möbelzusammenbau nicht aushalten, nein, bitte, ich halte sie nicht mehr aus, aus, aus…

Und in der Wohnzimmerlampe ist mir das Glas einer Glühbirne, die ich auswechseln wollte, beim Herausschrauben zerbrochen. Nun sitzt das Metallgewinde allein in der Fassung, und ich bringe es nicht heraus, nicht mal mit Zange. Und an meiner alten Aktentasche

löst sich der Boden vom Rest. Sie muss gerichtet werden. Und eine Tasche meiner Lieblingshose hat ein Loch, und…
Solche Sachen sind zu machen.
»Wann erledigst du das?«, fragt Paola, meine Frau.
»Wann erledigst du das?«, fragen mich die Sachen.
»Wann erledigst du das?«, frage ich mich selbst.
»Ich… ich… weiß nicht«, sage ich.
»Ach!«, sagt Paola.
»Ach!«, sagen die Sachen.
»Ach!«, sage ich.
Dann gehe ich wegen der Glühlampen zum Elektroladen, aber der Besitzer sagt, ich solle eine von den Glühlampen mitbringen, weil er die Wattzahl wissen müsse, denn wenn ich Glühlampen mit zuviel Watt kaufte, könnte der Trafo in der Lampe überfordert sein. Da gehe ich wieder heim ohne Lampen und habe wieder etwas nicht erledigt.
Dann gehe ich zum Schneider gegenüber, damit er die Lederjacke repariert, aber der Schneider sagt, »in Leder« arbeite er nicht, da müsse ich ein paar Straßen weiter, aber der Laden dort macht erst um elf Uhr auf und um sechs schon wieder zu, und um elf muss ich im Büro sein und um sechs immer noch. Da gehe ich wieder weg und habe wieder etwas nicht erledigt.
Dann gehe ich zum Schuhmacher mit meiner Aktentasche, aber der Schuhmacher hat gerade Betriebsferien – und ich gehe wieder heim und habe wieder etwas nicht erledigt.
Und dann fahre ich zu Ikea, und… nein, zu Ikea fahre ich nicht, nein, nein, nein.
Solche Sachen… Es gibt im Leben die großen Gefahren,

vom Velociraptor über den Säbelzahntiger bis zum Herzinfarkt, reißende Ungeheuer mit gewaltigen Gebissen. Dann aber gibt es noch die kleinen Mistviecher, vom kläffenden Köter bis zum Kopfschmerz, winzige Zermürber, die an jeder Ecke lauern, zermürb, zermürb, zermürb. Warum war ich noch nie in Finnland zum Urlaub? Weil ich gehört habe, dass man in Finnland, kaum dass man sich im Sommer an einem schönen See niedergelassen hat, von Mücken überfallen wird, Millionen finnischer Mücken, die alle »Hyttynen« heißen und stechen wollen.

Aber hier, wo ich wohne und nicht Urlaub mache, gibt es auch Schwärme von Lästigkeiten, meine Seele verbeulende, nahezu tödliche Lästigkeiten. Deshalb will ich einen Erlediger, der morgens kommt und meine Aufträge entgegennimmt und alles wegmacht, Löcher und nichtleuchtende Lampen und fehlende Schrauben und...

Ach, Erlediger, tritt endlich in mein Leben!

Mein Leben bringt mich um

Manche Leute haben ein Auto, um zur Arbeit zu fahren. Andere haben ihren Wagen, um in den Urlaub zu reisen. Wieder andere nutzen ihr Fahrzeug für kleine Wochenendtouren.
Ich besitze ein Auto, um Luis zum Schlafen zu bringen. Als ich ein kleiner Junge war, legte man mich abends ins Bett, sang mir ein Gute-Nacht-Lied, und ich schlief ein. Das würde Luis nicht akzeptieren. Ihm ist es am liebsten, man setzt ihn in den Kindersitz des Autos, schiebt die CD mit dem Falco-Lied *Der Kommissar* ein und fährt, bis er schläft. »Drah di net um!«, singt Falco. »Der Kommissar geht um!«
Früher war der Soundtrack von *Pulp Fiction* Luis' Lieblingslied. Heute ist es *Der Kommissar.* Er ist gerade vier geworden. Er wird ja auch älter. Und ruhiger. Man ist heute schon froh, wenn die Kinder nicht *Das Kettensägenmassaker* an Stelle des Sandmännchens sehen wollen. Ich weiß nicht, warum er beim Autofahren so gut einschläft. Das gleichmäßige Motorwummern? Die Karosserievibration? Das Umschlossensein von einem Gehäuse? Das Gefühl, in einer fahrenden Gebärmutter zu sitzen?
Ich setze mich also mit ihm ins Auto und fahre los. Luis sagt: »Ich will den *Kommissar* hören!«
Ich sage: »Luis, können wir nicht mal was anderes hören?« Früher habe ich Falco geliebt, den *Kommissar* vor allem, ein toller Song. Ich habe ihn nun tausendmal gehört. Er kotzt mich an.

»Nein, den *Kommissar*«, sagt Luis.
»Ich lasse dich jetzt mal andere Musik hören, viel bessere.«
»Nein, den *Kommissar*«, sagt Luis. Er hat jetzt schon so ein Quengeln in der Stimme.
»Bitte«, sage ich, »wenigstens *Amadeus* oder *Jeanny* oder sonstwas von Falco.«
»Eeeönggg«, macht Luis. Sein Quengelgeräusch. Man kann es eigentlich nicht hinschreiben. Man muss es hören. Aber wenn man es doch hinschreiben muss, sieht es so aus: Eeeönggg.
Also hören wir den *Kommissar*.
»Drah di net um!«, singt Falco. »Der Kommissar geht um! Wenn er di anspricht, und du waaßt, warum, sag eam: Dei Leb'n bringt di um.« Später ruft der Sänger: »Tscha! Tscha! Tscha!«
Früher saß ich um diese Zeit oft mit meinen Freunden auf ein Bier. Heute ruft Bruno auf dem Handy an, Kneipengeräusche im Hintergrund. Ob ich noch komme.
»Ich fahre meinen Sohn durch die Stadt«, sage ich, »damit er einschläft.«
»Du… Was machst du?«
Ich höre, wie er zur Seite flüstert: »Er fährt seinen Sohn durch die Gegend, damit er einschläft.« Brüllendes Gelächter.
Es ist mir peinlich. Alle Kinder schlafen im Bett ein, mit einem Sumse-sumse-Lied vom Papa in den Ohren. Dieses nicht. Hoffentlich sehen mich wenigstens die Nachbarn nicht.
Drah di net um! Der Hacke, der fährt rum!
»Tscha!«, schreit Falco. »Tscha! Tscha!«
Luis hat die Lider halb geschlossen, die Augen nach

oben gedreht. Das Lied ist aus. Luis regt sich. Er schlägt die Augen auf. Drah di net um, denke ich, der Luissar geht um! Wenn er di anspricht – dann waaßt du schon, warum.
»Noch mal den *Kommissar*«, flüstert Luis im Halbschlaf.
Ich halt's nicht mehr aus. »Jetzt ist es aber genug«, sage ich.
Eeeönggg.
Also noch mal.
»Eins, zwei, drei, es is' ja nix dabei...«, singt Falco. »Drah di net um!«
Jetzt schläft er, denke ich. Fahre in die Garage. Hebe Luis aus dem Sitz. Steige die Treppe hinauf. Rutsche aus. Falle beinahe hin.
Tscha!
Luis öffnet die Augen. Ob er mich anspricht? Hoffentlich spricht er mich nicht noch mal an!
»Wohin gehen wir?«, fragt Luis.
»Ins Bett«, sage ich.
Eeeönggg.
Wieder ins Auto. Dreimal *Der Kommissar*. Wieder vorsichtig die Treppe hinauf. Er schläft.
»Warum schaust du so?«, fragt Paola.
»Mei Leb'n bringt mi um«, sage ich.

Der neue Schrank

Darf ich Sie bitten, mit mir gemeinsam eine Möbelhändler-Hassminute einzulegen?
Hass, Hass, Hass… Aaah, gut. Danke. Nehmen Sie mich in den Arm! Hass, Hass… Spüren Sie, wie ich zittere? Halten Sie mich! Hass… Es wird besser. Darf ich erzählen?
Paola und ich hatten beschlossen, einen Schlafzimmerschrank zu erwerben, einen fürs Leben, weil man nur einmal im Leben so etwas bezahlen kann, einen Luxusschrank mit Hemdenfächern, Hosenhaltern, Ausziehböden, Kleiderliften – ein Gebirge von Schrank. Er sollte Ordnung in unser Leben bringen. Summend wollten wir davor stehen, immer findend, nie suchend. Wir blätterten in bildersatten Katalogen, geschmückt mit philosophischen Erwägungen. Schwelgten. Planten. Bestellten. Bauten den alten Schrank ab. Legten alle Kleider ins Wohnzimmer. Warteten.
Eines Tages um sieben Uhr früh kam ein Lieferwagen. Zwei Männer trugen hundert Möbelteile, jedes einzeln verpackt, ins Haus, stellten sie in Schlafzimmer, Diele, Treppenhaus ab. Packten alles aus, ein Meer von Holz, Pappe, Papier schaffend. Luis tobte in Holzwolle herum. Paola spielte mit ihm, um ihn abzulenken.
»Und nun?«, fragte ich die Männer.
»Jetzt bauen wir alles zusammen!«, rief einer.
Eine halbe Stunde später sagte der andere: »Es passt nicht.« Man wolle im Lager nachsehen, ob was durcheinandergebracht worden sei. Sie fuhren. Kamen sie zurück?

Nein.
Ich rief im Möbelgeschäft an. Hier seien die Männer nicht, sagte jemand. Vielleicht im Lager? Man rufe zurück. Man rief zurück. Im Lager seien die Männer auch nicht. Es sei 17 Uhr, sie hätten wohl Feierabend gemacht. Luis tobte im Wohnzimmer zwischen Kleidern. Paola spielte mit ihm, um ihn abzulenken. Ob man wisse, wie es hier aussehe, fragte ich am Telefon. Ob ich bis morgen…, sagte man. Um sieben Uhr morgens waren die Männer wieder da. Man habe Teile einer Einbauküche in Nürnberg mit Teilen unseres Schrankes verwechselt. »Und nun?«, fragte ich. Nun werde man die Teile nach Nürnberg bringen, dann zurückkommen. Sie packten und fuhren. Kamen sie zurück?
Nein.
Ich rief im Möbelgeschäft an. Hier seien die Männer nicht, sagte jemand. Vielleicht in Nürnberg? Man rufe zurück. Man rief zurück. In Nürnberg seien die Männer nicht. Es sei 17 Uhr, sie hätten wohl Feierabend gemacht. Luis tobte zwischen Möbelteilen. Paola spielte mit ihm, um ihn abzulenken. Ich tobte am Telefon: Ob man wisse, wie es hier…?! Ob ich bis morgen…, fragte man. Um sieben Uhr waren die Männer wieder da. Sie würden den Schrank zusammenbauen, soweit es gehe, sagten sie. Es ging so weit, dass im Schlafzimmer ein Rohbau stand, der aussah, als sei er einmal ein Schrank gewesen, nicht, als werde einer aus ihm. »Und nun?«, fragte ich. Die Männer sagten, sie würden fahren, die restlichen Teile holen. Sie fuhren. Kamen sie zurück?
Nein.
Ich rief im Möbelladen an. Hier seien die Männer nicht, sagte jemand. »Vielleicht im Lager?!«, kreischte ich. Luis

tobte im Schrankgerippe. Man rufe zurück. »Kannst du mit Luis spielen, um ihn abzulenken, Paola?«, rief ich. Man rief zurück: Leider seien nicht unsere Schrankteile mit den Küchenteilen in Nürnberg verwechselt worden, sondern Teile einer Schrankwand in Rosenheim. »Und unser Schrank!? Und die Männer?!«, röhrte ich. Jemand sagte, es sei 17 Uhr… Ob ich bis morgen? »Ich zünde den Laden an!«, brüllte ich. Paola spielte mit mir, um mich abzulenken.

Das ist einen Monat her. Einige Regalbretter sind gekommen, der Rest soll in drei Wochen eintreffen. Es hat mehr Verwechslungen gegeben. Das Möbelgeschäft ist Chaos. Der Schrank, der Ordnung in unser Leben bringen sollte, ist Chaos. Im Schlafzimmer Chaos. Im Wohnzimmer Chaos. In mir… Lassen Sie mich, ich zerprügele jetzt den Möbelhändler! Was, man darf Möbelhändler nicht zerprügeln?

Und wenn ich sage, ich hätte ihn mit einer Einbauküche verwechselt?

Geldsaft

Bruno hat jetzt eine Soda-Club-Maschine. Oder ist es eine Club-Soda-Maschine? Egal. Er hat mich gleich angerufen und mir davon erzählt. Ich bin neidisch. Wer einen solchen Apparat hat, muss kein Mineralwasser mehr kaufen, also auch keine Mineralwasserkästen mehr schleppen. Sondern kann Wasser aus dem Hahn in die Maschine füllen, welche Kohlensäure in das Wasser pumpt. Bruno hat mich am Telefon zuhören lassen: Das Ding macht, wenn es arbeitet, ein Geräusch, als ob jemand von schwerem Mexikodurchfall befallen sei, ein obszön quellender Riesenfurz – und fertig. Das Wasser schmecke gut, sagt Bruno.

Man muss solche praktischen Geräte lieben. Ich selbst bekam kürzlich den Nasen- und Ohrhaarschneider von Panasonic geschenkt, dies obwohl ich mich bereits im Besitz des Nasen- und Ohrhaarschneiders von Remington befand. Kein Problem: Wozu hat man zwei Nasenlöcher und zwei Ohren?! Wer an der Notwendigkeit von Nasen- und Ohrhaarschneidemaschinen zweifelt, sollte wissen, dass zu den Altersgebrechen beim Mann ab 40 nicht nur Haarmangel gehört, sondern hier und da auch Überbehaarung in Nasen- und Ohrlöchern, audionasale Hypertrichose, wie wir Fachleute sagen.

Jedenfalls verlagert sich der Haarwuchs vom Schädeldach an unpassendere Stellen, ein Problem, dem sich Männer von Geschmack zunächst mit der Nagelschere entgegenstellen, beim Risiko entstellender Verletzungen. Gefahrlos ist hingegen die Anwendung der erwähnten batteriebetriebenen »Nose/Ear Hair Trimmer«. Trotzdem sind sie für mich unbenutzbar. Die rotierenden Scherblätter kitzeln dermaßen in der Nase, dass ich das Gerät einfach aus der Hand niese.

Wie traurig, zwei so nützliche Maschinchen nicht anwenden zu können. Manchmal stehe ich mit ihnen auf dem Balkon und schneide melancholisch das Unkraut in den Blumenkästen mit der Panasonic oder stutze ein Härchen auf dem Handrücken mit der Remington, na ja. Übrigens will eine Gartengerätefirma bald einen Brusthaarmäher mit Zweitaktmotor und abnehmbarem Schnittgutbehälter herausbringen. Er wird von einem winzigen, als Gartenzwerg gestalteten Roboter gesteuert und ist in einer Light-Version für Damenbeinenthaarung erhältlich.

Meine große Freude sind ja die Kataloge, in denen derlei angeboten wird: Kartoffelschälmaschinen, Mottenverjagegeräte, automatische Maulwurfquäler, sich selbst machende Betten. Im wunderbarsten aller Prospekte fand ich kürzlich den »Großen Kinderfrischmacher«: Man wirft das Kind, wenn es aus dem Sandkasten kommt, oben hinein. Zwei Minuten später fällt es unten hinaus, komplett entrotzt und frisch gewickelt. Na, Mütter?

Noch besser gefällt mir der »Nervtöter-Abweiser«. Das ist eine winzige Vorrichtung, die man in der Hosentasche mit sich trägt. Auf einer Ultraschall-Frequenz strahlt der Nervtöter-Abweiser ein permanentes Signal aus, das von Menschen und Haustieren nicht wahrgenommen wird, wohl aber – im Umkreis von sechs Quadratmetern – von den Hörorganen der Nervtöter: Sie ergreifen instinktiv die Flucht: Es handelt sich nämlich um den Angriffslaut ihrer Todfeinde. Wirkt gegen Verwandte aller Art, Versicherungsvertreter und Zeugen Jehovas!

Nun mein Favorit: der automatische Geldentsafter! Seine leistungsstarke 300-Watt-Zentrifuge holt selbst aus alten Lire-Scheinen den letzten Tropfen Geldsaft heraus. Zurück bleibt im Sammelbehälter das ausgewrungene Papier. Ins Glas läuft reiner, gesunder Geldsaft, ohne Ende, pure, kostbare Geldessenz. Ein Tropfen auf jeden Scheck, und niemand fragt mehr nach der Deckung. Zwei Tropfen hinters Ohr – wirkt unwiderstehlich auf Kreditberater! Und obendrein: leicht einzufrieren! 340 Euro, ein Jahr Garantie.

Muss ich haben!

Warum ich das Grillen hasse

Es war ein heißer Tag im Frühsommer – da lud uns mein Freund Paul zu sich aufs Land ein. Zwei Monate zuvor waren unsere Väter gestorben, Pauls und meiner, fast gleichzeitig.

Wir waren müde und wollten uns erholen, verbrachten den Tag mit Paul und seiner Familie an einem See. Dann fuhren wir in sein Haus, zum Grillen auf der Terrasse. Es war schon nach sechs. Wir hatten Hunger und Durst. Paul holte Grill und Kohle und Grillanzünder und einen Blasebalg. Er entfachte ein Feuer, aber es entfaltete sich nur langsam, und Paul fragte, wie es mit Bier wäre.

»Gut«, sagte ich.

Wir tranken.

Dann heizten wir weiter, aber die Sache dauerte, Paul schien nicht der Talentierteste, und ich fragte, ob wir nicht noch ein Bier…

Wir tranken.

Dann heizten wir weiter, es bildeten sich Nester glühender Kohlen. Ich sagte, im Ofen gehe Grillen schneller. Paul sagte, das sei nicht so gemütlich.

Er holte noch ein Bier.

Das tranken wir.

Dann heizten wir weiter. Es wurde halb acht. Paul sagte, man mache immer denselben Fehler, fange zu spät an mit dem Grillen. Wie es mit noch einem Bier wäre, fragte er.

Wir tranken.

Dann heizten wir weiter, weiße Asche lag auf glühenden

Kohlen, darüber hing ein heißes Sirren in der Luft. Die Kinder aßen Kartoffelsalat, weil sie den Hunger nicht mehr aushielten. Die Mütter brachten sie ins Bett. Wir mussten warten, bis sie wiederkamen.
»Noch ein Bier?«, fragte Paul.
»Was sonst?«, fragte ich.
Und trank.
»Wusstest du, dass mein Vater ein großer Choleriker war?«, fragte Paul. Einmal habe er ihm als Kind einen schönen Fußball geschenkt, verbunden mit der Ermahnung, ihn pfleglich zu behandeln, den schönen, teuren Fußball. Aber weil er abends naß und dreckig im Flur lag, der Fußball, habe er ihn gepackt, der Vater den Fußball, und in rasender Wut mit einem Messer zerstochen.
»Wusstest du, dass mein Vater ein noch größerer Choleriker war?«, fragte ich. Einmal habe er einen Grill gekauft, wollte ihn sofort ausprobieren, aber es war nur ein gefrorenes Hähnchen da. Mein Vater habe versucht, den Spieß mit einem Hammer durch das Hähnchen zu treiben, um es dann über dem Feuer zu tauen, aber der Spieß habe sich verbogen. Da habe der Vater in seiner Tobsucht das Hähnchen wie einen Handball gegen die Hauswand geworfen, doch nicht die Wand getroffen, sondern das Fenster. Es zerbrach. Durch die Fensterhöhle habe er den Grill geschleudert. Die Mutter habe Not gehabt, die glühenden Kohlen zu löschen, bevor nicht nur der Teppich, sondern auch das Haus verbrannte.
Wo die Frauen seien, fragte Paul.
Ich sah nach. Sie waren mit den Kindern eingeschlafen. Ich weckte sie. Sie sagten, sie würden gleich hinauskommen.

Paul legte mit fahrigen Bewegungen Fleisch auf den Grillrost. Aber der war schlecht befestigt, und weil Paul das Fleisch ungeschickt nur auf eine Seite legte, kippte der Rost. Das Fleisch fiel zischend in die Glut.
»Ich bin betrunken«, sagte Paul.
»Nie auf leeren Magen grillen!«, sagte ich.
»Mein Vater würde den Grill ins Biotop des Nachbarn schleudern«, sagte Paul.
»Meiner würde ihn zerhacken«, sagte ich.
»Ich hasse Grillen. Ich wollte euch eine Freude machen«, sagte Paul.
»Ich hasse Grillen noch mehr. Ich wollte dir den Spaß nicht verderben«, sagte ich.
Das Fleisch verbrannte stinkend zwischen glühenden Kohlen. Wir hingen auf den Gartenmöbeln wie müde Köhlergehilfen, in rauchgebeizten Hemden und, sozusagen, melancholerisch gestimmt. Der Himmel war klar. Die Sterne hingen da wie rätselhafte Zeichen.
Paul öffnete plötzlich einfach eine Flasche Bier und leerte sie, das Feuer löschend, über zischender, dampfender Glut.
Paola stand in der Terrassentür, augenreibend: Was denn los sei?
»Ach«, seufzte ich.

Eine kleine Herde von Maschinen

Ich begann mein Berufsleben als Journalist. Und Schriftsteller. Ich schrieb. Aber was ist aus mir geworden? Ich bin der Hüter einer kleinen Herde von Maschinen. Ich hege und pflege eine Schar von Apparaten, die im Büro um mich herumstehen wie Schafe um ihren Hirten: ein Computer, ein Fax, ein Drucker, ein Telefon, sowie ein merkwürdiger und sehr wichtiger grauer Kasten an der Wand, der Teledat USB 2a/b heißt. Ich sorge für ihr Wohlergehen. Achte darauf, dass sie Strom bekommen. Dass sie funktionieren. Zum Schreiben komme ich nicht mehr. Mir fehlt die Zeit.

Früher hatte ich eine Schreibmaschine namens Monika und ein Telefon namens W 48. Die Schreibmaschine funktionierte mechanisch. Das Telefon hatte eine Gabel, in welche man den Hörer legte oder knallte, je nachdem. Vorbei. Alles funktioniert heute elektrisch und elektronisch, unserer Aufmerksamkeit entzogen. Unsichtbar.

Es ist etwas Seltsames an den Geräten um mich herum. Sie sind wie kleine, begabte Tiere, die einen Lehrer brauchen, der ihnen Kunststücke beibringt. Der dem Telefon erklärt, wie es mich zurückrufen kann, wenn der Apparat wieder frei ist, der gerade besetzt war, als ich ihn anrief. Oder der den Computer lehrt, sich nicht einfach von selbst ab- und wieder anzuschalten, sondern nur, wenn ich es will. Oder ihm sagt, wie er E-Mails empfängt, auch wenn er es vielleicht nicht möchte. Das alles ist meine Aufgabe. Ich bin bloß – wie soll ich sagen? – nicht begabt dafür. Bin kein Techniker. Ich bin wie ein

Mann, der Tiere dressieren soll, ohne von Dressur das Geringste zu verstehen. Sagte ich, die Apparate ähnelten Schafen? Und ich einem Hirten? Nein, oft sind sie wie böse Löwen, die einen kenntnislosen Dompteur wartend umringen.

Für Leute wie mich sind Hotlines erfunden worden. Kundennummern. Servicetelefone. Der Teledat USB 2a/b-Support. Da rufe ich an, wenn ich nicht weiter weiß, und ich weiß oft nicht weiter. Dann höre ich Musik. Dann sagt man mir, an welcher Position der Warteschlange ich stehe. Dann höre ich wieder Musik. Dann erfahre ich wieder meine Position in der Warteschlange. Dann höre ich Musik. Dann meldet sich ein Supporter. Dann stelle ich meine Frage. Dann verstehe ich die Antwort nicht. Dann gibt man mir eine andere Telefonnummer. Dann rufe ich dort an. Dann höre ich Musik. Dann sagt man mir, an welcher Position der Warteschlange ich stehe. Dann höre ich Musik. Dann, dann, dann. Dann verspricht man mir einen Rückruf, der nicht kommt.

Dann rufe ich Bruno an, meinen alten Freund und Technikfreak. Ich schreie und fluche. Bruno sagt, was ich tun soll. Er fügt hinzu, ich liebte meinen Computer, das Telefon, das Fax und den Teledat USB 2a/b nicht genug. Untersuchungen hätten ergeben, dass Geräte besser funktionierten, wenn jemand sie bediene, der sie liebe. Dann versuche ich, die Geräte zu lieben.

Dann gehen die E-Mails aus dem Computer nicht hinaus. Auf dem Bildschirm steht, ich solle mich an den Administrator des Pop3-Servers wenden. Aber wo wohnt er?

Die Leute an den Hotlines und telefonischen Supports

sind von zweierlei Art. Die einen behandeln mich wie einen Idioten, der ihr Herz rührt. Der ihnen aber nicht zuviel ihrer Zeit stehlen soll. Die anderen behandeln mich wie einen Idioten, der ihr Herz nicht rührt. Der ihnen zuviel ihrer Zeit stiehlt. Man hört den am anderen Ende der Leitung durchatmen. Man spürt, wie er ein Lachen unterdrückt. Man denkt: Sicher hat er den Lautsprecher eingeschaltet und der ganze Saal voller Supporter und Hotliner wiehert. Vielleicht fummeln sie über Leitungen an meinem Computer herum. Vielleicht zeichnen sie das Gespräch auf und lassen es später im Radio laufen.

Ich tue, was ich kann. Ich kämpfe. Ich bin am falschen Platz. Die Geräte bräuchten einen Ingenieur. Aber ich sitze nun mal hier. Der Mensch ist dazu da, der Technik das Leben zu erleichtern. Eigentlich bin ich Schriftsteller. Und Journalist. Die Tage gehen dahin. Ich könnte mir ein besseres Leben vorstellen. Aber die Geräte brauchen mich doch. Sie haben niemand anders auf der Welt.

Große Männer – kleine Männer

Irgendwer hat Luis eine Karlsson-vom-Dach-Kassette geschenkt, die tut er jeden Morgen in den Kinderkassettenrekorder und hört sie. Paola und ich hören sie auch. Wenn wir Luis sein Morgenmilchfläschchen bringen, hören wir sie. Wenn wir Luis anziehen, hören wir sie. Wenn wir Luis zum Frühstück rufen, hören wir sie. In den Worten Karlssons: Heißa hopsa, wir sind die besten Karlsson-vom-Dach-Hörer der Welt!

Ich glaube nicht, dass Luis viel versteht von dem, was ihm da zu Ohren kommt. Er ist erst vier, und der Junge namens Lillebror, um den es in den Geschichten geht, ist schon sieben. Aber das stört keinen großen Geist, würde Karlsson sagen. Und darum geht es hier jetzt auch nicht.

Hier geht es um kleine Männer. Karlsson vom Dach ist ein kleiner Mann, der beste kleine Mann der Welt, würde er selbst sagen, ein kleiner, dicker, sehr selbstbewusster Mann in den besten Jahren, der von Astrid Lindgren erfunden worden ist und auf dem Dach von Lillebrors Haus in Stockholm lebt. Er hat einen Propeller auf dem Rücken, und wenn er den mit dem Knopf vor seinem Nabel anschaltet, kann er fliegen. Karlsson ist der beste Kunstflieger, der beste Dampfmaschinenaufpasser, der beste Hähnemaler, der beste Schnellaufräumer, der beste Fleischklößchenholer, der beste Schnarchforscher, kurz, der beste Karlsson der Welt.

Und Lillebror ist ein auch kleiner Mann, und Luis ist ein kleiner Mann, und ich höre die Kassette und bin irgendwie auch einer, denke jedenfalls an die Zeiten, als ich selbst vier war oder sieben und in meine Mutter verliebt war und sie heiraten wollte, obwohl sie immer verlangte, dass ich Blumenkohl aß, weil Blumenkohl gesund sei. Aber ich konnte sie nicht heiraten, weil sie schon mit meinem Vater verheiratet war, einem großen Mann, mit dem sie sich öfter abends stritt, wenn ich schon im Bett lag, aber noch wach war. Ich hörte, wie sie aus dem Haus lief und dabei rief, sie komme nie wieder. Dann stand ich am Fenster und hoffte, sie würde doch wiederkommen. Mein Vater saß allein und stumm unten im Wohnzimmer. Ich ging allein und stumm ins Bett, ein verzweifelter kleiner Mann. Erst am nächsten Morgen sah ich, dass meine Mutter wiedergekommen war.

Das waren ungefähr die Zeiten, in denen ich von Lillebror las, der einen kleinen Mann namens Karlsson kannte, welcher ihm zeigte, wie man Dampfmaschinen zur Explosion bringt und aus sauren Drops, Himbeerbonbons, gewöhnlichen Bonbons, Schokolade und Mandelkeksen Kuckelimuck-Medizin macht. Und wie man als kleiner Mann ein Leben führen kann, von dem die Großen nichts ahnen und das sie nichts angeht.

Daran erinnere ich mich jetzt und denke, dass man in bestimmter Hinsicht immer ein kleiner Mann bleibt, so groß man auch wird, bis man seiner Mutter auf dem Totenbett den letzten Kuss gibt. Und danach womöglich auch noch.

Ich erinnerte mich auch daran, als ich schon frühstückte und hörte, wie Luis eines Morgens in seinem Zimmer einen Anfall hilflosen Größenwahns bekam. Er fing an, Paola herumzukommandieren, rief »Bring mir jetzt so-

fort meine Flasche!« und »Hol mir mein Frühstück her!«, Dinge, die heute nicht mal große Männer noch verlangen. Und Paola sagte:
»So redet man nicht mit seiner Mutter!«
Dann kam sie in die Küche. Luis schrie vor Wut in seinem Zimmer. Dann schlug er die Tür zu. Dann kam er in die Küche, setzte sich auf seinen Stuhl und grummelte. Als Paola noch einmal zu ihm sagte, er solle sie nicht herumkommandieren, rief er:
»So redet man nicht mit kleinen Männern!«
Dann lachten wir alle, und ich nahm ihn auf den Arm und sagte, heißa hopsa, sagte ich, er sei der beste kleine Mann der Welt.

Falsche Schlangen

Schlangen mag ich nicht, Menschenschlangen meine ich. Du kommst wohin, viele Leute wollen das gleiche wie du, bilden 'ne Schlange, du stellst dich hinten an, am Schlangenarsch. Das ist schon mal blöd. Das kann ich schon mal nicht leiden. Im Supermarkt: vier Kassen, zwei geschlossen, zwei geöffnet. Zwei Schlangen – welche nehmen?

Du zählst die Leute vor dir. Schaust in ihre Körbe. Voll? Leer? Du taxierst die Kassiererin: Langsam? Schnell? Dann die Feinheiten der Schlangenschätzung: Ist 'n Betrunkener vor dir, der nachher gar kein Geld hat oder lallend die Kassiererin beschimpft oder sein Geld nicht findet? Ist da 'ne alte Frau, die passend zahlen will und ihr verwinkeltes Portemonnaie mit gichtgekrümmten Fingern nach Münzen durchrührt, dann doch einen Schein hervorzieht und exakt in dem Moment, in dem die Kassiererin diesen Schein abgelegt hat und das Rückgabegeld bereithält, in diesem Moment also sagt: »Ach, nein, ich hab's ja doch passend! Warten Sie, hier!« Ist so jemand vor dir? Nein?

Dann nimmst du diese Schlange. Sie wird die schnellere sein. Dann stehst du, mählich vorrückend, schlängeläng, bist gleich dran. Aber!

Garantiert und immer wird dem Menschen vor dir, was du bei der Schlangenfeinbeurteilung nicht erkennen konntest, garantiert und immer wird ihm zum Beispiel der Bon an seinem Wurstpaket fehlen, an seinem banalen, miesen Fettwurstpaket wird er keinen Bon haben, worauf die Kassiererin sich mit der ekelerregenden Schmierpaketwurst erhebt, zur Wursttheke geht, wo sie die abstoßende Wurstwurst erneut abwiegt, um den Preis festzustellen und einen Bon ans Papier zu tackern, ein Vorgang, für den sie garantiert und immer eine Viertelstunde braucht oder von dem sie nie zurückkehrt,

während die Person vor dir, die unfähig genug war, nicht zu bemerken, dass an ihrer Deutschwursttüte doch der Bon fehlte, die Person also, die ihren vom übermäßigen Wurstgenuss geformten und längst zerstörten Körper vor dir in der Schlange wälzte, ohne auch nur einen Gedanken daran zu verschwenden, dass hinter ihr Menschen waren, Menschen, die warteten, Menschen, die vorankommen wollten im Leben oder wenigstens im Supermarkt,

während diese rücksichtslose, nirgendwo erwartete, nirgendwo benötigte, ergo über Massen an Zeit verfügende, das Leben Unbeteiligter ungerührt verzögernde Person stumpfen Wurstblicks der Rückkehr der Kassiererin harrt,

und während die Menschen in der Schlange neben dir, in der richtigen Schlange, in der Schlange derer, die zügig ihre Ware auf das Förderband zu legen imstande waren, rasch zahlen konnten und auch darauf achteten, dass ihren Wurstpaketen Bons anhafteten,

die Menschen in der Schlange also, die du wieder einmal nicht wähltest,

während diese Menschen frei aus dem Supermarkt eilen, unbehindert, entschlangt,

genau da wird neben dir eine dritte Kasse eröffnet, zu der sofort die hinter dir gewartet habenden Menschen hinüberrieseln, und an der sie sogleich bedient werden, obwohl sie in der Schlange hinter dir standen – du aber kamst aus dem Kassengang nicht hinaus, weil du ja der nächste an dieser Kasse bist, als solcher schon eingeklemmt zwischen Zigarettenkäfig und Süßigkeitenbehälter vor jener Zahlstelle, an der ein enthirnter Wurstfresser auf eine vom Supermarktboden verschluckte Kassiererin wartet, und du Wartewurm wartest mit ihm, hinter ihm, wieder einmal, wie du schon oft gewartet hast und noch oft warten wirst in diesem Leben, diesem zu kurzen Leben, das du in Schlangen harrend diese Schlangen hassend verbringst, »falsche Schlange, oh, du widerliche, falsche Schlange« murmelnd, immer am falschen Platz – warum, warum, warum?

Wozu ich da bin

Es ist eine Weile her, da überraschte mich mein Sohn Luis mit der Frage: »Papa, wozu bist du eigentlich da?«

Ich rang kurz um Fassung, dann entschloss ich mich zur Gegenfrage: »Was glaubst du denn, wozu ich da bin?«

Er runzelte seine fünfjährige Stirn, schloss kurz die Augen, grübelte hierhin und dorthin, dann sagte er langsam: »Um mich in den Kindergarten zu bringen… Um mir abends vorzulesen… Um mir das Badewasser einzulassen… Um mit mir zu spielen…«

Was für eine wunderbare, zutiefst sinnvolle Existenz!, seufzte ich. Wenn ich den kleinen Luis nicht hätte, wenn ich ihn nicht in den Kindergarten bringen könnte, ihm abends nicht vorlesen dürfte, ihm nicht das Badewasser einließe, nicht mit ihm spielte – mein Leben wäre nichts.

»Und wozu bist du da?«, fragte ich ihn.

»Um zu spielen!«

»Dann lass uns spielen!«, rief ich. »Wenn du dazu da bist.«

Und wir spielten. Wenn wir spielen, ist es meistens so, dass ich von Luis zu irgendetwas ernannt werde oder in irgendetwas verwandelt werde.

Luis sagt: »Du bist jetzt mein Pferd.« Dann bin ich sein Pferd, er reitet auf meinem Rücken, gibt mir Zuckerstücke zu fressen, und ich muss eine selbstgebastelte Kutsche durch die Wohnung ziehen.

Oder Luis sagt: »Du bist jetzt mein Klettergerüst.« Dann

bin ich sein Klettergerüst, er hüpft auf meinem Bauch, steigt auf meine Schultern und springt von dort zu Boden.
Oder Luis sagt: »Du bist jetzt ein Wassermonster.« Und dann bin ich ein Wassermonster, muss den Kopf im Schwimmbad unter Wasser stecken und blubbern, mit den Armen Wellen aufpeitschen und Luis mit Ich-fress-dich-Schreien durch das ganze Bad verfolgen. Was halt die Wassermonster so tun den lieben langen Tag.
Ist doch interessant, denke ich, zu was der menschliche Körper alles taugt. Zu welchen Verwandlungen. Und was er aushalten kann. Welche Belastungen so ein Vaterkörper erträgt, als Klettergerüst vor allem. Übrigens gehören zu meinen intensivsten Kindheitserinnerungen die Turnereien auf meinem eigenen Vater. Warum? Weil sie so selten waren. Mein Vater war kriegsverletzt. Ihm tat schnell was weh. Alle Väter waren damals kriegsverletzt. Jedem erwachsenen Mann in unserer Straße fehlte ein Bein oder ein Arm. Allein drei waren blind und wurden morgens von ihren Söhnen zur Bushaltestelle geführt. Meinen Vater schmerzte immer und immer das linke Bein, von einer Wunde, die nie heilte, und eines seiner Augen hatte er durch ein Glasauge ersetzen müssen. Wenn ich nachts ins Bad ging, um einen Schluck Wasser zu trinken, sah es mich an, das Glasauge. Es badete in einer Borwasserlösung in einem Glas und guckte mich an.
Vielleicht turne ich deshalb so gerne mit meinem Sohn herum, weil ich weiß, wie es ist, wenn ein Vater nicht mit seinem Sohn herumturnt. Oder nur selten. Es gibt ein Foto von meinem Vater und mir, da sitzt er auf einer Bank im Garten, und ich sitze oben auf seinen Schul-

tern. Aber ich kann das Foto nicht anschauen, ohne zu heulen.

Also: Es ist schön, ein Pferd, ein Klettergerüst oder ein Wassermonster zu sein. Ich bin es, solange Luis es wünscht. Manchmal, wenn er schon aufgehört hat, mit mir zu spielen, wiehere ich noch in der Wohnung herum, und wenn er fragt, warum ich wiehere, sage ich: »Ich bin ein Pferd, hast du gesagt.«

»Aber du bist kein Pferd mehr. Verwandel, verwandel!«

»Ach so. Das musst du mir sagen.«

Oder wenn Paola und Luis schon am Tisch sitzen und zu Abend essen, liege ich noch auf dem Flur herum.

»Warum kommst du nicht zum Essen, Papa?«

»Weil ich ein Klettergerüst bin. Du hast mich nicht zurückverwandelt.«

»Verwandel, verwandel! Du bist kein Klettergerüst mehr!«, ruft er.

»Danke«, sage ich und komme auch zum Essen.

Fürchten Sie sich also nicht, wenn im Schwimmbad einmal ein herrenloses Wassermonster auf Sie zukommt, den Kopf unter Wasser steckt und blubbert und mit den Armen Wellen schlägt und »Ich fress dich!« schreit.

Das bin nur ich (und Luis hat mich vergessen).

Servierpolizei

Manchmal wäre ich gern Polizist. Weil mein Sohn dann größeren Respekt vor mir hätte. Er verehrt die Polizei über die Maßen. Sobald er einen Polizisten sieht, hat er viele Fragen: Ob die Polizei schneller fahren darf als alle anderen? Ob die Polizei alle Verbrecher fängt? Ob es auch welche gibt, die sie nicht fängt? Ob die Polizei Kanonen hat? Und so weiter. Wenn irgendwo ein Polizist steht oder ein Polizeiauto fährt, liegt plötzlich in seinem Blick so ein Interesse und ein Respekt...
Nie sieht er mich so an.
Vor einer Weile las ich in der Zeitung, ein Mann habe seiner Frau sieben Jahre lang erzählt, er sei Polizist, obwohl er in Wahrheit Weichensteller bei der Bahn war. Jeden Morgen verließ er in Polizeiuniform das Haus, und abends erzählte er von seinen Kämpfen mit dem Unrecht. Erst als er überraschend ins Krankenhaus kam und die Frau seine angebliche Dienststelle informieren wollte, flog die Sache auf. Er kriegte ein Verfahren an den Hals. Und mit seiner Frau soll er auch Probleme bekommen haben.
So könnte ich es auch machen. Jeden Morgen in Uniform zum Büro, dort umziehen und abends umgekehrt. Luis würde ja nie auf dem Revier anrufen, wenn ich mal krank wäre, oder? Aber sein Respekt und seine Bewunderung wären mir sicher, und abends hätte ich die spannendsten Einschlafgeschichten parat. Und woher kriege ich eine Uniform?
Übrigens sahen wir neulich an einem Autobahnrastplatz

ein gelbes Auto mit Blaulicht. Und zwei Zivilpolizisten drin.
»Schau mal, Luis, ein Polizeiauto!«, rief ich.
»Aber Polizeiautos sind grün und weiß«, sagte er.
»Es ist Zivilpolizei«, sagte ich. »Man kann das Blaulicht vom Dach nehmen. Dann sehen die Verbrecher nicht, dass es ein Polizeiauto ist. Sie fühlen sich sicher. So kann man sie besser verhaften.« Wir redeten die ganze Autobahnfahrt lang über Zivilpolizei. Später vergaß ich die Sache. Tage darauf fuhren wir durch München. Luis fragte plötzlich: »Gibt es bei uns auch so eine Revierpolizei?«
»Du meinst ein Polizeirevier. Natürlich, irgendwo, aber ich weiß gerade nicht, wo.«
»Ich meine nicht ein Polizeirevier. Ich meine so eine Servierpolizei.«
Servierpolizei ist ein schönes Wort, dachte ich. Du gehst die Straße lang. Da steht ein Polizist. Reißt den Mantel auf wie ein Exhibitionist. Hat auf der Innenseite lauter Fläschchen befestigt. Und serviert dir einen Drink.
»Servierpolizei – was ist das?«
»Nicht Servierpolizei, ich meine Servilpolizei.«
Auch gut, dachte ich, überall unterwürfige Polizeibeamte, die dir die Strafmandate von der Windschutzscheibe lecken. Sie aufessen, wenn du es befiehlst.
»Servilpolizei – was meinst du?« Ich verstand nicht.
»Nein, keine Servilpolizei, eine… eine Persilpolizei.«
Er fand das Wort nicht. Und ich stand auf dem Schlauch. Ich dachte an die Geschichte vom Räuber Hotzenplotz, die ich ihm mal vorgelesen hatte: Darin jagen der Kasperl und der Seppel den Räuber, weil er die Großmutter entführt und dem Oberwachtmeister

Dimpfelmoser die Uniform geklaut hat. Während sie ihn jagen, spielen die Wörterverdrehen mit Schimpfnamen für den Hotzenplotz aus: Plotzenrotz, Kummdopf, Vindrieh, Krohstopf, Aumenpflaugust. Das fand Luis sehr witzig. Dies hier nicht. Wir kamen noch auf Rasierpolizei, Pressierpolizei, Zuvielpolizei, dann rief er wütend: »Mann, ich meine die Polizei, die wir neulich auf dem Parkplatz gesehen haben, an der Autobahn…«
»Ach, du meinst Zivilpolizei!!«
»Jaaaa. Gibt's die hier auch?«
»Natürlich. Man kann sie aber nicht erkennen. Sie sehen aus wie normale Leute in normalen Autos, und sie stehen irgendwo herum. Wenn ein Verbrecher vorbeikommt, schwupp, verhaften sie ihn.«
Den Rest der Fahrt blickte Luis stumm, konzentriert zum Fenster hinaus, ob er einen Zivilpolizisten sähe, der einen Verbrecher verhaftet. Und ich dachte darüber nach, wie es wäre, wenn ich mich eine Weile als Zivilpolizist ausgäbe, nur probeweise, nur für ihn, nur ein paar Wochen.

Ich kotz' gleich

Urlaub. Ist das nicht diese herrliche Zeit, die man frei von Arbeit mit den Seinen verbringt? In der man sich entspannt? Und wieder zu sich selbst findet?
Aber manchmal ist man mit seiner Arbeit vor dem Urlaub nicht gut vorangekommen, so wie ich neulich, und man denkt im Urlaub weiter an sie, die Arbeit, so wie ich neulich, und man findet nicht den rechten Kontakt zu den Seinen, so wie ich neulich, und entspannt sich gar nicht, so wie ich neulich, und findet nicht zu sich selbst, weil man gar nicht recht weiß, wo und wer man eigentlich ist.
So wie ich neulich.
Für eine Woche waren wir aufs Land gefahren. Am zweiten Tag saßen wir beim Mittagessen, als Paola sagte: »Was ist eigentlich los? Du hast heute höchstens drei Sätze zu mir gesagt, und gestern hast du mich von dir aus überhaupt nicht ein einziges Mal angesprochen.« (Kennen Sie das, wenn eine Situation plötzlich umkippt? Wenn, von einer Sekunde auf die andere, Blei in der Luft liegt und große Gefahr droht?) Ich ließ die Gabel auf den Teller klirren und sagte: »Was ist denn jetzt schon wieder?« (Bitte, das hätte ich nicht sagen sollen, aber ich konnte nicht anders. Echt.)
Paola: »Ich habe doch gesagt, was jetzt wieder ist. Dass wir im Urlaub sind, und du bist irgendwie nicht dabei.«
Ich: »Muss ich dauernd an mir herummaulen lassen?«
Paola: »Könntest du nicht darauf verzichten, die Gabel fallen zu lassen? Könntest du nicht sagen: ›Ja, Baby, du

hast recht, ich kann irgendwie nicht reden im Moment, mir geht immerzu dies oder jenes im Kopf herum‹?«
Ich: »Könntest du nicht mal darauf verzichten, mich zu kritisieren?«
Ich ging hinaus, damit nichts Schlimmeres passierte. Am Nachmittag fuhren wir – die Stimmung war belastet – zum See, zwanzig Minuten Autofahrt. Die Sonne schien, der Himmel war blau, die Blumen blühten. Wir nahmen Rudi mit, Luis' Freund. Rudi ist empfindlich, was Autofahren angeht, ihm wird schlecht dabei. Deshalb führte er ein Medikament mit sich, einen Kaugummi gegen das Kotzen. Nach einem halben Kilometer Autofahrt sagte Rudi: »Mir ist schlecht.« Paola packte einen Kaugummi aus, gab ihn Rudi, und der war's zufrieden. Nicht hingegen Luis.
»Ich will auch einen Kaugummi!«, rief er.
Paola gab ihm einen von den Wrigley's im Handschuhfach, aber den wollte Luis nicht, er wollte den gleichen wie Rudi.
»Das geht nicht, Luis, Rudi hat nur noch einen dabei, und den brauchen wir für die Rückfahrt.«
»Aber ich will!«
»Nein. Außerdem ist das ein Medikament, und ein Medikament nimmt man nur, wenn man es benötigt. Rudi muss kotzen, wenn er es nicht nimmt.«
»Ich muss auch kotzen!«, rief Luis. »Ich kotz' gleich!«
»Du musst nicht kotzen. Du hast noch nie im Auto gekotzt«, sagte Paola.
»Doch, ich muss kotzen! Ich will einen Kaugummi wie Rudi! Ich kotz' gleich!«
Er warf sich auf seinem Kindersitz hin und her und versuchte das Fenster hinten zu öffnen.

»Lass das Fenster zu, Luis!«, sagte ich.
»Aber ich kotz' gleich! Ich kotz' gleich!«
»Du kannst keinen Kaugummi wie Rudi bekommen, zum letzten Mal. Ich habe es dir erklärt«, sagte Paola.
»Aber ich kotz' gleich! Ich kotz' gleich!« Er zerrte am Sicherheitsgurt, drohte sich abzuschnallen, wurde hysterisch, weil er wähnte, benachteiligt zu sein. Ich verlor die Nerven. Man soll die Nerven nicht verlieren in solchen Situationen, die meisten Leute verlieren sie auch nicht, aber ich verlor sie. Ich war müde, und ich konnte das Geschrei nicht ertragen. Ich brüllte was von Umkehren, Heimfahren, »versautem Tag!«. Ich fuhr aber weiter: in einem Auto, in dem nun Stille herrschte. In dem eine Frau saß, die schwer atmete, um Ruhe zu bewahren angesichts des Nervenwracks am Steuer. In dem ein Kind namens Luis saß, das in das Schweigen eines Geschockten versank. In dem ein anderes Kind namens Rudi saß, das abends seinen Eltern von Luis' seltsamem Vater erzählen würde.
Die Sonne schien, der Himmel war blau, die Blumen blühten. Im Auto: bleierne Zeit. Wir fuhren zum See. Urlaub. Ich kotz' gleich.

Ein schimmelblauer Gorgonzola GTI

Ich muss mein Auto verkaufen. Aber niemand wird es haben wollen. Mein Auto stinkt. Innen. Widerlich. Unerträglich. Nach Käse. Bitte, es ist mir peinlich. Aber ich kann nichts dafür.

Neulich habe ich Luis mit dem Wagen zum Kindergarten gebracht. Wir waren spät aufgestanden. Luis hatte sehr dringend noch mit der Lego-Eisenbahn spielen müssen. Aber ich hatte es eilig. Ein wichtiger Termin. Jemand wartete.

Es blieb keine Zeit für das Frühstück. Paola machte Luis ein Käsebrot, welches er im Auto essen sollte. Ein Autobrot. Leider fiel nun, als ich Luis anschnallte, ein Bissen Käse vom Autobrot auf die Sitzbank. Ich wollte ihn aufheben, aber dabei rutschte der Käse in eine Lücke zwischen den Sitzen. Ich versuchte, ihn mit den Fingerspitzen zu angeln. Dabei rutschte er tiefer. Ich bekam nur eine Lutscherstange, zwei Plastikteile aus einem Überraschungsei und ein Frottee-Haargummi zu fassen. Meine Hände klebten. Der Käse blieb. Mein Termin drängte. Ich eilte. Vergaß den Käse.

Wenn in meinem Auto etwas zwischen die Sitze rutscht, kann man das schon mal vergessen. Eigentlich ist es erstaunlich, dass noch etwas zwischen die Sitze rutschen kann. Der Wagen ist ein fahrender Mülleimer, verstopft von Paola und Luis, welche ohne Respekt sind vor meinem Auto. Die Sitzritzen sind voll von Flaschendeckeln, Altschnullern, Fruchtbonbons. Sie sind versiegelt durch ein zähes Gemisch aus Schokolade, Lippenstift, Multivitaminsaft und Kaugummi. Warum wird dieser Kitt nicht beim Hausbau oder in der Raumfahrt verwendet? Er ist unzerstörbar.

Ab und zu fahre ich an eine Tankstelle. Dort schütteln Opelfahrer Fußmatten aus, Fordfahrer reiben Armaturenbretter mit sterilen Lappen ab, Mercedesfahrer klappen ihre Schuhe aneinander, bevor sie die Füße in die blinkenden Innenräume ihrer Karossen hineinziehen. Ich parke meine Klebekiste neben dem Sauger, reiße mich von der pappenden, leicht glänzenden Zuckerschicht los, die auch meinen Sitz kandiert, werfe einen Euro in den Kasten und lasse den röhrenden Rüssel durch meine Schmutzkarre schnorcheln, bis er nach Sekunden einen Duplobaustein erwischt, verstopft, nur noch leise die Luft einhaucht wie ein todkranker Elefant, nicht mehr saugt.

Dann fahre ich und hoffe, die Opelfahrer, Fordfahrer, Mercedesfahrer und der Tankstellenbesitzer haben nicht gemerkt, dass ich ihren Sauger kaputtgemacht habe.

Was nun das Stück Käse angeht, so machte sich nach Tagen ein sehr penetranter Geruch bemerkbar. Ich versuchte erneut, den Käse zu erreichen, indem ich die hinteren Sitzlehnen umklappte und vom Kofferraum her meine Finger durch die Sitzritzen schweifen ließ. Aber ich fand nur den Haarschopf eines Playmobilmännchens, die Kappe einer Zahnpastatube sowie eine Pommes frites-Gabel.

Das Käsestück muss in den Zwischenraum zwischen Passagierraum und Chassis gerutscht sein. Unerreichbar. Langsam dort zergasend. Vielleicht muss man den Wagen von unten aufschweißen, um heranzukommen Oder auseinanderbauen. Oder verschrotten.

Vor Monaten bin ich von der Polizei geblitzt worden, als ich zu schnell fuhr. Auf dem Foto war niemand zu erkennen. Man sah hinter der Windschutzscheibe nur leere CD-Hüllen, zerdrückte Saftkartons, zwei Teddybären, sehr viel Papier. Ich war froh, denn so konnten die Beamten auch nicht sehen, dass ich unangeschnallt war. Man kann sich in meinem Auto nicht mehr anschnallen, seitdem zu Ostern Zuckereier in die Gurtschlösser gerutscht sind, wo sie sich verklemmt haben.
Vielleicht hören Sie demnächst im Radio, auf der Autobahn komme ihnen ein schimmelblauer Gorgonzola GTI entgegen. Das liegt daran, dass der Käsegeruch mich hat ohnmächtig werden lassen.
Überholen Sie nicht. Fahren Sie langsam. Fahren Sie rechts ran.
Und halten Sie die Luft an.

Amerika

Manchmal, an freien Tagen und bei schönem Wetter, fahren wir zu einem See, holen das Kanu aus dem Schuppen und paddeln aufs wellenlose Wasser hinaus. Jeder sticht sein Paddel in die glatte, spiegelnd grüne Fläche, Paola vorne, ich hinten und Luis sein kleines Plastikpaddel in der Mitte. So gleiten wir aus der Bucht – wohin?

»Fahren wir zu der Dusche?!«, ruft Luis.

»Wohin?«, fragt Paola.

»Zur Dusche!«

»Was für eine Dusche?«, frage ich.

»Na, die Dusche, wo ich neulich mal geduscht habe. Diese Dusche, die draußen ist.«

Paola und ich grübeln eine Weile paddelnd vor uns hin. Dann fällt uns gleichzeitig ein, was er meint. Wenn man von unserer Bucht aus eine halbe Stunde nach links paddelt, kommt man zu einem kleinen Badestrand mit einer Wiese dahinter. Da steht eine Freiluftdusche. Vom Strand aus hat man einen herrlichen Blick auf den See. Auf die Berge dahinter. Auf eine Insel mitten im See. Auf dieser Insel gibt es eines der besten Wirtshäuser, die ich kenne, mit einem der schönsten Biergärten, die ich kenne.

»Aber Luis, wir wollten zur Insel hinüber paddeln und in das Wirtshaus gehen mit dem Biergarten«, sagt Paola.

»Dort wollten wir mittags essen«, sage ich.

»Aber ich will zu der Dusche.«

Wir paddeln und paddeln. Nach einer Viertelstunde

halten wir an einem verfallenen Steg, machen das Boot fest und baden ein bisschen. Dann liegen wir im Boot in der Sonne und schlagen ein paar Bremsen tot. Von hier aus kann man die Insel schon sehen.

»Wann fahren wir zu der Dusche?«, fragt Luis.

»Was willst du denn da bloß?«, fragt Paola.

»Na, duschen. Das war so schön beim letzten Mal, als wir da waren.«

»Stell dir vor«, sage ich zu Luis, »die Insel da drüben ist Amerika. Und wir müssen mit unserem Boot über den großen gefährlichen Ozean fahren, um Amerika zu besuchen. Vielleicht begegnen wir einem Seeungeheuer. Das ist ein großes Abenteuer, das wir bestehen müssen.«

Das war jetzt ein Fehler, oh! Luis ist ein ängstliches Kind. Er versteckt sich schon hinter dem Sofa, wenn bei *Biene Maja* eine Wespe auftritt. Paola sieht mich an. »Idiot!«, sagt ihr Blick.

»Ich will aber nicht nach Amerika«, sagt Luis.

»Das war nur Spaß, was Papa gesagt hat«, sagt Paola. »In Amerika gibt es ein Eis für dich. Nach dem Essen.«

»Ich will aber zu der Dusche!«

Er will nicht in mein Amerika. Er ist *gegen* mein Amerika.

Wir paddeln weiter. Gerade lese ich, zum dritten oder vierten Mal, *Hotel Savoy* von Joseph Roth. Darin kommt ein Kroate namens Zwonimir vor, ein Kriegskamerad des Erzählers. Zwonimir liebt Amerika. Alles, was gut ist, nennt er Amerika. »Wenn eine Stellung schön ausgebaut war, sagte er: Amerika! Von einem feinen Oberleutnant sagte er: Amerika. Und weil ich gut schoss, nannte er meine Treffer: Amerika.« Auch kommen in dem Buch vor: Ein Friseur, der Christoph Kolumbus heißt, und ein Reicher namens Bloomfield. Der reist aus New York ins Hotel Savoy, um des Vaters Grab zu besuchen. Der Erzähler wird für kurze Zeit und hohes Honorar sein Sekretär.

»Amerika«, sagt Zwonimir dazu.

Das hat mit dieser Sache hier nichts zu tun, aber ich lese das Buch eben gerade. Mir geht alles durcheinander im Kopf, es ist heiß, ich habe Durst, und gern säße ich jetzt drüben in dem Biergarten auf der Insel. Wir paddeln am Seeufer entlang. Dies hier ist eine Gegend, welche von Amerikanern besucht wird, auch von Japanern und Holländern und Menschen aus Norddeutschland. Warum? Weil sie so schön ist. Weil es hier ein berühmtes Schloss gibt. Hohe Berge. Und Biergärten auf Inseln.

Wir aber besuchen eine Dusche.

Knirschend fährt das Kanu auf den Kies, wir ziehen es aufs Ufer, und Luis läuft zum Wasserhahn, dreht die Dusche auf und springt juchzend darunter umher.

Es ist mittags. Paola geht noch einmal schwimmen. Ich setze mich an den Strand und schaue auf den See, die Berge, die Insel. Von hier aus sehe ich das Wirtshaus nicht, aber ich spüre die Sehnsucht danach.

»Amerika«, seufze ich.

Von Opti- und Pessimisten

Die Menschheit besteht aus Optimisten und Pessimisten. Aus solchen, die das Leben leicht, und solchen, die es schwer nehmen.

Und unsere Ehe besteht aus Paola und mir.

»Lass uns ins Kino gehen«, sagt Paola.

»Gibt eh keinen guten Film«, sage ich.

»Bestimmt gibt es einen guten Film«, sagt sie, schaut ins Kinoprogramm, sucht einen Film aus, ruft im Kino an, bestellt Karten. Dann fahren wir los, mit dem Auto. Fünfhundert Meter vor dem Kino sehe ich einen Parkplatz, halte an, lege den Rückwärtsgang ein und…

»Was machst duuuu denn?«, fragt Paola.

»Parken«, sage ich.

»Das Kino ist erst da hinten«, sagt sie.

»Aber da hinten, wo das Kino ist, finden wir vielleicht keinen Parkplatz«, sage ich.

»Woher willst du das wissen?«, sagt sie. »Fahr erst mal hin!«

»Und dann ist da nichts, und dieser Parkplatz hier ist vielleicht auch weg«, sage ich.

»Entschuldigung, ich soll von hier zu Fuß bis zum Kino latschen?«, sagt sie. »Ist es wahr, dass du mir sagen willst, dass ich von hier zu Fuß zum Kino latschen soll?«

»Die paar Meter…«, sage ich. »Was ist dabei?! Ein kleiner Spaziergang.«

»Ein Spaziergang, in dieser Gegend!«, höhnt sie. »Findest du es nicht furchtbar spießig, selbst so ein kleines Aben-

teuer, so ein winziges Wagnis zu scheuen wie dieses, dass wir eventuell vor dem Kino keinen Parkplatz finden?«
»Du findest also, dass ich ein mutloser, spießiger Waschlappen bin«, sage ich.
»Nein, aber du bist immer so pessimistisch«, sagt sie. »Jetzt fahr nach vorn zum Kino, da wird schon ein Parkplatz sein.«
»Pessimismus ist angeboren«, sage ich, biege aus der Parklücke wieder aus und fahre Richtung Kino. »Dagegen kann man nichts tun. Erst neulich habe ich von einer Harvard-Studie gelesen: Pessimistengehirne schütten nicht genug von einer bestimmten Anti-Angst-Chemikalie aus, deshalb ist ihr Nervensystem unruhiger, und sie müssen immer das Schlimmste fürchten.«
»Ja, aber dann weißt du doch, woher alles kommt, und musst dich nicht sorgen«, sagt sie.
»Siehst du«, sage ich, »vor dem Kino ist kein Parkplatz.«
»Weil wir da vorn soviel Zeit mit deinem Pessimismus vertrödelt haben«, sagt Paola.
»Immerhin hätten wir dort parken können«, sage ich. »Jetzt kommen wir wahrscheinlich zu spät, um die Karten abzuholen. Man muss sie eine halbe Stunde vor Filmbeginn abholen.«
»Dann steige ich schon mal aus und hole sie, während du einen Parkplatz suchst«, sagt sie.
»Ach soooo«, sage ich. »Madame lassen sich vorfahren, und ihr spießig-pessimistischer Chauffeurstrottel darf durch die City irren.«
»Jetzt hab dich nicht so!«, sagt sie. »Wozu bist du ein Mann?«
Sie steigt aus, und ich fahre weiter, biege rechts ab und links und links und rechts – nirgends eine Parklücke.

Komme zu dem Parkplatz von vorhin – da steht nun jemand. Schreie wütend im Auto herum. Fahre weiter und weiter und parke schließlich weit entfernt vom Kino. Gehe eiligen Schrittes zurück. Komme schwitzend an. Vor dem Eingang wartet Paola.
»Ich habe einen Parkplatz gesucht«, zische ich.
»Aber hier ist einer«, sagt sie und zeigt auf eine Parklücke, die tatsächlich vor dem Kino gerade frei wird.
»Ich bin durch die Stadt gezockelt«, sage ich, »weil du den Platz vorhin nicht nehmen wolltest.«
»Dass du dich immer so ärgerst«, sagt sie, »ist nicht gut für deine Gesundheit.« Sie nimmt mich in den Arm und sagt: »Nimm das Leben leichter!«
»Ach…«, sage ich.

Der riesengroße Wahnsinnsstreit

Einmal im Jahr fahre ich in den Sommerurlaub, meistens im Sommer, meistens nach Italien, jedes Jahr. Nie fahre ich ohne Paola. Ich liebe Paola. Ich brauche Paola. Mit wem sollte ich sonst den riesengroßen Wahnsinnsstreit haben, den wir einmal im Jahr haben, meistens im Sommer, meistens in Italien, jedes Jahr? Immer am Urlaubsanfang.

Wir hatten in Deutschland ein Schlauchboot gekauft, vier Meter lang, in mehreren Kartons verpackt. Ich hatte es zu Hause in den Keller gelegt. Bevor wir losfuhren, packte ich alles ins Auto. Man konnte dann in Italien mit dem Auto nicht an den Strand fahren – also mussten wir die Bootsteile mit Luis' Kinderbuggy hinunter in eine Bucht transportieren. Dort packten wir aus. Ich habe nicht viel Ahnung von Booten. Ich bestaunte die Teile, las die Gebrauchsanweisung.

»Und das ist also das eigentliche Boot«, dozierte ich, »das sind die Paddel, das sind Aluminium-Bodenplatten, die man zusammensteckt, und…«

»Wo sind die Längsstreben, mit denen man die Bodenplatten verbindet, damit das Boot torsionssteif ist?«, fragte Paola.

»Was soll das Boot sein?«, fragte ich.

»Torsionssteif«, sagte sie. »Die Bodenplatten sollen sich nicht verschieben, wenn eine Welle kommt.« Für technische Fragen ist sie zuständig. »Hast du im Bootsladen nicht gesehen, wie das beim zusammengebauten Boot aussah?«

»Nicht genau«, sagte ich. Ich war von den vielen Booten insgesamt so fasziniert gewesen, dass ich auf Details nicht geachtet hatte.
»Wo sind die Längsstreben?«, fragte sie.
»Hmmmm…«, machte ich.
»Du hast sie im Keller vergessen«, sagte sie kalt. »Ich kann nicht glauben, dass du sie im Keller vergessen hast. Aber du *hast* sie vergessen.«
»Weil ich im Stress war«, sagte ich. »Weil ich alles allein machen musste. Auf Luis aufpassen und das Auto packen und…«
»Ach Gott!«, sagte sie. In ihrer Stimme lag jene Schärfe, die den riesengroßen Wahnsinnsstreit erahnen ließ.
»Was heißt ›Ach Gott!‹?«, sagte ich, selbst bemüht, Schärfe anklingen zu lassen.
»›Ach Gott!‹ heißt, dass du nicht nur die Längsstreben vergessen hast, sondern dich auch noch in Selbstmitleid ergehst«, sagte Paola.
Der riesengroße Wahnssinnsstreit war im Gange. »Du nennst es Selbstmitleid, wenn ich den Stress erwähne, den ich regelmäßig habe, bevor ich endlich in Urlaub fahren kann?!!«, sagte ich.
»Wirst du auch noch einen cholerischen Anfall bekommen?«, zischte sie. Paola hält mich für einen Choleriker. Doch ich bin kein Choleriker. Das Einzige, was mich wütend macht, ist, wenn man mich Choleriker nennt. Da könnte ich ausrasten. Ich hätte vor Wut die Längsstreben ins Wasser werfen können. Aber ich hatte sie ja vergessen.
Die Leute am Strand blickten neugierig. Ich vergaß mich. Ich zischte Paola eine Beleidigung ins Ohr. Mein Benehmen war untragbar. Ich zog mein T-Shirt aus,

sprang ins Wasser, kraulte bis zum Rand der Bucht. Als ich zurückkehrte, war Paola weggefahren, mit Luis, der einige Meter weiter im Sand gespielt hatte. Die Bootsteile und der Buggy waren noch da. Ich trocknete mich mit meinem T-Shirt ab. Dann lud ich die Bootsteile auf den Buggy. Er schwankte unter der viel zu großen Last. Unsere Ferienwohnung befand sich mehrere Kilometer entfernt in einem Dorf auf einem kleinen Hügel. Ich begab mich dorthin, in Badehose, sonnendurchglüht, den schwer beladenen Buggy bergan schiebend, fluchend.

So könnte ein Film anfangen, denke ich heute: Ein Mann schiebt einsam und schwitzend einen mit einem Boot beladenen Buggy durch die Gegend. Damals dachte ich: Nie wieder rede ich mit ihr. Anwälte werden reden.

Wir redeten zwei Tage nicht. Ich ließ irgendwie die Längsstreben nachschicken. Wir vertrugen uns wieder. Bauten das Boot zusammen.

Ich hatte verloren, dieses Mal. Aber mal sehen, was der nächste Sommer bringt.

Orlando, der Vielfache

Paola, Luis und ich besuchten einen sehr kleinen Zirkus, der sein Zelt am Stadtrand aufgeschlagen hatte. An der Kasse saß ein Mann in mittleren Jahren. Er hatte schwarze, in der Mitte gescheitelte Haare, trug einen schmalen Clark-Gable-Schnäuzer und lächelte abwesend.

Wir setzten uns. Musik ertönte. Zwei Helfer trugen einen Kasten in die Manege. Eine Stimme rief, »Orlando, der Jongleur« werde seine Kunst darbieten. Ein kleiner, fast schmächtiger Mann sprang in großen Sätzen in das Rund. Er trug ein rot-weiß geringeltes Hemd und sah dem Herrn, der uns die Karten verkauft hatte, sehr ähnlich: schwarze Haare, Mittelscheitel, dünner Schnäuzer. Doch lächelte er nicht. Er öffnete den Kasten, entnahm ihm drei Keulen und begann zu jonglieren, das heißt: Er versuchte, mit dem Jonglieren zu beginnen, denn jedesmal, wenn er die Keulen ein wenig in der Luft bewegt hatte, fiel eine von ihnen zu Boden, und die anderen taten es ihr nach. Orlando hob sie wieder auf, begann von Neuem, scheiterte, versuchte es mit Bällen, scheiterte, versuchte es mit Reifen, scheiterte. Es war offensichtlich: Wenn dieser Mann etwas nicht konnte, dann war es Jonglieren.

Orlando trat ab.

Ponys galoppierten herein. Es dauerte etwas, bis ihr Dompteur folgte, ein Mann, ich wage es kaum zu sagen, der Orlando ähnelte wie ein Jonglierball dem anderen, nur dass sich über dem Ringelhemd nun eine Frackjacke spannte. Mir fiel das berühmte Zitat aus Marx' und Engels' *Deutscher Ideologie* ein, wonach es in der kommunistischen Gesellschaft möglich sei, »morgens zu jagen, nachmittags zu fischen, abends Viehzucht zu treiben, nach dem Essen zu kritisieren, wie ich gerade Lust habe, ohne je Jäger, Fischer, Hirt oder Kritiker zu werden«. Für Orlando schien der Kommunismus Wirklichkeit geworden zu sein, er riss Karten ab, jonglierte, dressierte…

Ja, die Pferdenummer absolvierte er mit Anstand. Luis stand begeistert auf seinem Sitz, auch Paola, die etwas von Pferden versteht, war erfreut. Wozu würde Orlando, der Vielfache, als nächstes Lust haben?

Seine Helfer trugen Stühle ins Rund, dazu vier Flaschen, auf welche Orlando, nun im weißen Artistendress, den ersten Stuhl mit seinen vier Beinen stellte. Er türmte weiter Stuhl auf Stuhl, ein schwankendes Gebilde errichtend, daran arbeitend wie ein bildender Künstler, immer wieder auf seinem Stuhlturm herumturnend – und weil er selbst uns gute Karten verkauft hatte und wir weit vorne saßen, konnte ich auf seiner Stirn Schweißperlen erkennen, die ich für Folgen der physischen Anstrengung hielt. Dann aber, als O. die Spitze seines Stuhlbaus erklomm und eine Weile dort verharrte, balancierend, in die Tiefe starrend wie in einen Orkus, dann aber erkannte ich in einer Sekunde, dass es die reine Angst war, die Orlando das Wasser auf die Stirn trieb. Ich sah, dass hier einer Nachmittag für Nachmittag Haut und Knochen riskierte.

In der Pause verkaufte Orlando Popcorn.

Was für eine Idee, die Jongliernummer an den Anfang zu stellen! Welche Spannung das erzeugte! Bei jedem folgenden Auftritt dachte ich: Kann er's? Oder nicht?

Ein großes Brett wurde aufgestellt, eine Frau erschien, stellte sich vor das Brett. Ich dachte: Er wird doch nicht Messer werfen?! Bitte, das wird er uns nicht antun?!
Doch unser Mann erschien mit Messern in den Händen. Ich hielt mich bereit, um Luis die Augen zuhalten zu können. Es stellte sich heraus, dass Orlando unter allen Menschen, die ich kenne, der schlechteste Messerwerfer war, ausgenommen jene, die, aus gutem Grund, niemals mit Messern werfen. Er warf Messer, ohne je Messerwerfer geworden zu sein. Mit ruckartigen Bewegungen wich die Frau vor dem Brett den Würfen aus. Keine Messerwurfnummer, eine Messerwurfausweichnummer.
Ob sie seine Frau ist?, dachte ich. Ob sie sich gestritten haben? Ich war schweißgebadet. Orlando trat noch als Clown und als Feuerschlucker auf, doch daran habe ich keine Erinnerung. Was für ein Leben!, dachte ich. Wenn ich Bücher nicht nur schreiben, sondern auch illustrieren, drucken, verkaufen, den Leuten abends vorlesen müsste!
In Gedanken versunken verließ ich mit Paola und Luis den sehr kleinen Zirkus. Als wir den Omnibus bestiegen, der uns in die Stadt zurückbringen sollte, betrachtete ich kurz den Fahrer: ob er einen Mittelscheitel trüge, schwarze Haare, dünnen Schnäuzer, abwesendes Lächeln…

Wie man glücklich wird

Ich hatte meinen freien Tag, saß in der Küche und las in der Zeitung, als Luis hereintrat und fragte:
»Papa, was ist eigentlich Glück?«
Glück, dachte ich – wie erklärt man einem Fünfjährigen, was Glück ist? Und Glück, dachte ich – weiß ich überhaupt selbst, was Glück ist? Welche Ahnung hat ein Jammerlappen wie ich, der sich leicht Tag für Tag in Klagen und Melancholie verliert, vom Glück? Was wäre Glück für mich in diesem Moment? Wenn ich noch zwei Stunden hier sitzen könnte und Zeitung lesen, unbehelligt vom Leben? Und was wäre Glück für ihn, den Kleinen – jetzt?
»Ähm, also, Glück ist... weißt du...«, hob ich an, weil ich mich zu einer Antwort verpflichtet fühlte, »Glück also ist... Luis?! Wo bist du denn?«
Er war aus der Tür gegangen. Er hatte die Frage gestellt und anschließend sofort den Raum verlassen, vielleicht im Gefühl, die Frage könnte für mich zu groß sein. Oder die Antwort für ihn zu hoch. Ich las wieder in meiner Zeitung, ohne weiter über Glück nachzudenken und etwas anderes zu empfinden als eine kleine Zufriedenheit. Da betrat Luis wieder das Zimmer. Er trug drei lange Leisten aus Holz und eine Plastiktüte mit kleinen und größeren Holzklötzen, die der Schreiner ihm geschenkt hatte, als er einen Einbauschrank installierte.
Luis sagte: »Ich möchte eine Maschine bauen.«
»Was für eine Maschine?«, fragte ich.

»Eine Maschine eben«, sagte er. »Eine Maschine, die etwas kann.«
»Und was?«, fragte ich.
»Na, *etwas* eben, irgendetwas«, sagte er. »Hilfst du mir? Gibst du mir dein Werkzeug?«
Ich dachte, wie gern ich noch eine Weile mit meiner Zeitung allein gewesen wäre, wie gern ich danach vielleicht einen Spaziergang gemacht hätte, dass ich vielleicht auch Freude an einem Buch gehabt hätte. Wie schön es wäre, Luis würde allein in seinem Zimmer spielen! Und: Ich bastele nicht gern und verstehe nichts von Maschinen. Teufel auch, ich hatte meinen freien Tag!
Aber!!! Luis bastelt gern, und er versteht noch weniger von Maschinen, und ich konnte ihn ja nicht allein mit Hammer und Säge werkeln lassen. Ich dachte einen Augenblick nach, dann sagte ich:
»Wir bauen eine Schranke.«
»Was ist eine Schranke?«
»Das gibt es bei der Eisenbahn, wenn sie über eine Straße fährt, damit die Autos stehenbleiben. Und an den Grenzen zu anderen Ländern.«
»Ach so, eine Schranke«, sagte Luis. »Jaaa!«
Dann holte ich den Werkzeugkasten und Nägel. Wir sägten ein Stange für die Schranke zurecht, so breit wie unser Flur, nagelten an das eine Ende einen Holzklotz, bauten ein Gestell mit Halterungen für das eine und das andere Ende der Schranke und machten sie so daran fest, dass man sie auf- und zuklappen konnte. Dann holte Luis seinen Malkasten mit den Wasserfarben, und ich holte Wasser. Weil ich keine alte Zeitung fand, nahm ich die neue, die ich eigentlich noch lesen wollte, und breitete sie unter der Holzkonstruktion aus. Wir

malten die Schranke weiß und rot an: Ich machte die weißen Streifen, Luis die roten, und den dicken Holzklotz am Ende machten wir gemeinsam schwarz. Dann nahmen wir ein Brettchen und nagelten es an die Schranke, als Schild.

»Was sollen wir auf das Schild schreiben?«, fragte ich.

»Wir schreiben: ›Halt, hier muss man stehenbleiben, das ist eine Schranke!‹«, sagte Luis.

»Dafür ist das Schild viel zu klein«, sagte ich. »Wir schreiben einfach: ›Stop!‹«

»Gut«, sagte Luis. Ich schrieb: »Stop!« Wir waren fertig. In diesem Moment kam Paola vom Einkaufen. Sie blieb vor der Schranke stehen und fragte: »Was ist das denn?«

»Eine Schranke«, sagte Luis. »Siehst du doch.« Er klappte die Schranke auf, ließ Paola gehen, klappte die Schranke zu und sah dabei aus, als wäre er in der Zeit, als wir bastelten, zehn Zentimeter größer geworden.

Dabei war er bloß glücklich. Und ich auch.

Nur einfach mal wohnen wollen

Es ist Abend. Ich liege auf dem Sofa. Paola kommt herein.
»Liebling«, haucht sie, »duuuu…?«
Sie kniet sich neben das Sofa.
Ich weiß schon, was jetzt kommt, lege die Füße hoch auf ein dickes Kissen und schaue nach links gegen die Rückenlehne des Sofas.
»Schatzi«, flüstert sie, »ich würde so gern…«
Ihr Mund ist neben meinem Kopf, ihre Lippen berühren mein Ohrläppchen.
Nein, denke ich, nicht jetzt. Ich habe keine Lust. Nicht schon wieder.
Aber es muss sein. Sie will. Geht nicht anders.
»Hilfst du mir, die Möbel umzustellen«, säuselt sie.
In unserem Wohnzimmer befinden sich ein Sofa, eine Chaiselongue, ein Tischlein, zwei Sessel, eine Stehlampe, noch ein Tischlein, ein Sekretär und ein Teppich. Jedes Möbel hat schon an jeder Stelle im Wohnzimmer gestanden, so oft haben wir sie verrückt und umgestellt.
»O nein«, seufze ich, »das können wir doch morgen machen.«
»Nein«, sagt Paola, »ich will, dass wir es jetzt sofort machen. Ich kann dieses Wohnzimmer nicht mehr sehen. Ich ertrage es nicht. Das Sofa hier steht im Weg, wenn man zum Fenster will, und den Sekretär sieht man überhaupt nicht richtig, wenn man reinkommt, dabei ist er so schön.«

»Ich habe den ganzen Tag gearbeitet«, sage ich. »Ich will nicht Möbel rücken. Ich will jetzt wohnen.«
»Ich kann hier nicht mehr wohnen«, sagt sie. »Dieses Zimmer macht mich wahnsinnig. Ich hasse es. Ich mag es schon gar nicht mehr betreten. Es ist so *un*-gemütlich.«
Wenn sie *un*-gemütlich sagt, habe ich verloren. Noch ein Widerwort, und nicht nur das Wohnzimmer wird sehr *un*-gemütlich. Sondern auch Paola.
Aber es muss mal ein offenes Wort erlaubt sein. Für mich liegt der Sinn aller Dinge, die mich umgeben, weniger in ihrem Gebrauchswert als in ihrer Beständigkeit. Natürlich brauche ich eine Brotschneidemaschine, um Brot zu schneiden. Und eine Nachttischlampe, um nachts lesen zu können. Und einen Sekretär, um in seinem linken unteren Schublädchen Schlüssel aufzubewahren.
Das ist das eine.
Das andere ist: Ich brauche die Brotschneidemaschine und die Nachttischlampe und den Sekretär auch, weil sie Gegenstände sind. Gegenstände können nicht abhauen. Sie sind morgens, wo ich sie abends hingelegt habe. Sie befinden sich, wenn ich will, jahrelang am selben Platz. Wenn mein Blick in ihre Richtung geht, sind sie da. Das beruhigt mich. Gibt mir Halt. Macht mir Zuversicht. Ich glaube, das ist der tiefere, allen Gegenständen gemeinsame, über ihre banale Zweckmäßigkeit hinausreichende Sinn der Dinge.
Sie sollen mich beruhigen. Sie sollen das Nervöse in meinem Inneren beschwichtigen. Aber man muss sie dafür natürlich stehen lassen, wo sie sind. Darf sie nicht immerzu verrücken.

»Ich kann unmöglich auch nur noch einen einzigen Abend in einem so *un*-gemütlichen Wohnzimmer verbringen«, sagt Paola.
Sie ruht so sehr in sich, dass sie um sich herum Bewegung braucht. Deswegen hält sie selbst Sofas, Sessel und Sekretäre auf Trab.
»Aaaaaaah«, mache ich und stehe auf.
Wir schieben den Sekretär nach links, das Sofa nach rechts, die Chaiselongue an die Wand. Den Teppich ziehen wir hierher und dorthin. Paola stellt sich in die Ecke, stützt den Kopf in die rechte Hand, den rechten Ellbogen auf den linken Unterarm.
Dann sagt sie: »Besser. Gemütlich.«
Ich lausche, wieder auf dem Sofa, dem Verklingen ihrer Worte nach. Höre schon den leisen Zweifel darin. Weiß, dass wir in einem halben Jahr wieder rücken werden. Und gebe mich doch der verzweifelten Hoffnung hin, nun werde alles bleiben, wie es ist.
Für ein Jahrtausend.
Oder wenigstens für den Rest meines Lebens.
Oder wenigstens dieses Jahr.

Ein Taxifahrerquäler gesteht

Ach, die Taxifahrer. Warten an Rufsäulen und können nicht wechseln, wühlen sich durch die Stadt und können nicht wechseln, kurven einsam durch die Nacht und können nicht wechseln, hassen die ganze Welt und können nicht wechseln, verdienen zu wenig und können nicht wechseln und kennen nicht wechsöln und wönnen nicht klechsen, nein, weichseln kennen se nöcht.

Ich wohne fünf Euro dreißig vom Bahnhof entfernt, zum Gehen zuviel, zum Fahren zu wenig, und wenn ich aus dem Bahnhofsgebäude trete und den ersten Taxifahrer in der Reihe von seinem Sitz springen sehe, meinen Koffer in seinen Raum lege, mich auf die Rückbank setze und mein Fünfeurodreißigziel nenne, dann sehe ich jedesmal diesen Daseinsfrust in ihren Augen und die Bitternis eines Chauffeurslebens, in dem immer die anderen die Richtung bestimmen.

Und ich spüre, wie sie denken: »Deinetwegen gehen meine besten Jahre dahin, deinetwegen tragen meine Kinder zerschlissene Kleidung, deinetwegen essen wir abends Margarinebrote, du Fünfeurodreißiggesicht, du billiges, blödes, und ich stehe gleich wieder ganz hinten in der Schlange, und der Herr, der nach dir kam, hätte zum Flughafen gewollt, für einen guten Fünfziger.«

Und dann können sie nicht wechseln. Wir stehen vor meiner Wohnung, und ich weiß, was jetzt kommt, gebe schon ein Trinkgeld von einem Euro siebzig, sage also freiwillig »Sieben«, ziehe einen Fünfzigeuroschein aus

dem Portemonnaie – und der Fahrer sagt: »Was ist das denn?«
Ich sage: »Ein Fünfzigeuroschein.«
Er sagt: »Wie soll ich das wechseln?«
Ich sage: »Geben Sie mir einfach 43 Euro zurück.«
Er sagt: »Ich habe kein Kleingeld. Sie sind schon der Sechste heute morgen.«
So ist es immer. Immer bin ich schon der Sechste heute morgen, immer bin ich schuld, immer müssen wir dann in eine Kneipe oder in den Buchladen oder in das Schmuckgeschäft, um zu wechseln, denn alle können das, nur die Taxifahrer nie.
Einmal kam ich mit dem Nachtzug, es war sechs Uhr morgens, und die Kneipe, der Buchladen und das Schmuckgeschäft hatten zu.
»Dann fahre ich Sie eben umsonst«, sagte der Fahrer vorwurfsvollen Gesichts, »wenn Sie nicht zahlen können.«
»Ich kann doch zahlen«, sagte ich. »Sie können nicht wechseln.«
»Wie soll ich denn wechseln?!«, jammerte er. »Sie sind schon der Sechste heute morgen. Mein ganzes Kleingeld ist weg.«
»Sollen wir zum Bahnhof zurückfahren und dort wechseln und dann wieder herkommen?«, fragte ich höhnisch. »Dann springt auch mehr für Sie heraus.«
Wütend zerrte er seine Brieftasche aus der Jacke, warf mir seine Visitenkarte zu und rief: »Dann schicken Sie's mir mit der Post!«
Man müsste auf die Knie fallen und bekennen: »Ich bin ein Fünfzigeuro-Schwein. Ich bin böse. Ich bin ein Taxifahrerquäler, der Sohn einer Taxifahrerquälerin und eines Taxifahrerquälers, zum Taxifahrerquälen geboren.

Meine Taschen sind voller Kleingeld, doch aus purer Gemeinheit zahle ich mit großer Kohle. Am liebsten würde ich einen Tausender hinblättern, aber soviel habe ich nicht. Nehmen Sie diesen Fünfziger ganz, und behalten Sie ihn, ich verdiene ihn nicht. Ich bin ein schlechter Mensch und muss büßen.« So müsste man zu Taxifahrern sprechen.

Sie können nicht wechseln. An Taxifahrerschulen lernt man, wo die Hotels sind und die Puffs, die Sackgassen und die Seitenstraßen, aber wechseln lernt man nicht. Dem, der sein Geld mit der Post wollte, habe ich einen Fünfziger in den Umschlag gelegt und geschrieben: »Leider habe ich es nicht kleiner. Können Sie wechseln?« Es ist mein letzter Test, die Wechselfähigkeit von Taxifahrern betreffend. Will sehen, was passiert.

Reist Herr Hacke in den Süden

Es gibt Menschen, für die ist im Urlaub das Wichtigste: der Wetterbericht von daheim. Sie kaufen sich die Heimatzeitung und lesen: Zu Hause regnet es. »Ach, ist das schade!«, rufen sie sich zu und räkeln sich auf ihren Liegestühlen in der Sonne, »ach, tun uns die Menschen leid, wie traurig für sie!« Oder sie greifen zum Handy und fragen einen Verwandten, wie denn daheim das Barometer stehe, und wenn sie hören, es gieße in Strömen, kratzen sie sich den Sonnenbrand und sprechen ins Telefon: »Mensch, das ist blöd für euch, zu schlimm, dass ihr nicht hier sein könnt – es ist nämlich so schööööön.«

So sind die Menschen, schadenfroh und gemein.

Nur ich bin anders.

Zwar kaufe ich mir auch am Urlaubsort eine Zeitung, um die Münchner Wetterlage zu erfahren. Zwar rufe ich auch daheim an, um zu hören, ob es regne. Aber ich höre nie von schlechtem Wetter, sondern von Biergartenabenden, unablässigem Sonnenschein, milden Sommernächten. Mit diesen Nachrichten ziehe ich mich in ein überdachtes Café zurück. Oder besichtige ein Museum. Denn wo ich bin, regnet es. Unter Garantie. Immer. Jedenfalls kommt es mir so vor. Jedenfalls ist es schon oft so gewesen. Jedenfalls denke ich an diese Fälle, bevor ich in die Sommerferien fahre. Und hoffe, dass es diesmal anders sein wird. Bitte.

Vor Jahren fuhr ich mit Paola für vierzehn Tage in die Provence. Im Juni. Wir hatten vom zauberhaften Duft

der Provence gelesen, von den Lavendelfeldern, der Blütenfülle, dem begnadet-milden Wesen dieser Landschaft, den zauberhaften Landhotels. Als aber wir kamen, regnete es nicht bloß: Es fiel zwei Wochen lang schwallweise kaltes Wasser vom Himmel, und wir saßen in zauberhaften Landhotels und tranken Tee.
Und war es nicht so ähnlich, als wir nach Südspanien reisten, nach Ronda und Granada? Wir hatten uns über den Reiz der Landschaft informiert, über den Park neben der Alhambra, den Reichtum an Blüten, die versteckten, vor der sengenden Sonne geschützten Gärten, die großartigen Blicke von Ronda aus, welches auf hohen Felsen liegt. Dann ging über Südspanien just während unserer Anwesenheit eine einzigartige Kältewelle hinweg, und wir saßen wieder in Hotels und tranken Tee.
Und wie war es, als wir uns einen Ski-Urlaub in St. Anton leisteten, weil der Ort als schneesicher gilt? Es schneite wirklich die ganze Zeit, so viel, dass man nicht Ski fahren konnte. Stattdessen: Hotel. Tee.
Auf solchen Reisen begann ich zu glauben, jemand sitze im Himmel und denke: »Ah, wo fährt denn Hacke diesmal hin? Dem werden wir es zeigen! Da werden wir einen neuen Regenrekord aufstellen. Oder eine kleine Schneekatastrophe anzetteln.« Ich nehme seitdem das Wetter persönlich. Ich glaube, es wird extra für mich gemacht.
»Findest du das nicht etwas narzisstisch? Oder größenwahnsinnig?«, fragt Paola.
»Nein«, sage ich.
Ich glaube, man könnte die allgemeine Wettervorhersage vereinfachen, wenn man der Bevölkerung meinen jewei-

ligen Standort bekanntgäbe. Und meine Urlaubspläne. Oder ich könnte Geld verdienen, in dem ich per Faxabruf meine Jahresplanung veröffentliche. Oder ich lasse mich von Reisekonzernen bezahlen, rufe bei ihnen an und sage: »Hören Sie, ich fahre in zwei Wochen nach Teneriffa, es sei denn, Sie zahlen gut…« Ich könnte mich als Regenmacher in der Sahara verdingen. Ich könnte meine Familie durch den Verkauf eines Kalenders ernähren, garniert mit einfachen Bauernregeln:
Reist Herr Hacke in den Süden, wird die Sonne bald ermüden. Fährt Herr Hacke Richtung Ost, droht dort allerschwerster Frost. Wendet er sich resigniert gen Norden, folgen ihm rasch Wolkenhorden. Dreht er ab und flieht nach West, gibt ein Schneesturm ihm den Rest.
Oder: Fliegt Herr Hacke nach Mallorca, wird das Wetter dort nicht knorka. Setzt er über nach Ibizen, verschwindet gleich von dort die Hitzen. Sieht man ihn dann auf Formentera, fällt dort Hagel, ein ganz schwera.
Na, Entschuldigung, Bauernregeln sind halt so…
Vielleicht bleibe ich heuer in München. Meidet die Stadt, Leute! Ich sag's nur schon mal.

Wutbomben und Liebesraketen

Neulich bog ich mit dem Auto in eine kleine, sehr schmale Straße ein, in der nicht zwei Autos nebeneinander Platz hatten. Mir kam niemand entgegen. Ich fuhr also, war schon hundert Meter tief in die Straße eingedrungen, als plötzlich am anderen Ende ein aufgemotzter, tiefer gelegter Ford erschien und nicht etwa stehenblieb, um mich vorbeizulassen. Sondern weiterfuhr. Obwohl er mich sah. Obwohl ich schon fast am Ende der Straße war.

Wir standen Kühler an Kühler. Ich wedelte mit den Armen, um dem Fahrer zu bedeuten, er solle das kleine Stück zurücksetzen, das er bereits hinter sich hatte. Aber er, ein Kaugummi kauender Halbstarker, blieb stehen. Ließ mich nicht vorbei. Ich rang die Hände. Fluchte. Schrie. Hinter mir stand ein weiteres Auto. Dem Halbstarken war es egal. Er ließ es drauf ankommen. Schaltete seinen Motor aus. Es war eine der Situationen, in denen man den Gang einlegen und Gas geben müsste. Vor und zurück. Vor und zurück. Sein Auto und das eigene zertrümmern. Sein blödes Gesicht genießen. Die Türverriegelung schließen. Ihn toben lassen. Lachen. Auf die Polizei warten. Alles bezahlen. Alles in Kauf nehmen – für diesen Moment unwiederholbaren Vergnügens.

Aber ich tat etwas anderes. Um das zu erklären, muss ich eine Geschichte erzählen. Sie geht so: Oft will Luis neuerdings Schach spielen. Er kann fast alle Züge, weiß, wie der Turm sich bewegen muss, der Läufer. Aber natürlich

verliert er trotzdem. So schlecht Schach spielen kann nicht mal ich, dass ich gegen einen Sechsjährigen verlöre. Manchmal bekommt der Luis, wenn er verloren hat, einen Wutanfall, wirft das Schachbrett auf den Boden, rennt aus dem Zimmer, schmeißt sich aufs Bett und brüllt: »Immer muss ich verlieren, immer musst du gewinnen, nie gewinne ich, nie, nie, nie!!!«
Das erinnert mich an eine Karikatur, die ich mal irgendwo sah. Da sitzen zwei Männer vor einem Schachbrett. Der eine sagt: »Wie soll ich mit Ihnen Schach spielen, wenn Sie mir meine ganzen Figuren wegnehmen?«
Luis schreit also und schreit. Paola eilt, um ihn zu trösten. Ich eile auch, um ihn zu trösten. Wir reden mit ihm über das Verlieren und das Wuthaben und darüber, wie sauwütend Luis vor Monaten war, als er seine Plüschrobbe im Kindergarten vergessen hatte und sie am nächsten Tag im Mülleimer wiederfand, wohin sie der Rudi geworfen hatte. Genau wusste niemand, ob es der Rudi gewesen war. Aber Luis hatte ihm vorsichtshalber eine reingehauen. Natürlich hatte Rudi zurückgehauen. Darüber redeten wir jetzt. Paola sagte zu Luis, wenn man so eine schreckliche Wut habe, sei es am besten, man gehe, beruhige sich, warte, dass die Wut kleiner werde – statt zuzuhauen oder das Schachbrett auf den Boden zu werfen.
Am Tag nach diesem Gespräch war ich mit Luis auf dem Spielplatz. Rudi war auch da. Ich sah, dass die beiden Streit bekamen. Aber sie prügelten sich nicht. Luis rannte zu einem Sandkasten in der Ecke, setzte sich auf eine Bank und blieb zehn Minuten dort. Dann kam er zurück. Und spielte weiter.
»Was hast du da hinten gemacht, Luis?«, fragte ich.

Luis sagte: »Ich hatte eine große Wutbombe im Bauch, und ich hatte Angst, dass sie explodiert. Da habe ich mich eine Weile hingesetzt und habe mir lauter Liebesraketen vorgestellt. Die habe ich auf die Wutbombe abgeschossen, bis sie kaputt war und nicht mehr explodieren konnte. Als die Liebesraketen die Wutbombe zerstört hatten, bin ich zurück gekommen und habe weitergespielt.«

Daran dachte ich jetzt, als ich im Auto saß. Ich dachte an die Wutbombe in meinem Bauch. Ich beschoss sie mit Liebesraketen, bis sie nur ein Haufen Schrott war. Dann stieg ich aus dem Auto, bat den Fahrer des Wagens hinter mir, zurückzusetzen, setzte selbst bis zum Ende der Straße zurück und ließ den Fahrer des aufgemotzten, tiefer gelegten Ford vorbei. Ich war ruhig. Gelassen. Absolut wutbombenfrei.

Als der Ford genau neben mir war, sah ich, dass der Halbstarke die Fensterscheibe unten hatte. Er hatte den Ellenbogen ins Fenster gelegt und grinste mich an.

Ich griff nach rechts auf den Beifahrersitz, wo Luis seine Wasserpistole liegen gelassen hatte, sandte einen fetten Strahl mitten ins dämliche Grinsen des Halbstarken und fuhr davon.

Entscheidungsschwach, ach!

Das Leben ist voller Weggabelungen, ständig muss man sich entscheiden: links, rechts, Mitte, stehenbleiben, zurück oder mit dem Kopf durch die Wand? Frühmorgens: Kaffee, Tee? Semmeln, Toast? Kein Problem an manchen Tagen, doch an anderen – huuuuh. An anderen Tagen bin ich so entscheidungsschwach, dass ich abends noch in der Küche stehen könnte, und wenn spät Paola käme und fragte, was ich tue, müsste ich sagen: Ich überlege, ob ich Kaffee oder Tee zum Frühstück trinken soll.

Das kannst du dir doch morgen früh überlegen, würde sie sagen.

Nein, antwortete ich, es geht um das Frühstück von heute. Konnte mich nicht entscheiden.

An so einem Tag saß ich mal mit einer Frau im Kaffeehaus. Sie fragte: Bist du gerne ein Mann?

Ich verfiel in tiefes Grübeln über die Vorzüge des Mannseins und des Frauseins. Antwort gab ich nicht. Wenn ich vor meiner Geburt an einem solchen Tag hätte entscheiden müssen, ob ich Junge oder Mädchen sein möchte – ich wäre noch nicht geboren. Oder geschlechtslos. Gott sei Dank ist das eine Entscheidung, die man nicht selbst treffen muss. Andererseits haben wir hier einen Beweis dafür, dass der Mensch in den wichtigen Dingen des Lebens nichts zu sagen hat.

Wir quälen uns mit Kleinigkeiten. Die nimmt uns Entscheidungsschwachen keiner ab. Da sitzen wir vor Riesenspeisekarten und fragen uns, was wir bestellen möch-

ten. Da hocken wir vor Fernsehern mit hundert Programmen, vor tausendundeins Urlaubsprospekten, vor Regalen mit Millionen Büchern und – weiß nicht, weiß nicht. Lauter Esel zwischen lauter Heuhaufen, hungrige, willenlose Esel.
An solchen Tagen möchte man zum Kellner sagen: Entscheiden Sie für mich, ich verhungere sonst.
Oder man wünscht sich einen Entscheidungsträger zur Seite wie einen Butler. Er müsste alle Entscheidungen treffen, natürlich stets in unserem Sinne.
Oder man stellt sich vor, es gäbe an den Hauswänden des Viertels Entscheidungsautomaten, aus denen man Entscheidungen packungsweise zöge wie Zigaretten oder Kondome. (Abends sagt einer dann zu seiner Frau: Ich gehe schnell Entscheidungen holen. Und holt Entscheidungen, eine vor allem. Und kommt nie wieder. Das gäbe es dann auch.)
Oder man würde an entscheidungsstarken Tagen Entscheidungen auf Vorrat treffen für die schwachen Zeiten, so wie man im Sommer Obst einkocht für den Winter.
Als Kind dachte ich: Es gibt für jedes Leben ein kleines oder großes Buch, in dem alles, was geschehen wird, schon vorher detailliert drinsteht, wie im Drehbuch für einen Film. Aber keiner könnte reingucken in sein Buch, dachte ich damals. Eine subtile Gemeinheit eigentlich, denke ich heute, jedenfalls für Entscheidungsschwache. Man plagt sich, dabei ist alles längst entschieden. Unsere Aufgabe ist nur, drauf zu kommen.
Aber wenn es so wäre… Jedem von uns müsste es dann schon mal passiert sein, dass er sich anders entscheidet als im Lebensbuch vorgesehen, in einem simplen Moment der Auflehnung, des Gefühls künstlerischer Frei-

heit. Dann hätte es einen Anruf geben müssen, von oben oder unten, das Gebrüll eines Regisseurs: Was machen Sie?! Was erlauben Sie sich?! Gab es aber nie.
Es sei denn, es wäre wirklich wie in der *Truman-Show*, und alle um mich herum wüssten Bescheid, auch Paola, nur ich nicht. Würden mich sanft, unmerklich steuern. Und mein Leben, mein Denken, mein Fühlen fände öffentlich statt, vielleicht in einem Film, vielleicht auch in einer Zeitungskolumne oder in einem Buch.
Dann müssten ja viele Menschen von mir wissen, wie ich wirklich bin, fällt mir gerade ein, wie schrecklich entscheidungsschwach an manchen Tagen. Dass ich zum Beispiel nicht einmal genau weiß, ob ich gern ein Mann bin – peinlich.
Wirklich eine absurde Idee!

Was nach dem Tod kommt – und was davor

Immer noch fahre ich den Luis jeden Morgen mit dem Auto zum Kindergarten. Während wir fahren, mache ich mir Gedanken über dieses und jenes, und Luis macht sich auch Gedanken über dieses und jenes. Und wenn er nicht mehr weiter weiß beim Nachdenken über dieses und jenes, dann – fragt er mich.
Neulich zum Beispiel dachte Luis zuerst über dieses und jenes nach und dann über das Diesseits und das Jenseits. Auf einmal fragte er mich:
»Papa, wenn man gestorben ist, dann wird man nach dem Tod wieder geboren, oder?«
Natürlich sagte ich sofort, was jeder Vater nach einer solchen Frage sagt, nämlich: »Wer hat dir denn das erzählt?«
Aber Luis wusste nicht mehr, wer ihm das erzählt hatte, und eigentlich war es ja auch egal. Ich sagte: »Na ja, es gibt Leute, die glauben, nach dem Tod wird man wieder neu geboren, aber als etwas anderes, nicht als man selbst. Und andere glauben, man kommt ins Paradies, wenn man ein gutes Leben geführt hat, und in die Hölle, wenn man ein böser Mensch war. Und wieder andere glauben, dass man einfach weg ist, für immer und ewig weg. Sicher ist nur: Genau weiß keiner, was nach dem Tod kommt.«
Pause. Kleines Schweigen.
Dann sagte Luis: »Na, wir werden es ja sehen.«
So ist das morgens bei uns im Auto. Wenn es gerade

keine großen und keine kleinen Fragen zu besprechen gibt, dann denke ich zum Beispiel an die Arbeit, die ich an diesem Tag zu tun haben werde, wenn der Luis im Kindergarten ist.
An irgendwas, das ich schreiben muss, meistens.
In einer Familie, die von Schreiben lebt, ist ja viel vom Schreiben die Rede, so wie in der Familie eines Feuerwehrmannes wahrscheinlich viel vom Feuerlöschen die Rede ist oder bei Polizistens oft vom Verbrecherfangen. Oder wie Bauern, die Milchkühe halten, wahrscheinlich viel von den Kühen sprechen. Ob eine von ihnen krank ist, zum Beispiel. Oder ob eine andere gerade ein Kalb erwartet. Oder ob sie alle zusammen gerade viel Milch oder wenig geben.
Das Problem ist nur, dass ein kleiner Junge sich unter dem Feuerlöschen, dem Verbrecherfangen oder dem Kühemelken einfach sehr viel mehr vorstellen kann als unter dem Schreiben. Das Schreiben ist so abstrakt und wenig sichtbar. Mühsam versucht Luis, sich klarzumachen, wie es funktioniert.
Manchmal hält er eines seiner Kinderbücher in die Höhe und fragt: »Hast du dieses Buch geschrieben?«
»Nein, Luis, das habe ich nicht geschrieben. Ich habe ein anderes Kinderbuch geschrieben, aber dieses nicht.«
Dann wieder hält er zum Beispiel einen Harry-Potter-Band in die Höhe und fragt: »Warum schreibst du nicht dieses Buch hier?«
»Weil es schon jemand anders geschrieben hat, Luis. Wenn man etwas schreiben will, muss es etwas Neues sein. Man kann nicht einfach das schreiben, was jemand anders schon geschrieben hat.«
Neulich war es bei mir mit dem Schreiben ganz fürch-

terlich gewesen, den ganzen Tag war mir nichts eingefallen, ich hatte bloß herumgesessen und kein Wort getippt. Beim Abendessen hatte ich mich gehen lassen und gejammert und geklagt über meine Ideenlosigkeit und darüber, dass es in mein Büro schon hereinregne, so viele Löcher hätte ich in die Decke und die Wände gestarrt. Beim Frühstück hatte ich dann Paola noch weiter vorgeheult, wenn mir heute wieder nicht eine einzige Zeile einfalle, dann wisse ich nicht, was ich tun solle…

Dann brachte ich Luis wie immer im Auto zum Kindergarten. Wir schwiegen zuerst, ich dachte über meine Arbeit nach, und Luis dachte anscheinend auch über meine Arbeit nach. Denn plötzlich fragte er:

»Papa, kann man sich eigentlich seinen Beruf selbst aussuchen, wenn man groß ist?«

»Ja, klar, Luis, man kann selbst wählen, was man werden möchte.«

Pause. Kleines Schweigen.

Dann sagte Luis: »Und warum machst du dann nicht von Beruf etwas, das du wirklich gut kannst?«

Männer und Frauen

Wir saßen beim Frühstück. Paola las den Reiseteil der Zeitung, denn sie verreist gern. Ich las den Lokalteil, denn ich verreise nicht gern. Wenn wir beide beim Frühstück lesen, kommt immer der Moment, in dem Paola einen Satz mit »Hier steht…« beginnt.

»Hier steht«, sagte Paola, »die meisten Menschen glaubten, Männer hätten ein besseres Orientierungsvermögen als Frauen. Das stimme aber nicht. Frauen fänden sich in fremden Städten so gut zurecht wie Männer.«

»Mit einer Ausnahme«, sagte ich.

»Welche?«, fragte Paola.

»Du«, sagte ich.

»Du bist unverschämt«, sagte Paola. »Außerdem sind wir nie in fremden Städten. Wir fahren ja nie weg. Paul und Ingrid sind gerade in Paris. Bruno und Marion fahren nächste Woche nach New York.«

»Wir waren in Rom«, murmelte ich.

Gleich würde sie sagen, das sei lange her. Ich wusste es.

»Das ist lange her«, sagte sie. »War es nicht diese Reise, bei der du abends zu Fuß zu einem Lokal gehen wolltest, weil es gar nicht weit sei und sicher ein schöner Spaziergang dorthin? Dann mussten wir an einer Schnellstraße entlangwandern und durch einen Tunnel und im Dunkeln durch ein scheußliches Viertel, du mit dem Stadtplan vorneweg, fast eine Stunde lang?«

»Aber das Lokal war es wert«, wandte ich ein.

»Hier steht«, sagte Paola, »Frauen fragten viel eher nach dem Weg als Männer, weil sie die in solchen Gesprächen

entstehenden Kontakte positiv bewerteten. Männer sähen sich hingegen in der Rolle des Unterlegenen, wenn sie nach dem Weg fragten. Deshalb fragten sie nicht.«
Sie machte einen Moment Pause, dann fügte sie hinzu: »Wenn wir in Rom mal jemand nach dem Lokal gefragt hätten, hätte er uns gesagt, es sei zu weit und kein schöner Weg, und wir sollten ein Taxi nehmen. Aber Männer würden nie im Leben zugeben, dass sie sich nicht mehr auskennen.«
»Männer, Männer«, schnaubte ich. »Was für ein Gerede über Männer! Ich bin ein schüchterner Mensch und quatsche nicht gern Leute an. Was zitierst du dauernd für eine Untersuchung?«
»Hier ist ein Artikel über eine Untersuchung der Universität Tübingen: Sie heißt ›Großstadtkompetenz. Orientierungswissen und Orientierungspraxis von Frauen aus dem städtischen und dem ländlichen Raum‹.«
»Großstadtkompetenz…«, kicherte ich. »Das hast du erfunden.«
Sie reichte mir den Reiseteil. Tatsächlich: »Großstadtkompetenz.« Mit der Studie, las ich, seien Forscher widerlegt worden, die stets behauptet hätten, Frauen könnten sich in fremden Städten nicht so zurechtfinden wie Männer. Offensichtlich war mir bisher entgangen, dass sich Scharen von Wissenschaftlern mit nichts als der großen, wichtigen Frage beschäftigten, welches Geschlecht großstadtkompetenter sei.
»Und wenn wir ein Lokal betreten«, sagte Paola, »lässt du immer mich vorgehen. Und warum? Du hast Angst, dass alle Tische besetzt sein könnten. Und mich lässt du dann fragen, ob wir uns irgendwo dazusetzen könnten.«
Ich sagte: »Weil ich eben schüchtern bin. Außerdem

können Frauen so was besser fragen. Wenn ein Mann fragt, hat es was Aggressives. Das sind archaische Dinge. Der Mensch ist ein Tier, und fressende Tiere zu stören, ist eine heikle Angelegenheit. Sie fürchten leicht, man wolle ihnen das Futter wegnehmen.«

»Schon wieder gibst du was nicht zu«, sagte sie. »Du hast Angst, die Leute könnten dich von oben bis unten mustern und sagen: ›Ach, nee, Sie möchten wir hier nicht haben‹.«

»Nee«, sagte ich, obwohl sie recht hatte.

»Doch«, sagte Paola.

Sie wusste, dass sie recht hatte.

»Nee«, sagte ich.

»Wann fahren wir mal wieder in eine fremde Stadt?«, fragte sie.

Ich murmelte: »Bald besprechen.«

Und machte mich auf ins Büro, wohin ich den Weg leicht finde und wo am Schreibtisch stets ein Platz für mich frei ist.

Die Macht der Gewohnheit

Rituale gäben Kraft, las ich, der Mensch hole in Gewohnheiten Luft für Anstrengungen, er schöpfe Energie, während er tue, was er jeden Tag tue, wieder und wieder.

Auf irgendeinem Wege kam mir auch ein wissenschaftlicher Aufsatz in die Finger, in dem Soziologen das »Verkehrsverhalten« von Menschen untersuchten, also die Frage, wie man von hier nach dort kommt und von dort nach hier, wobei sie »Verkehrsverhalten« verstanden wissen wollten »als Prozess, der eingebettet ist in den Wandel von Lebensentwürfen und sozialen Praktiken« – wuff! Wenn wir die Soziologen nicht hätten, wenn sie uns nicht einbetten würden in ihre weichen Wörterkissen – was täten wir bloß, was täten wir bloß? In diesem Fall kamen sie zum Ergebnis, »dass Routinen für das Verkehrshandeln von größter Bedeutung sind«, weil sie den Zwang zu ständig neuen Entscheidungen verringerten und so »die Komplexität des Alltags« reduzierten. Man überlegt nicht jeden Tag neu, was man tut. Man tut einfach jeden Tag das Gleiche, weil es so schneller geht, soll das heißen.

Ich bringe täglich meinen Sohn mit dem Auto in den Kindergarten, bevor ich ins Büro gehe. Paola holt ihn nachmittags ab. So sieht das unser Lebensentwurf vor. Komplex ist unser Alltag aber trotzdem noch.

Bevor ich morgens fahre, muss ich den Luis jedes Mal von Neuem überzeugen, zu tun, was getan werden muss: Luis, du musst deine Semmel essen! Luis, du musst

deine Zähne putzen! Luis, du musst deine Schuhe anziehen! Luis, Luis, Luis, hast du denn nie was von Ritualen gehört und von Routinen und von Reduktionen? Nein, das hat er nicht, er bummelt. Warum soll er nicht bummeln, er ist ein kleines Kind. Und warum soll ich es nicht eilig haben, ich bin ein großes Ki…, ähm, ich bin ein Erwachsener, ich habe Verpflichtungen.
Irgendwann ist Luis über meine Ermahnungen so ärgerlich, dass er schreit: »Mir fallen gleich die Nerven runter!« Oder: »Dann such dir doch ein anderes Kind!« Und wir fahren los.
Manchmal muss ich, während wir fahren, an Thomas Bernhards Komödie *Die Macht der Gewohnheit* denken. Darin müht sich der Zirkusdirektor Caribaldi seit 22 Jahren, eine perfekte Aufführung von Schuberts *Forellenquintett* zustande zu bringen. Er übt Tag für Tag mit einem Jongleur, einem Clown, einem versoffenen, von Raubkatzen zerbissenen Dompteur und seiner Enkelin, einer Seiltänzerin. Sie kommen nie über das Stimmen der Instrumente hinaus, dann platzt die Probe aus irgendwelchen Gründen, Tag für Tag. Und doch ruft Caribaldi:

»Vollkommenheit
Vollkommenheit
verstehen Sie
sonst nichts.«

So ähnlich ist es bei uns: *Einmal* möchte ich eine vollkommene Fahrt zum Kindergarten erleben, seit Jahren probieren wir es, es klappt fast nie. Was wäre eine perfekte Kindergartenfahrt? Ach, ich weiß nicht. Jedenfalls ohne die Streitereien. Und vielleicht sollte ich im Auto mit ihm reden, ihm was erzählen, mir von ihm was erzählen lassen... Wäre das nicht richtig? Müsste man die Zeit nicht nutzen? Sich näher sein, Vater und Sohn. Man sieht: Ich neige zum Grübeln, nahezu gewohnheitsmäßig.

Wenn ich los fahre, will Luis Musik hören, und ich höre dann natürlich auch Musik. Wir schauen beide aus den Fenstern, ich biege links ab, dann rechts, dann fahre ich geradeaus, dann links, rechts und so weiter. Montags nimmt mir jemand die Vorfahrt, und ich hupe, dienstags versperrt ein Müllwagen die Straße, mittwochs ist es glatt, und ich fahre langsam, donnerstags halte ich an einer Ampel und sehe im Stehcafé eine Frau stehend Kaffee trinken. Sie schaut aus dem Fenster, nippt am Kaffee, schaut herunter, spielt mit den Lippen, schaut wieder aus dem Fenster, na ja, das ist ihr Ritual morgens, vielleicht. Freitags nehme ich jemandem die Vorfahrt, und er hupt.

Möchte wissen, was Luis denkt, hinten im Sitz. Was er später sagen wird über die Morgenfahrten. Ob er sie gut fand. Oder blöd. Ob sie ihm Kraft gegeben haben für den Kindergarten. Ob er Luft holen konnte für die Anstrengungen dort. Ob er sich eingebettet gefühlt hat in irgendwas, in Vertrauen zu seinem Vater wenigstens.

Dann gebe ich ihn im Kindergarten ab, gebe ihm einen Kuss und fahre wieder, ritualgestärkt, ach ja.

Die Christbaumkugel

Nun haben wir August. Weihnachten ist schon eine Weile her.

Auf der Kommode im Flur liegt immer noch eine riesige lilafarbene Christbaumkugel. Paola hatte sie zur Weihnachtszeit über dem Spiegel im Flur aufgehängt, das sah sehr schön aus und war ziemlich praktisch. Der Spiegel ist gleich gegenüber der Wohnungstür, und wenn man vor Weihnachten herein kam, sah man als erstes diese riesige Christbaumkugel und wusste sofort: Aha, jetzt ist also Weihnachtszeit. Nur, falls man es vergessen hatte.

Nach Weihnachten wurde die Kugel abgehängt und fürs erste auf die Kommode gelegt, damit sie in den Keller gebracht werden konnte. Aber sie ist immer noch dort. Und es ist keine Weihnachtszeit, beim besten Willen nicht.

»Man müsste die Christbaumkugel in den Keller bringen«, sagt Paola ab und zu.

»Jemand könnte mal die Christbaumkugel hier weg tun, in den Keller vielleicht«, sage ich dann und wann.

Manchmal kommt es mir so vor, als ob in unserer Wohnung noch drei andere Personen lebten, außer Paola, Luis, mir und Bosch, meinem sehr alten Kühlschrank und Freund. Diese drei anderen Personen sind: Herr Man, Frau Jemand und Fräulein Einer. Um die Wahrheit über diese drei zu sagen: Sie sind stinkfaul. Sie beteiligen sich in keiner Weise am Gemeinschaftsleben. Sie tun überhaupt nichts.

Ich sage: »Man müsste mal die Blumen auf dem Balkon gießen.« Aber Man tut es nicht.
Paola sagt: »Jemand müsste mal deinen Tennisschläger beiseite räumen.« Aber Jemand ist nirgendwo in Sicht.
Ich sage: »Einer müsste unbedingt das Altglas wegbringen.« Aber das Altglas bleibt da, nichts zu sehen von Einer.
Der Fall der Christbaumkugel ist besonders schwierig. Es war, glaube ich, Anfang März, als Paola ihretwegen einen Wutanfall bekam. Sie schrie, diese Christbaumkugel müsse hier endlich weggeräumt werden, wenn sie nicht bald hier weggeräumt werde, dann werde sie das Ding aus dem Fenster werfen, sie könne es nicht mehr sehen. Man beachte nun hier die Formel »muss hier endlich weggeräumt werden«. Es handelt sich um das sogenannte Partnerschafts-Passiv, eine in Beziehungen sehr alltägliche Art zu sprechen, wenn es um Dinge geht, die unbedingt getan werden müssen, die man selbst aber um keinen Preis der Welt tun möchte.
Es gibt ja so gewisse Dinge, die man einfach überhaupt nicht gerne tut, bei jedem ist es etwas anderes: Ich persönlich hasse das Bohren von Löchern (zum Bilderaufhängen oder Regalbefestigen) wie nichts auf der Welt. Paola verachtet das Blumengießen, als wäre es der Abschaum unter den Tätigkeiten. Wenn nun Löcher gebohrt oder Blumen gegossen werden müssen, man selbst es aber einerseits nicht tun möchte, andererseits aber auch aus internen Gründen nicht direkt den Partner dazu auffordern will (»Kannst du nicht hier endlich mal…?!«) – dann also verwendet man das Partnerschafts-Passiv. Es macht auf das Problem aufmerksam, provoziert nicht unbedingt Streit und lässt für die

Lösung Spielräume, zum Beispiel die sanfte Antwort: »Wie wäre es, du würdest es tun…?«
Mit der Christbaumkugel war es nun so, dass sich eines Tages mehrere Gegenstände angesammelt hatten, die in den Keller gebracht werden mussten, darunter eine Reisetasche. Ich packte ungefähr im April in einem Anfall von Entschlusskraft alles in die Reisetasche, trug sie in den Keller und stellte die Tasche dort ab, samt Kugel.
Ein paar Wochen später musste Paola über das Wochenende verreisen. Sie holte sich aus dem Keller die Reisetasche und bemerkte erst in der Wohnung, dass die Christbaumkugel noch drin war.
»Die Reisetasche hätte im Keller ausgepackt werden müssen«, sagte Paola und legte die Christbaumkugel wieder auf die Kommode im Flur, wo sie sich, wie gesagt, immer noch befindet.
Wir haben ja nun schon August. Eigentlich lohnt es sich gar nicht mehr, die Kugel noch in den Keller zu bringen. Für die paar Monate. Weihnachten müsste sie ja doch nur wieder nach oben gebracht werden. Oder Jemand müsste sie holen. Oder Einer. Oder Man.

Bosch, mein weißer Bruder

Den ganzen Tag war ich nicht zum Zeitunglesen gekommen. Jetzt war es spät. Ich saß endlich in der Küche, trank Bier, blätterte.

»Ach nee«, sagte ich. »Hier steht: Wenn Männer sich miteinander unterhalten, komme unter den Themen an erster Stelle der Beruf, dann Fußball, dann Alkohol. Nie Sex, nie Beziehungsprobleme.«

»Und wir?«, sagte Bosch, mein sehr alter Kühlschrank und Freund. »Was reden wir?«

»Nichts von alledem«, sagte ich. »Oder wenig. Selten Beruf, nie Fußball, weil du davon nichts verstehst, wenig Alkohol. Nie Sex. Wie sollen wir über Sex reden? Du weißt doch gar nicht, was Sex ist!«

»Aber Beziehungsprobleme haben wir auch«, sagte er. »Ich fühle mich zum Beispiel ausgebeutet. Du benutzt mich. Ich arbeite für dich, kühle dein Bier, bin immer für dich da. Was tust du für mich?«

»Ich sitze hier und rede mit dir. Über das Leben. Über das Wesen der Technik. Über deine Zukunftsangst. Die meisten Männer reden nicht mit ihren Kühlschränken.«

»SIE REDEN NICHT MIT IHREN KÜHLSCHRÄNKEN?!«, schrie er. »DU LÜGST!«

»Kein Wort«, sagte ich.

Bosch schwieg. Ich nahm mir noch ein Bier. Er ächzte leise dabei. Dann sagte er: »Das ist ja seelische Grausamkeit.«

»Es ist widerlich«, sagte ich. »Aber die Kühlschränke sagen auch nichts.« Ich nahm einen tiefen Schluck.

»Männer sehen ja selten eine Freundschaft als Wert an sich. Sie benutzen andere Männer, um voranzukommen im Leben. Wenn man mit ihnen über etwas reden will, das ihnen nichts nützt, werden sie schweigsam.«

»Und du?«, sagte Bosch.

»Ich bin genauso«, sagte ich. »Ich rede zwar gern über Sex und Beziehungsprobleme. Aber nur, weil ich es verwenden kann. Es ist Material für mich.«

»Warum bist du mein Freund?«, fragte er.

»Du bist immer da«, sagte ich. »Mit dir muss ich keinen Termin machen. Du hast kein Telefon, das besetzt sein könnte. Bist interessiert. Hörst zu. Bist ein offener Mensch... äh... offener Typ. Und hast immer was Kaltes zu trinken. Bist 'n guter Freund. Wir sind 'n gutes Duo.« Er seufzte. Ich redete weiter. »Es ist schrecklich, wenn man einem Freund hinterherlaufen muss. Wenn er zu wenig Zeit hat. Sich nicht wirklich interessiert. Zum Beispiel Jerry Lewis...«

»Wer war Jerry Lewis?«, unterbrach mich Bosch.

»Schauspieler. Komiker«, sagte ich. »Er trat fast zehn Jahre lang zusammen mit Dean Martin...«

»Wer war Dean Martin?«

»Schauspieler. Sänger«, sagte ich. »Er trat fast zehn Jahre lang zusammen mit Jerry Lewis auf. Sie waren berühmt als Duo. Aber Lewis sah in Martin immer so etwas wie einen großen Bruder. Er sehnte sich nach tieferem Gefühl. Und Martin war die reine Oberfläche. Seine eigene Frau hat mal gesagt, er sei an Kommunikation nicht interessiert, nur kühl und unpersönlich. Er sei, sagte sie, entweder der komplizierteste Mensch oder der einfachste. Entweder sei unter der Oberfläche nichts – oder zu viel.« Ich machte eine Pause. »Ich vermute: nichts. Dean

Martin sagte zu Lewis: ›Für mich bist du nichts als ein verdammtes Dollarzeichen.‹ Er war kalt innen.«

»Bin ich auch«, sagte Bosch.

»Frauen lieben das«, sagte ich. »Du hättest Chancen. Bisschen dick, sonst siehst du gut aus. Bist cool. Hast Charme. Eine angenehme Stimme. Und innen Eis. Das versuchen sie zu schmelzen, die Frauen. Wenn du ein Mann wärst…«

»Entschuldige bitte«, sagte Bosch, »ich *bin* ein Mann.«

»Na jaaa«, sagte ich.

»WAS HEISST HIER ›NA JAAA‹!?«, schrie er. »WAS SOLL DAS HEISSEN: ›NA JAAA‹!?«

»Na jaaa, entschuldige.«

Wir schwiegen beide, er zornig, ich betreten. Ich musste an andere Freundespaare denken, Ernie und Bert, Tom Sawyer und Huckleberry Finn, Winnetou und Old Shatterhand. Übrigens hat ja Arno Schmidt, der Schriftsteller, in *Sitara und der Weg dorthin* vor langer Zeit behauptet: Winnetou und Old Shatterhand – das sei eine verdeckte Schwulenliebe. Ich hatte das Buch erst jetzt gelesen, aber irgendwann gelangweilt beiseite gelegt. Na jaaa… Keine Erkenntnis, die einen heute noch umwürfe. Ernie und Bert sind auch keine Heteros, und Karl May lasen wir in Zeiten, in denen jeder Junge seine schwule Phase hat. In denen unsere Träume unverbrüchlichen Männerfreundschaften galten.

Ich stand auf, klopfte Bosch begütigend aufs Blech und sagte: »Gute Nacht, mein weißer Bruder. Ich gehe schlafen.«

»SCHNAUZE!«, bellte er.

Als ich auf dem Balkon wohnte

Es war an einem der letzten schönen Spätsommertage, als Paola und ich beschlossen, unser Abendessen zusammen mit Luis auf dem Balkon einzunehmen. Unser Balkon, erreichbar durch Luis' Zimmer und eine Glastür, befindet sich über dem Innenhof. Man blickt von dort auf Fahrräder, einen Sandkasten und den Weg zum Hinterhaus. Auf dem Balkon stehen Blumentöpfe, ein Tisch und drei Stühle. Auf denen saßen wir, aßen und freuten uns des Lebens. Irgendwo spielte jemand Klavier, anderswo klapperte Geschirr, dazwischen: Schwalbengeräusche. Im Haus gegenüber saß ein Student rauchend im Fenster und lernte aus einem Buch. Langsam wurde es dunkel. Luis spielte auf dem Balkonboden mit seiner Ritterburg.

»Es wird Zeit, Luis«, sagte ich, »dass du ins Bett gehst.«

»Nein«, sagte er, intensiv mit seiner Burg beschäftigt.

»Du kannst dir schon den Schlafanzug anziehen«, sagte Paola, »und Zähne putzen. Dann kannst du im Bett lesen.«

»Nein«, sagte Luis.

»Luisss!!!«, sagte ich laut. Er beachtete das nicht. Spielte weiter. Jedenfalls zunächst. Aber nach zwei Minuten (in denen nichts geschah, außer dass ich einen Schluck Bier nahm und über das weitere Vorgehen nachdachte) stand Luis auf, ging in sein Zimmer und schloss die Tür von innen. Ich stellte mich davor und sah, wie er vor Vergnügen von einem Bein auf das andere hüpfte.

»Luis!«, rief ich. »Mach sofort die Tür wieder auf!«

Er hüpfte und lachte.
»Kümmere dich nicht!«, sagte Paola. »Es wird ihm langweilig werden und unheimlich. Dann macht er wieder auf.«
»Luiiisss!«, rief ich. Im Innenhof steigt der Schall wie ein Echo an den Hauswänden empor. Man kann in den Wohnungen jedes auf einem der Balkons gesprochene Wort hören. Weil ich den Nachbarn nicht eine kostenlose Abendunterhaltung bieten wollte, verlegte ich mich auf Pantomime, grimassierte, drohte durch die Fensterscheibe ins Kinderzimmer hinein, bis Luis verschwand.
»Setz dich und trink einen Schluck Bier!«, sagte Paola.
»Wie lange wird es dauern, bis ihm langweilig ist und unheimlich?«, fragte ich.
»Nicht lange«, sagte sie. »Jetzt genießt er seine neue Macht und kostet aus, dass er uns in der Hand hat.«
Als Kind sperrte mich meine Mutter in den Keller, um mich zu bestrafen. Nun sperrte mich mein Sohn auf den Balkon. Hast es weit gebracht, dachte ich.
Ich trank etwas, dann stand ich wieder auf, um ins Kinderzimmer zu sehen. Luis saß auf dem Boden neben seinem Bett, trank Coca-Cola aus einer Flasche und aß Popcorn, während er im Fernsehprogramm blätterte. Er war entschlossen, endlich alles zu tun, was ihm sonst verboten ist. Ich hämmerte mit den Fäusten gegen die Scheibe. Luis legte eine CD in den CD-Spieler, der neben seinem Bett steht, und begann, Musik zu hören. Paola stellte sich neben mich und klopfte nun auch ans Fenster.
»Soll ich die Scheibe einschlagen?«, fragte ich.
Wer kann sich vorstellen, wie hilflos wir waren? Man kann in einer solchen Situation niemand zu Hilfe rufen,

ohne sich in der Nachbarschaft zu blamieren. Man kann auch keine Verwandten anrufen, wenn man kein Handy dabei hat. Man kann nur warten.

Also warteten wir. Und warteten. Ehrlich gesagt: Wir sitzen seitdem auf dem Balkon. Wir wohnen hier. Glücklicherweise ist er überdacht. Glücklicherweise hatten wir zufällig Decken draußen liegen, in die wir uns nachts wickeln. Glücklicherweise hatten wir vom Abendessen einiges übrig. Es ist seltsam, auf dem Balkon zu wohnen. Man steht sehr in der Öffentlichkeit. Wenn ein Nachbar verwundert ruft, warum wir immerzu auf dem Balkon seien, rufen wir etwas zurück von frischer Luft und Malerarbeiten im Schlafzimmer. Manchmal überlege ich, ob ich aus Decken ein Seil knoten soll, wie es Gefängnisausbrecher tun. Aber wir wohnen im zweiten Stock und haben nur zwei Decken. Andererseits: Der Winter ist nicht fern.

Aber irgendwann wird er uns wohl hineinholen, unser Sohn. Vielleicht hat er auch mal Appetit auf Paolas Schweinsbraten. Und eventuell möchte er ja auch mal wieder in den Arm genommen werde, bitte, Luis, in den Arm…

Ochsenkäse

Immer noch habe ich nicht die Hoffnung aufgegeben, Italienisch zu lernen. Immer noch denke ich, es könnte mir gelingen, diese wunderschöne Sprache so zu beherrschen, wie Paola sie beherrscht, meine Frau, deren Großvater Italiener war.
Ich teile diesen Traum mit meinem alten Freund Bruno, der einmal mit seiner halbwüchsigen Tochter in München eine *Paninoteca* betrat, ein Geschäft, in dem *Panini* gekauft und verzehrt werden können, Semmeln, belegte Semmeln. Bruno betrat den Laden, strebte forsch zur Theke und bestellte, um der Tochter väterliche Weltläufigkeit zu demonstrieren, laut: »Due Paganini!« Was soll man sagen: Es war um die Mittagszeit, das Geschäft war voll mit Leuten, *alle* verstanden Italienisch und *alle* lachten.
Mein aktueller italienischer Lieblingssatz steht in Italien auf fast allen Lebensmitteln: *da consumarsi preferibilmente entro*, zu verbrauchen vorzugsweise bis... Wer nach einer Flasche Wein noch flüssig *preferibilmente* sagen kann, bekommt von mir im Fach »Aussprache« ein *Sehr gut*. Prebefirilmente, prefibirilmente, pribiferelmente – preferibilmente. Brovassimi, äh, bravissimo!
Warum möchte ich so gerne Italienisch können?
Weil ich das Gefühl habe, dass alle Italiener gerne Deutsch können möchten, dass es aber auch eine Weile dauern wird, bis sie es können werden. Ich finde, wir sollten ihnen entgegenkommen. Sie tun sich schwer.
Vor einer Weile besuchte ich die Stadt Lucca. Dort gibt

es einen Turm, auf dem Bäume wachsen, den *Torre Guinigi.* Dort kaufte ich einen Prospekt mit deutschem Text und las die rhetorische Frage: »Wer weiß warum der Turm gebäumt ist?« Die Antwort: »Da der baum im Mittelalter das Symbol der Wiedergeburt war, ließen die Guinigi einen auf ihrem Bild, den Palast genau, setzen und verbanden das mittelaterlichen Haus mit dem Turm, der nun nicht mehr fur ihre Beherrschung benotig war, aber der blieb schon gerade das Symbol der Kämpfe, um die Macht zu erreichen.« Ist das nicht süß? Weitere Fragen, die Bäumung von Türmen betreffend, sind pre-fe-ri-bil-men-te ans Fremdenverkehrsamt Lucca zu richten.

Das erinnert mich an ein Hotel, welches ich mal in Mantua bewohnte. Es bot im Prospekt »Saloni und Räume für Konferenze, Eischrank und fernesher nach Anfrage, Panoramische Terase«, dazu noch ein »Tüpisches Restaurant, Spätiälitaten Päten der guten tradizion«. Auch denke ich an ein venezianisches Restaurant, welches auf der Karte Folgendes bot: »Teufel fisch dem Grill«, »Gekochtes Gemuse Gemishter« sowie »Frittieste Fische der Adriatico«, wobei mir in dem Wort »Frittiest« der Keim einer europäischen Gemeinschaftssprache zu liegen scheint: Das französische Verbum *frire* (= braten) und seine deutsche Version *frittieren* sind von Italienern zu einem Partizip verschmolzen worden, das geradezu englisch klingt, wie der Superlativ von *fritty* etwa: *fritty, frittier, frittiest.* Was das heißt, müsste man noch festlegen. »Fernesher« ist natürlich auch klasse.

Unten auf der Karte las ich: »Die produkt durfensein gefrierene/tiefgefrorene und/oder aufbewahrene«. Haben wohl einen Eischrank dort.

In einem Dorf in Apulien landete ich mit Paola mal in einer Trattoria, auf deren ausschließlich italienischer Karte man auch *formaggio*, also Käse, anbot. Weil ich Schafs- und Ziegenkäse verabscheue, fragte ich Paola, was »Kuh« auf Italienisch heiße. Sie antwortete in einem Moment geistiger Abwesenheit *manzo*. Ich bestellte daraufhin in ähnlich erfreut-selbstbewusstem Tonfall wie Bruno *formaggio di manzo*, das bedeutet Ochsenkäse. Was soll ich sagen: Es war um die Mittagszeit, der Laden war voll mit Leuten, *alle* verstanden Italienisch und *alle* lachten. Auch Paola. Nur ich nicht. Als wir draußen waren, rief ich erbost: Ob sie mich habe blamieren wollen! Sie: Nein, sie sei in Gedanken gewesen! Zur Beruhigung machten wir einen Spaziergang. Auf einer Hauswand stand in großen Buchstaben: *La speranza è l'ultima a morire.*
»Was heißt das?«, fragte ich.
»Die Hoffnung stirbt zuletzt!«, sagte Paola.
»So ist es«, sagte ich. »Ich werde Italienisch lernen! Und Bruno auch! Venceremos!«
»Das ist spanisch«, sagte sie.
»Aber es stimmt«, sagte ich.

Cool

Einige Tage vor meinem letzten Geburtstag... Oh, nein, bitte, lieber Gott, lass es nicht meinen *letzten* Geburtstag gewesen sein!
Also noch mal.
Einige Tage, bevor ich 46 wurde, bekam ich ein Paket. Legte es in die Küche. Dort entdeckte Luis es am Morgen.
»Papa, was ist in dem Paket?«
»Wahrscheinlich ein Geburtstagsgeschenk für mich.«
»Darf ich es aufmachen?«
»Nein, das machen wir an meinem Geburtstag auf.«
»Wann ist dein Geburtstag?«
»Noch dreimal schlafen.«
»Ooooooh...«
»Du musst dich jetzt anziehen. Wir müssen in den Kindergarten. Zieh den Pyjama aus und diese Hose hier an!«
Seine Stimme wechselte von einer Sekunde auf die andere die Tonlage und bekam etwas Kreischendes.
»Nein!«, schrie er. »Nein! *Diese* Hose ziehe ich *nicht* an!«
»Warum nicht? Du hast sie immer angezogen.«
»Nein! Ich ziehe sie *nicht* an!« Er brüllte jetzt.
»Und warum nicht?«
»Sie ist nicht *cool*!« Er schrie es.
Das gibt's nicht, dachte ich: Er ist sechs und sagt *cool*.
»Und welche Hose willst du dann?«
»Die braune.«
»Die ist in der Wäsche.«
»Dann ziehe ich gar nichts an.«

»Dazu ist es zu cool draußen.«
Ich sah nach, was noch für Luis-Hosen im Schrank lägen. Paola kam zur Wohnungstür herein. Sie hatte die Zeitung geholt. Gestern abend war sie im Kino gewesen.
»Du musst den Soderbergh-Film sehen!«, rief sie. »Mit Brad Pitt und George Clooney und Julia Roberts. Sie sind, wie soll ich sagen?, ich finde kein anderes Wort, sie sind alle so *cool.*«
»Jetzt fängst du auch an«, sagte ich.
»Womit?«
Ich sagte, dass ich was gegen Modewörter hätte, *voll* und *geil* und *cool,* immer die gleichen Wörter, jeder Sechsjährige ersetze »sehr« durch »voll«: voll schön, voll cool, voll geil. Wahrscheinlich bekomme man in der Schule statt »Sehr gut« bald ein »Voll gut«. Mich ärgere die Gedankenlosigkeit im Umgang mit der Sprache, dieses reduzierte Vokabular und die Art, wie sich Wörter abnutzen und jeden Zauber verlieren, sagte ich.
»Das ärgert mich auch«, sagte Paola. »Aber darum geht es nicht. Es geht darum, dass du in diesem Film das Wort *cool* sozusagen auf der Leinwand sehen kannst. Du siehst die Inkarnation des Begriffs *cool.* Vor allem bei Clooney.«
»Cooley«, sagte ich. Vor einer Weile hatte ich ein philosophisches Buch über *Cool* gelesen, von Ulf Poschardt – schon wegen Bosch, meinem sehr alten Kühlschrank und Freund, hatte ich es gelesen, ich fühle mich zur Weiterbildung verpflichtet. Ich hatte aus dem Buch gelernt, dass Coolsein eine riesige kulturgeschichtliche Dimension habe, dass auf irgendwie coole Weise die russischen Konstruktivisten, Kafka, James Dean, Bogart, Nietzsche und Beuys und fast alle anderen miteinander

in Verbindung stünden. Coolness, sagte der Autor, sei eine Haltung, die den Menschen ermögliche, mit der gesellschaftlichen Kälte zu leben, statt in ihr zu erfrieren, ja, den »Eiswinden der Entfremdung zu trotzen«. Sehr klooges Booch, Oolf!

Ich kam mit einer anderen, möglicherweise coolen Hose in die Küche zurück, einer gefütterten Hose, die meinem Sohn ermöglichen würde, sich in den Eiswinden der Entfremdung schadlos zu bewegen. Aber Luis war nicht in der Küche. Mein Paket auch nicht. Ich fand beide im Wohnzimmer. Luis saß vor dem Paket und starrte es an.

»Ist diese Hose cool genug, Loois?«, fragte ich.

»Ja, okay«, sagte er. »Kann ich das Paket aufmachen?«

»In drei Tagen«, sagte ich. »Und jetzt die Hose!«

Er zog sie an.

»Was ist das eigentlich – cool?«, fragte ich ihn.

Er zuckte die Achseln. Wandte den Blick nicht vom Paket. Ein Blick von teilnahmsloser Gespanntheit. Er konnte an nichts anderes mehr denken als an den Inhalt dieses Paketes. Er überlegte, wie er es aushalten könnte, dieses Paket jetzt nicht zu öffnen. Wie er cool genug sein könnte.

Dann sagte er: »Vielleicht ist das, was da drin ist, cool.«

(Ich legte das Paket auf den Schrank. An meinem Geburtstag durfte Luis es öffnen. Es war Champagner drin. Ich legte die Flasche in den Bosch hinein, und als sie schön cool war, tranken Paola und ich sie aus.)

O Speichelsteinpein!

Neulich betrat ich meine Stamm-Apotheke. Da stand auf einem Schild: »Happy hour von 15 bis 16 Uhr«.

Happy hour in der Apotheke! Kokst der Apotheker um die Zeit? dachte ich.

Nein, alles zehn Prozent billiger!

Alles?

Nein, nur die Kosmetika.

Sonst wäre die Happy hour meine Zeit geworden, täglich preiswertes Glück von drei bis vier. Open the door, it's 3 p.m., here comes happy-hypo, the happy hypochondriac!

Warum führt man das nicht bei Ärzten ein? Oder gibt Leuten wie mir Mengenrabatt? Jeder zehnte Besuch frei. Ich höre von »Gesundheitsreform« und »Sparen«. Hier sind Möglichkeiten.

Den meines Wissens größten Beitrag zur Reduzierung von Kosten im Gesundheitswesen hat mein alter Hypochonder-Freund Paul geleistet, welcher eine Ärztin heiratete. Sie untersucht ihn täglich kostenfrei und nimmt Konsultationen zu jeder Tages- und Nachtzeit vor. Neulich stellte sie bei Paul eine Erkrankung namens »Speichelstein« fest. Ich hielt das für eine angeberische Erfindung Pauls, bis ich im Gesundheitslexikon wirklich das Stichwort entdeckte: bis zu pfirsichkerngroße Ablagerungen in den Speicheldrüsen!

Ich wurde von einer Art Speichelstein-Neid erfasst. So eine seltene Krankheit möchte man auch mal haben, lieber noch: gehabt haben. Es war sehr schmerzhaft, sagt Paul. Er habe Speichelsteinkoliken gehabt, Spei-chel-stein-ko-li-ken!

Speichelstein.

Das Wort lässt mich nicht mehr los, so ein schönes Wort. Ich stelle mir vor, wie man als Patient ängstlich beim Arzt vorspricht.

Doktor, diagnostiziert: Sie haben Speichelstein am Speichelbein.

Patient: Ei, nein, bloß kein Speichelstein!

Doktor, tröstend: Ein Speichelsteinlein! Ich weich' es ein und schneid' es klein.

Patient: Ich wein' gleich.

Doktor, mit der Behandlung beginnend: Weiche, Speichelstein, weiche!

Patient: Mir ist zum Spei'n!

Doktor, hat Schwierigkeiten: Scheiß-Speichelstein, entschleichst du gleich dem Speiseleiter!

Patient: O Speichelsteinpein! Will heim!

Doktor: Kein Gegrein! – (In die Sprechanlage:) Freilein, mal den Speichelsteinzerkleinerer rein!

Patient: Ohne Beteibung?

Doktor: Leider.

Patient: Schwein.

Na, und so weiter. Es gibt ja fast keine Krankheit, die ich noch nicht zu haben mir einbildete, einschließlich entsetzlichster Darmkatastrophen, welche mich zum Proktologen führten. Das ist, Entschuldigung, ein Facharzt für Ärsche, doch ein sehr netter Herr, welcher mich mit der resignierten Bemerkung »Zu mir kommt keiner gern« empfing. Darauf blickte er mit einer Kombination von Taschenlampe und Fernrohr in meinen Hintern, sah

nichts und entließ mich mit dem traurigen Satz: »Von mir geht jeder gerne weg.« (Es gibt ja Hypochonder, die beleidigt sind, wenn der Arzt nichts bei ihnen findet – sie haben dann das Gefühl, er nehme sie nicht ernst. Ich gehöre nicht zu ihnen. Ich ging gern.)
Dieter, mein anderer Freund, geht oft zum Nasenarzt Hinterdobler, welcher ihm sechs Spritzen gibt, dann mit einer langen Nadel, an deren Ende sich eine Öse befindet, in die Nase fährt und die Polypen entfernt. Irgendwann sagt er immer, jetzt müsse er aufhören, er sei »zu nah am Gehirn«.
Da stelle ich mir vor, Dr. Hinterdobler machte das bei mir. Plötzlich zuckte er zusammen, zöge rasch die Nadel heraus. Und ich würde fragen: »Waf if denn mit der Nafe?« Und er würde antworten: »Jetzt habe ich aus Versehen ihr Gehirn durchs Nasenloch herausgezogen? Es ist aber auch sehr klein, das kann schon mal passieren.«
Entschuldigen Sie also bitte diesen Text.

Als es noch Fahrstuhlführer gab

Zu meinem Büro fährt ein Fahrstuhl. Kürzlich ist er renoviert worden, glänzt an allen Wänden silbrig und hat einen großen Spiegel. Außerdem steht über den Bedienknöpfen, falls der Lift stehenbleibe, werde man mit der Notrufzentrale verbunden. Dann lese ich noch: »Bitte seien Sie unbesorgt.«

Seien Sie unbesorgt! Allerdings bin ich nun gerade dieses Satzes wegen plötzlich besorgt. Das Schild hat mich an die Möglichkeit des Besorgtseins erinnert. Daran, dass Fahrstühle abstürzen können. Ich hatte das vergessen. Früher war ich voller Angst vor Fahrstühlen. Ich hatte das überwunden. Dachte ich.

Als ich ein kleiner Junge war, standen in allen Fahrstühlen Fahrstuhlführer, in den Kaufhäusern zum Beispiel. Auf jeder Etage riefen sie: »Miederwaren!« Oder: »Elektrogeräte!« Seltsamerweise hatten alle Fahrstuhlführer bloß jeweils einen Arm. Sie waren Kriegsinvaliden. Das wusste ich als Kind nicht. Ich dachte, sie hätten die Arme bei Fahrstuhlabstürzen verloren.

Leider gibt es nun keine Fahrstuhlführer mehr, auch keine Liftboys, höchstens in besten Hotels. Man ist in Fahrstühlen allein oder mit Leuten zusammen, die auch keine Fahrstuhlführer sind. Das ist schade. Denn der Liftmann, schrieb Alfred Polgar, erscheine wie »ein bescheidenes Symbol für die Vergeblichkeit menschlichen Wollens und Nichtwollens«. Man könnte sagen: wie ein Sisyphos im Gehäuse. Kaum oben angekommen, wird er wieder nach unten gerufen.

Felix Krull arbeitete übrigens eine Weile in einem Pariser Hotel namens *Saint James and Albany* als Liftmann. »Es ist wirklich nichts leichter, als einen Lift zu bedienen. Man kann es beinahe sofort«, berichtete er.

Man bedenke dabei, dass die Liftmänner damals nicht einen Stockwerksknopf drückten, sondern Bremshebel bedienen mussten und den Fahrstuhl exakt an der Stockwerksfußbodenkante zum Stehen zu bringen hatten. Dann halfen sie den Damen über die Stufe und vielleicht noch weiter. Unvergesslich jene Szene, in welcher eine Madame Houpflé den Liftboy Krull bat, ihr noch die Koffer aufs Zimmer zu tragen. Dann forderte sie ihn auf, ihr aus dem seidengefütterten Pelz zu helfen. Kaum schickte er sich an, das zu tun, flüsterte sie: »Du entkleidest mich, kühner Knecht?« Später schlief er mit ihr. Sie nannte ihn einen »kleinen nackten Lifttreiber« und wollte geduzt werden (»Duze mich derb zu meiner Erniedrigung!«), auch geschlagen. Er schlug vor, ihren Schmuck zu stehlen und sie so zu erniedrigen.

»Was für eine hervorragende Erniedrigung!«, jubelte sie. »Ein Traum von einer Erniedrigung.«

Er ging, mit Schmuck. Wunderbares Buch. Wo waren wir?

Bei Fahrstuhlführern. Übrigens gibt es auch in Salingers *Fänger im Roggen* einen Liftmann, Maurice heißt er. Er schickt Holden Caulfield ein Mädchen names Sunny aufs Zimmer, später kommt er wieder, um Geld einzutreiben. Dabei verprügelt er Holden und erniedrigt ihn. »Ich sage niemandem, wohin er mich schlug, aber es tat höllisch weh«, sagt Holden.

Seltsam, dass im Zusammenhang mit Fahrstuhlführern immer von Erniedrigungen die Rede ist.

Ach, in so vielen Büchern gibt es Fahrstuhlführer, bloß in Wirklichkeit nicht. Also stehe ich allein im Bürofahrstuhl, allein mit einer Aufwallung überwunden geglaubter Liftphobie, hervorgerufen durch die Aufforderung, unbesorgt zu sein. Ich hoffe, dass der Fahrstuhl aufwärts fährt, nicht abstürzt, dass er mich nicht in raschem Fall erniedrigt, sondern erhöht, bis in den zweiten Stock erhöht.
Bitte!
Ein Fahrstuhlführer würde mich beruhigen, wie Stewardessen einen beruhigen: Glauben Sie, ich würde jeden Tag fliegen, wenn es gefährlich wäre?
Aber es gibt hier keine Stewardess und keinen Liftmann. Es gibt einen neuen Spiegel, darin sehe ich mein besorgtes Gesicht.

Der neue Bademantel

Ein trüber Tag, grau der Himmel, ab und an Regen, fein wie Staub. Den Vormittag hatte ich vor dem Computer gesessen, gegrübelt, ein oder zwei Sätze geschrieben, wieder gelöscht, weiter gegrübelt, getippt, gelöscht… »Es hat keinen Sinn«, dachte ich gegen zwei Uhr, »heute hat es keinen Sinn.« Ich beschloss, in die Stadt zu gehen, einen neuen Bademantel zu kaufen. Ich brauchte dringend einen neuen und außerdem einen Trost, an diesem Tag.

Ich betrat ein Kleiderkaufhaus. Hatte zwischen Frottee und Flausch zu stöbern begonnen, als neben mir ein Ehepaar stand. Er: ein freundlich lächelnder Weißhaariger mit Goldrandbrille, Hörgerät hinterm rechten Ohr. Sie: Kurzhaarfrisur, viele Fältchen, heller, schlichter Mantel. Zwei nette ältere Leute. Über dem linken Arm der Frau hing ein Bademantel. Ein weißer Spitz trippelte herum.

»Entschuldigung«, sagte sie, »können Sie uns helfen?«

»Aber ich bin kein Verkäufer. Ich kaufe selbst ein.«

»Wir suchen einen Bademantel für unseren Sohn, ein Geschenk. Uwe ist so groß wie Sie, sicher jünger…«, sagte sie.

»Er wird nächste Woche 50«, rief der Mann.

»Ich bin 45«, sagte ich leise.

»Wie bitte?«, rief er, eine Hand am rechten Ohr.

»Ich bin erst 45!«, rief ich.

Er nickte lächelnd.

»Könnten Sie diesen Bademantel hier anprobieren?«,

sagte die Frau und zeigte auf den Mantel auf ihrem Arm. »Wenn er Ihnen passt, passt er Uwe sicher auch.«
»Gerne«, antwortete ich, nahm den Mantel, schlüpfte hinein. Er war lila, mit grün-gelben Blüten.
»Könnten Sie hin und her gehen?«, sagte sie.
Ich ging hin und her, wie auf dem Laufsteg. »Der Mantel ist mir zu klein«, sagte ich.
»Ja«, sagte sie, »aber Uwe ist nicht so dick wie Sie.«
»Wie bitte?«, sagte ich.
»Was sagtest du?«, rief ihr Mann.
»Dass Uwe nicht so dick ist!«, rief sie.
»Stimmt!«, rief er.
»Ich bin nicht dick«, sagte ich.
»Entschuldigung«, sagte sie. »Uwe ist sportlich. Er hat breitere Schultern. Er trainiert dreimal die Woche mit Gewichten. Der Mantel würde von seinen Schultern anders fallen.«
»Ich trainiere auch«, sagte ich. »Im Fitnessstudio.«
»Ach ja?«, sagte sie.
»Was hat er gesagt?«, rief ihr Mann, Hand am Ohr.
»Dass er Sport treibt, aber nicht so viel wie Uwe!«, rief sie. Der Spitz schnupperte an meinen Beinen, er störte mich, ich schob ihn mit dem Fuß beiseite. Er begann zu kläffen. Ich erschrak.
»Haben Sie Angst?«, rief der Mann. Er hatte immer noch ein freundliches Lächeln. »Er riecht, wenn Sie Angst haben. Sie müssen keine Angst haben!«
»Aber ich habe keine Angst«, sagte ich. »Er wimmelte so vor meinen Füßen herum. Ich wollte ihn nicht treten.«
»Sie dürfen ihn nicht treten!«, rief er. »Keine Angst!«
Der Hund zog sich ein paar Meter zurück und schwieg.
»Es ist sehr freundlich von Ihnen, dass Sie uns helfen«,

sagte die Frau und nestelte am Kragen des Bademantels herum. Sie setzte mir die Kapuze des Mantels auf. Der vordere Kapuzenrand hing mir ins Gesicht. Ich schwitzte. »Sie stehen irgendwie schief«, sagte sie. »Wenn Sie aufrechter stünden, würden Sie schlanker wirken. Unser Uwe hat immer eine sehr straffe Haltung. Obwohl er ja bis zum Umfallen arbeitet, wissen Sie. Er arbeitet zuviel! Er hat ja nicht mal Zeit, sich einen neuen Bademantel zu kaufen.«

Sie trat etwas vor und betrachtete mich. Innerlich hatte sie sich bereits von mir verabschiedet. Ich war nicht mit Uwe zu vergleichen. Ich konnte ihm nicht das Wasser reichen. Ich konnte nicht mal einen Bademantel für ihn probieren.

»Was sind Sie von Beruf?«, fragte sie.

»Schriftsteller«, sagte ich.

»Was?«, rief ihr Mann, Hand am Ohr.

»Schriftsteller!«, rief ich. »Ich schreibe. Meistens.«

Er nickte. »Wie schöööön!«, rief seine Frau schrill. »Sie haben sicher heute schon viele schöne Sachen geschrieben und sich einen kleinen Einkaufsbummel verdient!«

»Ja«, sagte ich unter meiner lila Kapuze hervor.

Sie gab mir die Hand. »Vielen Dank!«, sagte sie. »Aber man kann an Ihnen doch nicht erkennen, ob der Mantel der Richtige ist für unseren Sohn.«

»Ich dachte es mir«, sagte ich. Ihr Mann hob die Hand und grüßte mich winkend. Der Hund stob noch einmal aufkläffend an mir vorbei, hinter ihnen her.

Langsam zog ich den lila Bademantel mit den grün-gelben Blüten aus und legte ihn über einen Garderobenständer. Dann verließ ich das Kaufhaus und ging die Straße entlang, ohne Bademantel, ungetröstet, ziellos.

Die Liebe in den Sümpfen des Alltags

In der Zeitung las ich: 75 Prozent aller Frauen hoffen bei der Hochzeit, dass sich ihr Mann im Lauf der Ehe ändert. Aber 75 Prozent aller Männer hoffen bei der Hochzeit, dass sich ihre Frau im Lauf der Ehe nicht ändert.

Ich erzählte das Bruno, als wir uns in einer Bar trafen. Er senkte den Kopf und schüttelte ihn dabei und sagte: »Das sagt alles. Das sagt nun wirklich alles.«

Zum Beispiel, sagte Bruno, könne er mit seiner Frau nicht mehr zusammen Auto fahren. Wenn sie es täten, und sie führen zusammen nach Hause, und er müsse da vorne links abbiegen, dort, wo er immer links abbiege, dann sage seine Frau hundert Meter vorher: »Da vorne musst du links abbiegen!« Das wisse er, sage er, Bruno, dann, immer biege er hier links ab, es gehe gar nicht anders, aber sie höre ihn nicht, sondern sage schon: »Hier musst du parken!« Ja, wieso denn nicht?, rufe er, hier parke er jedes Mal, wieso sie ihn nicht in Ruhe tun lasse, was er immer tue? Sie antworte dann nur, warum er sich so aufführe – und schon sei der schönste Abend im Eimer.

»Das hat sie doch früher nicht gemacht«, sagte Bruno, während sein Gesicht über dem Bierglas hing. »Das hat sie doch nicht gemacht, als wir uns kennenlernten.«

Ich sagte, auch ich könne mit Paola zusammen nicht mehr Auto fahren, ehrlich gesagt wüsste ich überhaupt kein Ehepaar, dass zusammen Auto fahren könne.

»Wenn ich irgendwo links abbiege«, sagte ich, »fragt

Paola sofort: ›Warum fährst du nicht geradeaus und biegst da hinten ab, das ist kürzer?‹« Weil ich glaubte, antwortete ich dann, dass es hier kürzer sei und weniger Verkehr sei hier auch. Aber garantiert tauche dann ein Lkw auf, und Paola rufe: ›Ah, hier ist es also kürzer, und hier ist weniger Verkehr!‹ Ich schreie dann, ob sie nicht fahren wolle, wenn sie alles immer anders haben wolle, als ich es machte, ob sie nicht einfach immer fahren wolle? Sie sage, warum ich mich so aufführte – schon sei der schönste Abend im Eimer.
»Und?«, fragte Bruno. »Hat sie das am Anfang auch gemacht, als ihr euch noch nicht lange kanntet?«
»Nein«, sagte ich.
»Siehst du!«, sagte er. »Diese Zeitungsmeldung sagt alles. Alles.« Wenn die Frauen so geblieben wären, wie sie am Anfang gewesen seien, wäre alles wunderbar.
Wir saßen eine Weile stumm da und grübelten, warum die Liebe so oft in den Sümpfen des Alltags versinkt. Dann sagte ich: »Wahrscheinlich waren sie ja schon am Anfang so, aber man hat es nicht gemerkt.«
»Warum bleibt es nicht so, dass man es nicht merkt? Warum muss es sich ändern? Ich finde es besser, wie Männer sind. Sie möchten, dass der Mensch, in den sie sich verliebt haben, bleibt, wie er war, als sie sich verliebt haben. Warum sollte man wollen, dass er sich ändert?«
»Weil man mit ihm in einer Beziehung lebt. Wenn man jemanden kritisiert, setzt man sich in Beziehung zu ihm.«
»Beziehung, Beziehung! Wenn ich das Wort höre!«
Ich sagte: »Aber wenn man mit jemand zusammen lebt, setzt man sich mit ihm auseinander, mit seinen guten und schlechten Eigenschaften. Und die schlechten Ei-

genschaften möchte man ändern. Man möchte nur jemand ändern, den man liebt. Die anderen sind einem egal.«
Bruno sagte, er habe mal einen Film mit Meryl Streep gesehen, da saß sie neben einem Mann im Auto, der ihr Ehemann war. Er fuhr. Sie hasste ihn. Dann platzte es aus ihr heraus: »Würdest du bitte aufhören zu atmen?«
»Sage ich doch«, sagte ich. »Auto fahren geht nicht.«
»Das Schlimmste ist«, sagte Bruno, »wenn Frauen immerzu an einem herumkorrigieren. Wenn sie mir die Haare so zurechtstreicht, dass man die Geheimratsecken nicht mehr sieht. Wen sie meinen Hemdkragen zurechtzupft oder den Krawattenknoten zurechtrückt. Es erinnert mich an meine Mutter mit ihren Allmachtsvorstellungen.«
»Viel schlimmer ist«, sagte ich, »wenn Frauen resignieren. Wenn sie glauben, Männer nicht mehr ändern zu können. Sie werden gehässig. Man sieht das manchmal an alten Ehepaaren.« Ich machte eine Pause, dann fragte ich: »Wie lange seid ihr verheiratet?«
»Zehn Jahre«, sagte Bruno. »Wir feiern es in dem Restaurant, in dem wir den ersten Abend verbracht haben.«
»Gut«, sagte ich. »Da sieht man dann, was sich geändert hat.«
»Und was geblieben ist«, sagte er und lachte laut und herzlich.

Wollte mich nur mal melden

Guten Tag, ich melde mich aus dem Einwohnermeldeamt.

Ich sitze und warte.

Wir sind viele, die sitzen und warten, alles Menschen, die heute erwachten und dachten: Mensch, wie wäre es, ich würde mich heute mal wieder auf dem Einwohnermeldeamt melden?!

Wenn man hierher kommt, zieht man aus einem klackenden Apparat einen Zettel mit einer Nummer.

Setzt sich.

Starrt auf einen Apparat an der Wand, auf dem wiederum klackend Nummern erscheinen.

Wenn die Nummer auf dem Zettel und die Nummer auf dem Apparat übereinstimmen, geht man durch eine Tür und meldet sich.

Einmal war ich heute schon dran. Aber ich war nicht da. Das kam so: Ich traf ein und zog Nummer 78. Auf dem Apparat war die 30 zu sehen. Ich wartete zehn Minuten. Dann war auf dem Apparat Nummer 34 zu sehen. Ich wartete weitere zehn Minuten. Auf dem Apparat: Nummer 38. Ich ging zehn Minuten hinaus. Kam wieder. Nummer 42. Ich rechnete aus, dass für je vier Nummern zehn Minuten verstreichen mussten. Ich würde mit der 78 in genau neunzig Minuten dran sein.

Ich verließ das Einwohnermeldeamt, kaufte in einem Supermarkt Bonbons, besorgte eine Zeitung am Kiosk, gab einen Brief auf, trank in einer Bar Kaffee. Ich dachte, dass sicher viele es so machten. Wahrscheinlich leben

Supermarkt, Kiosk, Post und Bar von Leuten mit Nummern. Die ganze Gegend lebt vom Einwohnermeldeamt. Ein Einwohnermeldeviertel.
Nach fünfzig Minuten kehrte ich zum Amt zurück. Auf dem Apparat stand die 79. In meiner Hand war die 78. Man hatte plötzlich eine straffere Gangart angeschlagen. Nur noch fünfeinhalb Minuten für vier Nummern. An der Wand hing ein Zettel, auf dem es hieß, dass eine Nummer verfalle, wenn man sich mit ihr nicht melde, sobald sie auf dem Apparat erscheine.
Ich zog neu: 129.
Diesmal verließ ich das Gebäude nicht. Ich setzte mich in die Stuhlreihen zwischen Wartende. Warte seitdem. Der Nummernspucker klackt. Der Nummernzeiger an der Wand klackt. Das Gebiss der alten Frau neben mir klackt. Die Schuhsohlen des Jungen vor mir klacken auf den Boden. Die Schweißtropfen des Dicken hinter mir klacken in sein Kunststoffhemd.
Was für ein schöner Brauch das Einwohnermelden ist. Man bekommt ein Gefühl dafür, was es bedeutet, Einwohner zu sein, einer von vielen, Teil einer Gemeinschaft. Der Raum: so kirchlich. Wir beten zum Nummernspender vor uns: Großer Klacker, klack für mich! Atmen im gleichen Rhythmus. Sie haben das Tempo wieder verlangsamt, für mich.
Zwölf Minuten für vier Nummern.
… und klack … und klack … und klack…
Natürlich könnte ich jetzt arbeiten, mit meinem Sohn spielen, meine Frau umarmen. Aber was ist das, verglichen mit der stillen, intensiven Vorbereitung aufs Einwohnermelden!
Paola hat gesagt, wenn man ein kleines Kind dabei

habe, sei man nicht an das Nummernsystem gebunden, sondern werde gleich vorgelassen. Aber Luis ist bald sechs Jahre, zu alt. Man könnte vor der Tür einen Babyverleih aufmachen.

Aber warum?

… und klack … und klack … und klack…

Nummer 108.

Es hat was Buddhistisches. Statt Gong das Klack. Ich melditiere. Ommmmmm … und klack…

Bald werde ich hineingehen und sagen: »Halloooo… Wollte mich mal wieder melden.«

An der Amtskasse bekommt eine Frau einen Kreischanfall: Sie warte hier schon Stunden, werde anderswo gebraucht, undenkbar dies alles in der freien Wirtschaft, bloß hier, beim Staat…

Warum ist sie so laut? Will schlafen.

119 steht auf dem Kasten. Noch Zeit bis 129.

Chrrrrr…

Und klack!

130.

Ach.

Auf Wiedersehen. Melde mich bald mal wieder.

Deutschalienisch

Wir saßen in einer kleinen Trattoria in Rom, nicht weit vom Kolosseum, und studierten die deutsch-italienische Speisekarte. Ich machte mir Notizen für mein neues großes Projekt: den Entwurf einer deutsch-italienischen Gemeinschaftssprache. Ich denke, in zwei, drei Jahren werde ich zur Buchmesse ein erstes Nachschlagewerk herausbringen können, in zehn Jahren werden alle deutschen Touristen und alle italienischen Kellner die Sprache beherrschen, in zwanzig Jahren können Deutschland und Italien vereinigt werden. Was mit Österreich geschieht, das dabei im Weg herumliegt, wird man sehen.

Bereits heute gibt es Bücher einzelner Autoren, die in einer Art Deutschalienisch erscheinen, die Venedig-Krimis von Donna Leon zum Beispiel, in denen das deutsche Wort *Gasse* nicht mehr vorkommt, sondern immerzu durch *calle* ersetzt wird. »Er ging durch die *calle* zum *campo*, nahm sein *telefonino* in die Hand und sagte: »*Pronto!*« So muss man sich das vorstellen.

Noch weiter geht man bei der Herausgabe der Werke des Sizilianers Andrea Camilleri, sehr empfehlenswerte Literatur übrigens, welche streckenweise in einer deutsch-italienisch-sizilianischen Mischsprache gehalten ist. In *Der Hund aus Terracotta* liest man Sätze wie diesen: »Der Duft der *triglie fritte*, der aus der Osteria kam, gewann das Duell. Er aß ein *antipasto speciale di frutti di mare*, dann ließ er sich zwei *spigole* bringen…« Oder: »›*Ma chi è stamattina stu scassamento di minchia?*‹

heulte drinnen Signora Carmilina, und Montalbano verschwand grußlos.«

Das kann von Deutschen kaum verstanden werden, erzeugt dafür aber viel Atmosphäre: Es wird einem sehr sizilianisch im Kopf. Das Deutschalienische, welches ich konzipiere, wird viel weiter gehen. Es wird komplett unverständlich sein, dafür *molto funny.*

»Was soll ich als Antipasto essen?«, fragte ich Paola. »Es gibt *Pflanzlich Vorspeisen* und *Salm Vorspeisen*, und dann gibt es noch *Rösten Brot sicilian stil.*«

»Das wird so etwas Ähnliches sein wie gestern abend«, antwortete sie. »Da gab es *geroestete brotschein.*«

Wir erinnerten uns eines Lokalbesuchs vor einem Jahr, das war in Florenz – da gab es die Speisekarte nur auf Italienisch. Als der Wirt mitbekam, dass Paola, deren Großvater Italiener war, beide Sprachen perfekt spricht, bat er sie, seine Karte zu übersetzen. Das dauerte eine Weile, sie gab sich Mühe. Als wir dieses Jahr wieder mal vorbeigingen, lasen wir auf der draußen aushängenden Karte von Gerichten wie *Raw Schinken* und *zieghe ckeese, Franciert kalman* sowie *Orade See barsch einsalzen.* Von Paolas Übersetzung hatte der Wirt kein Wort benutzt.

»Was soll das?«, fragte sie entgeistert.

»Es ist Deutschalienisch«, sagte ich. »In einigen Jahren werden alle Speisekarten so aussehen.«

»Aber wie kommt man auf *zieghe ckeese*?«, fragte sie.

»Das ist Engleutsch, aus *Ziege* und *cheese*«, sagte ich. »Das Wörterbuch dieser Sprache werde ich bereits nächstes Jahr herausbringen.« Die wirklich guten Ausdrücke, fügte ich hinzu, entstünden sowieso nur durch Hin- und Herübersetzen zwischen mehreren Sprachen. Vor Jahren hatte ich in einem Magazin eine Gebrauchs-

anweisung für die aus Taiwan stammende »Luftmatrotze ES 223« zitiert gefunden. Da stand: »Entrollen die Puff Unterlage und liegen auf ihr, dann wird sie von der Wärme sich Inflationen bekommen.« In einer Zeitung las ich den Text zu einer Quarzuhr: »Wenn alles richtig eingesielli isluruchen Sie S2 bis Slunuen and Mirunan mii blindendern Coppalpunki arschetuen. Sollite die Doppelpunki ruchi blinish denn drucken Sie S1.«
Das passiert, wenn man einen Text aus dem Chinesischen ins Englische, dann ins Ungarische, von dort wieder ins Chinesische und schließlich ins Deutsche übersetzen lässt, und zwar ausschließlich von zwölfjährigen Sudanesen, die keine dieser Sprachen beherrschen. Nur Kinder können Wörter wie *arschetuen* und *Coppalpunki* erfinden, so wie Luis neulich das Wort *Gerichtheber* benutzte. Er meinte *Gewichtheber.* Ich beschloss, im Deutschalienischen das Wort Gerichtheber für *Kellner* einzusetzen.
Zurück zu unserer römischen Trattoria. Paola bestellte, für mich *Spaghetti mit Rührei und Bäuchlein* und für sich *Scheibegrobfleisch m,it Kase, Zitrone Pfeffer und Öliö.*
Der Gerichtheber zuckte nicht mit der Wimper, notierte alles und sagte: »Grazie an Ihnen.«

München: exuberant, vibrant, tranquil

Folgendes habe ich im Internet entdeckt: Man gibt bei *Google* das Suchwort *Bible* ein, also das englische Wort für *Bibel*. Dann kommen etliche englischsprachige Seiten mit dem kompletten Bibeltext. Daneben steht: »Diese Seite automatisch übersetzen.« Anklicken. Darauf beginnt der Bibeltext: »Im anfangengott stellte den Himmel und die Masse her. Und die Masse war ohne Form und Lücke; und Schwärzung war nach dem Gesicht vom tiefen. Und der Geist Gottes bewog nach dem Gesicht des Wassers.«
Ich frage: In welche Sprache hat man die Bibel da übersetzt? Antwort: die Sprache der Maschinen. Da ein Automat die Bibel übersetzt hat, hat er sie in die Maschinensprache übersetzt, wohin sonst? Die Robotersprache. Wahrscheinlich ist es ja mit den Robotern weiter, als wir denken. Wahrscheinlich gibt es längst Roboter, die aussehen wie Menschen. Wahrscheinlich stehen in Amerika Hallen voller Roboter, die in der Bibel lesen und in Flugplänen, weil sie zu uns kommen wollen, nach München. Sie geben *Munich Tourist Information* als Suchwort bei Google ein und kommen so zu einem englischsprachigen Reiseführer im Internet. Den lassen sie automatisch übersetzen. Ich habe das getan und fand über meine Stadt die Sätze: »Münchenisn?t bloß der Schauplatz für das Oktoberfest, aber eine hypermodern Ausstellungs- und hightechstadt, außer Sein ein Fußballkapital ohne weniger als drei Vereine, die im Bundesliga, das deutsche Äquivalent des englischen Premier League spielen.«

Und: »Dieser Führer liefert Spitzen und Vorschläge, jeder entdecken lassend? ihr eigenes München? Gelegenheiten für Ihr Haar unten lassen oder entspannen einfach sich sind Legion, denn dieser Platz hat viele Aspekte: chic, leicht und jovial bis das, exuberant, vibrant und überhaupt neu zum anderen. Andererseits romantisch, tranquil, bewußt Tradition und Direktübertragung vom März der Zeit.«
Direktübertragung vom März der Zeit… Poesie, wie Maschinenmenschen sie lieben!
Auch ich kann mich dem eigenartigen Reiz des Roboterdeutschs nicht entziehen, wenn ich lese, was die Fremden hier tun wollen: »…eine gebratene Wurst von einem Stall auf dem Viktualienmarkt oder möglicherweise einem Pint vom besten beim Englischer Garten genießen, wenn der Kleinhesseloher See in der Nachtluft funkelt und die Vögel, die im Aufsatz Schwabinger nisten, in ihren abschließenden Flug des Tages ausstoßen, fast schwärzend aus dem Himmel und nehmen schlendern durch das Englischer Garten, in dem der Schlag der afrikanischen Trommeln, der Töne der brasilianischen Sambacombos und der rhymings der deutschen rappers alle im Farbton der copses der hohen Bäume intermingle.«
Zweifelt wer, dass es sich um einen Roboter-Reiseführer handelt? Es gibt verräterische Formulierungen: »Geben sich einen *Kurzschluß* schlendern entlang Wiener Würstchen Platz hin?« Oder: »Unser *Kurzschluß* schlendern anfängt im japanischen Teehaus…« Oder: »Insbesondere an den Tagen, wenn der Wind Föhn *durchbrennt*…« So geht das immerzu.
Selbst nach Haidhausen wollen sie kommen, Konzerte im Gasteig hören: »?Gasteig? ist eine Konzentration von

zwei bayerischen Wörtern: und?Steig?. Mittel durchtränken?Steig? bedeutet Straße. Im mittleren Alter würden Keuchenrinder und -esel schwer-beladene Karren herauf diese steile Steigung…«

Keuchenrinder!

Auch den seltsamen Mooshammer besuchen sie, man liest, in seinem Geschäft gebe es »München-Artkleidung für Spülmaschinen und Millionaires, aber genau diese wird den Böhmen sowie Fernsehapparatsterne getragen«.

Sie wissen über uns, »daß Bavarians durstiger als überhaupt sind«. Sie lernen unseren Dialekt mit einem Mini-Lexikon. Es übersetzt »Obstla« mit »Fruchtvorbereitung«. Im Lexikon stehen auch seltsame Grußformeln wie »Griass Gott« und, ähm, »Würfel Ehre«. Würfel Ehre? Ich sah nach: Da stand »Habe die Ehre«, aber weil »die« im Englischen der »Würfel« ist, hat der Automat es für ein englisches Wort gehalten und mitübersetzt, ins Roboterdeutsche.

Falls jemand demnächst auf mich zutritt und »Würfel Ehre« sagt, weiß ich Bescheid. Ich antworte »Griass Gott« und lade ihn auf eine Fruchtvorbereitung ins Wirtshaus ein. Und noch eine. Und noch eine.

Ich möchte einfach zu gern hören, wie sie reden, wenn sie besoffen sind.

Mein kleines gelbes Schicksal

Es war ein sonniger Herbstmorgen, die Luft kalt und klar wie aus Glas.

Wir waren früh aufgestanden. Der Stau auf dem Weg zum Kindergarten hatte sich noch nicht entwickelt, Luis und ich rauschten frei durch die Straßen wie kleine Könige. Als ich später den Zeitungsladen betrat, der sich unten im Haus mit meinem Büro befindet, sagte ich zum Zeitungsladenbesitzer:

»Geben Sie mir ein gelbes Los von der Staatslotterie! Heute scheint ein guter Tag zu sein.«

Im selben Moment dachte ich: Willst du den Tag schon auf die Probe stellen? Willst du die Hoffnung bereits töten? Brauchst du nicht den klaren, kalten Herbstmorgenoptimismus für die Arbeit? Wirst du eine Niete aushalten? Kannst du ein »Leider nicht« ertragen?

Andererseits: Wenn du gewinnst, brauchst du den Optimismus nicht mehr. Weil du die Arbeit nicht mehr brauchst.

»Alles Gute!«, sagte der Zeitungsladenbesitzer.

Im Bürobriefkasten fand ich den Brief eines Lotterieeinnehmers. »Verehrter Gewinn-Anwärter« nannte er mich und teilte mir mit, dass er mir mit diesem Brief »die goldene Privileg-Karte« überreiche, weil ich zu einem »streng ausgesuchten Kreis von Personen« gehörte. Wenn ich den beigefügten Umschlag, schrieb der Lotterieeinnehmer, mit dem »persönlichen Sicherungs-Siegel« öffnete, dann die Zahl auf dem Siegel mit der Zahl auf der Privileg-Karte vergliche, dann deren Über-

einstimmung feststellte, dann das Siegel auf die Privileg-Karte klebte, dann das anliegende »Gewinn-Zertifikat« zur Hand nähme, dann die Privileg-Karte in die vorbereitete Folientasche auf dem Gewinn-Zertifikat steckte, dann das Gewinn-Zertifikat ausfüllte und abschickte – könnte ich an der »weltweit einzigartigen Ausspielung« von »sage und schreibe« 760 378 350 Euro teilnehmen. Alles liege in meinen Händen.
»O ja!«, dachte ich und spürte das kleine, gelbe, noch verschlossene Los aus dem Zeitungsladen in meiner Hand. Ich stellte mir vor, wie der Lotterieeinnehmer mich »streng ausgesucht« hatte. Wie er in seinem goldenen Lotterieeinnehmer-Schloss saß und ein Sekretär mit goldenen Lippen ihm Kärtchen mit Namen reichte. Wie der Lotterieeinnehmer sie angewidert betrachtete und dann in die Flamme seines goldenen Feuerzeugs hielt. Wie etwas von dem Gold auf seinen Fingernägeln schmolz, zu Boden tropfte. Wie er dann aber das Kärtchen mit meinem Namen auf seinen Schreibtisch legte, mit goldener Tinte ein goldenes Häkchen hinter meinem Namen machte. Wie der Sekretär das Kärtchen daraufhin auf goldenem Tablett ins Vorzimmer trug, einer Vorzimmerfee mit goldenen Haaren überreichte und ihr zwischen seinen goldenen Lippen zuflüsterte:
»Herr Hacke ist vom Lotterieeinnehmer streng ausgesucht worden.«
»Dann werde ich ihm sofort unsere goldene Privileg-Karte sowie das persönliche Sicherungs-Siegel und das Gewinn-Zertifikat mit der Folientasche schicken!«, hauchte die Vorzimmerfee.
»Wo sage und schreibe 760 378 350 Euro zu gewinnen sind«, flüsterte der Sekretär goldlippig.

»Ist sie nicht weltweit einzigartig, unsere Ausspielung!«, jauchzte die Vorzimmerfee leise.
Ich nahm mein kleines gelbes Los. Wag es! dachte ich. Ich öffnete das Los. Leider nicht. Leidernicht. Leidernie. Immerleidernie.
Ich nahm eine Schere und schnitt die Worte »Leider nicht« aus. Nahm den Brief des Lotterieeinnehmers, öffnete den Umschlag mit dem persönlichen Sicherungs-Siegel, verglich die Zahl auf dem Siegel mit der Zahl auf der Privileg-Karte, stellte deren Übereinstimmung fest, klebte aber nicht das Siegel auf die Privileg-Karte, sondern – mit etwas Uhu – die Worte »Leider nicht«. Nahm das Gewinn-Zertifikat zur Hand, steckte die Privileg-Karte in die Folientasche, schloss den Umschlag, ging hinunter, warf ihn in den Briefkasten.
Dann stieg ich hinauf und begann zu arbeiten.

Ein Mann ohne Geruch

Pröbchen hier, lauter Pröbchen. Gelkissen mit Body Lotion. Tübchen mit Anti-Shine-Moisturizing-Fluid. Ampullen mit Eau de Toilette. Taschenweise bringe ich sie aus den Parfümerien nach Hause, überreicht von gut geschminkten Damen, sprühe mir da etwas auf die Hand, dort etwas auf den Arm, reibe hier ein bisschen ins Gesicht, schnüffele, grübele, lasse Paola riechen…

»Nein«, sagt sie.

»Nein?«, frage ich.

»Nein«, sagt sie.

»Hmmm«, sage ich, entkorke das nächste Fläschlein, sprühe, reibe, rieche, lasse riechen.

»Nein.«

»Nein?«

»Nein.«

»Hmmm.«

Ich habe meinen Geruch verloren, das ist das Problem. Fünfzehn Jahre lang habe ich das gleiche After-Shave benutzt, eine achteckige Flasche mit zylinderförmigem Schraubverschluss, ein After-Shave, wie für mich gemacht. Ich will nicht übertreiben, jeder konnte sehen, wie die Frauen die Nüstern blähten, wenn ich vorbeiging, und ihr leichtes Schnüffeln hörte man auch. Ach ja.

Nun ist die Produktion eingestellt worden. Ich ging eines Tages in eine Parfümerie, verlangte die gewohnte Flasche – es gab sie nicht mehr.

»Überhaupt nicht mehr?«, fragte ich.
»Überhaupt nicht mehr.«
»Aber das geht nicht«, sagte ich, »man kann nicht einem Mann seinen Geruch nehmen!«
Leider, sagte man, es gehe wohl doch. Vielleicht, dass irgendwo ein Restbestand...
Ich wanderte durch die City, eine Parfümerie nach der anderen betretend – nichts. In der Innenstadt habe es keinen Sinn, sagte jemand, zu viele seien schon vor mir da gewesen, vielleicht in den Randbezirken. Ich fuhr in äußere Stadtteile, besuchte winzige Drogerien, deren Besitzer nie von meiner Duftmarke gehört hatten, in Vitrinen zwischen Pitralon und Tabac herumkramten, ratlos Kollegen anriefen, auf Leitern stiegen, Kartons mit Mottenkugeln aufrissen, ob nicht vielleicht dort... Nichts.
Und überall bekam ich Proben. Paola las von den Packungen vor: Kopfnote Bergamotte, Neroli, Hedion und Sternanis, Herznote Hornkorallen-Effekt, Salbei, Rose, Pfeffer, Koriander, Seetang...
»Seetang«, wiederholte Paola.
»Seetang?«, fragte ich.
»Seetang«, sagte sie.
»Nein«, sagte ich.
»Du hast gut gerochen«, sagte sie, »es passte so zu dir.«
Ich seufzte. Rief Geschäfte in fremden Städten an, beauftragte Verwandte in kleinen, fernen Bundesländern. Nichts, nur weitere Proben, darauf Texte wie: »Ein kontrastreicher Begleiter für den Tag eines Mannes... Frische, kristallklare Noten des Morgens... Intensität von frisch geröstetem Kaffee-Aroma ... Kraftvoll-holzige Noten...«

»Kaffee-Aroma«, wiederholte Paola.
»Kaffee-Aroma?«, fragte ich mit kraftvoll-holziger Stimme.
»Kaffee-Aroma«, sagte sie.
»Ich bin nicht der Tchibo-Onkel«, sagte ich.
»Ich werde ein Mann ohne Geruch sein«, sagte ich. Gibt es kein Gesetz, das dies verbietet? Fünfzehn Jahre, ausgelöscht.
Ich lief durch die Straßen wie Jean-Baptiste Grenouille in Süskinds *Parfüm*, suchend, schnobernd, Passanten hinterherschnüffelnd. Vielleicht, dachte ich, gäbe es noch Leute mit Vorräten, jemand, dem ich ein Fläschchen abkaufen könnte, einen Vorrat für zwei Monate oder für wichtige Anlässe. »Entschuldigen Sie«, würde ich flüstern, »Sie riechen, wie ich einst roch… Haben Sie noch? Ich zahle gut.«
Und wenn er »Nein« sagt? Ihn töten, wie Grenouille das Mädchen in Paris tötete, dessen Duft ihn schier wahnsinnig machte? »Er roch sie ab vom Kopf bis an die Zehen, er sammelte die letzten Reste ihres Dufts am Kinn, am Nabel und in den Falten ihrer Armbeuge. Als er sie welkgerochen hatte, blieb er noch ein Weilchen neben ihr hocken, um sich zu sammeln, denn er war übervoll von ihr.«
Vielleicht. Ich bin gefährlich geworden. Ich garantiere für nichts mehr. Ich will meinen Geruch wiederhaben.

Können Kühlschränke träumen?

Es war zwischen zwei und drei in der Nacht, als ich im Pyjama in die Küche wankte, mir ein Bier nahm, ein paar Schlucke trank und mich auf einen Stuhl fallen ließ.

»Was 'n los?«, fragte Bosch, mein sehr alter Kühlschrank und Freund.

»Schlechten Traum gehabt«, sagte ich. »Nicht mal 'n richtig großen, schweren Alptraum, bloß so einen kleinen miesen Dooftraum.«

»Erzähl!«

»Bloß nicht auch noch drüber reden.«

Wir schwiegen eine Weile. Dann sagte ich in die Stille hinein: »Träumst du eigentlich auch?«

Er antwortete nicht. Ich wiederholte, ein bisschen lauter: »Träumst du eigentlich auch?«

Er war eingeschlafen und von der zweiten Frage aufgewacht. »Was?«, murmelte er.

Ich wiederholte die Frage.

»Klar träume ich auch«, sagte er. »In meinen Alpträumen träume ich, dass plötzlich die ganze Welt so kalt wird, dass man keine Kühlschränke mehr braucht, oder ich träume von fliegenden Mikrowellen mit offenen Klappen, die Löcher in meine Tür hineinbrennen, oder von sirrenden Pürierstäben, die auf mich abgeschossen werden wie brennende Pfeile, oder von Elektroherden mit Polizeimützen, die mich mit glühenden Kochplatten bestempeln, oder vom Entsorgtwerden. Sehr oft träume

ich vom Entsorgtwerden, vom Verrotten im Schlamm einer Sperrmüllkippe…«
Er schwieg einen Moment, dann wollte er etwas fragen, aber ich ahnte natürlich, was er fragen wollte, nahm einen Schluck Bier und sagte: »Niemals entsorge ich dich, Mann, dieses Bier ist von so unvergleichlicher Kühle, das macht dir keiner von den Neuen nach, ehrlich.«
Er seufzte erleichtert.
»Und wenn du schöne Träume hast?«, fragte ich. »Was träumst du dann?«
»Da träume ich, kein Kabel zu haben und gehen zu können, oder ich träume von einer Kühltruhe, die ich mal gekannt habe, als ich noch sehr jung war, oder dass ich Weltmeister im Riesenslalom werde, oder dass ich in einem Meer von Eiswürfeln schwimme, oder dass ich über der Antarktis fliege wie ein Albatros, und alle Pinguine brechen in ein gewaltiges ›Hurra!‹ aus.«
»Super!«, sagte ich. »Ein Supersupersupertraum.«
Wir schwiegen wieder eine Weile, dann sagte Bosch plötzlich: »Hast du schon mal von mir geträumt?«
»Noch nie, Gott sei Dank.«
»Wieso ›Gott sei Dank‹?«
»Weil ich im Buchladen neulich ein Lexikon der Traumdeutung in der Hand hatte. Darin stand, der Kühlschrank als Traumsymbol stehe für das Wegstecken von Triebkräften, für Verdrängung, Gefühlskälte und Distanz. Und für Egoismus.«
»Gemein!«, sagte er. »Was stand da über die anderen Geräte?«
»Warte…«, sagte ich, »über die Geschirrspülmaschine las ich, sie habe von allen Küchengeräten die männlichste Ausprägung, weil sie in einer Zeit erfunden worden sei,

als Frauen von Männern die Mitarbeit im Haushalt forderten. Und der Herd sei schon bei Freud das Symbol der Frau und des weiblichen Körpers gewesen.«

»Quatsch!«, zischte er. »Der Herd ist ein Idiot! Immer und immer habe ich dir gesagt, dass der Herd ein Idiot ist, sonst nichts!« (Er hasst den Herd wie nichts, muss man wissen.) »Weiblicher Körper!«, höhnte er. »Lächerlich.«

»Und wenn du träumst«, sagte ich, ihn unterbrechend, »brennt dann das Licht in deinem Innern oder nicht?«

»Oh Mann!«, stöhnte er. »Wie oft hast du mich das schon gefragt? Schon als du ein kleines Kind warst und ich noch bei deinen Eltern stand, hast du es mich gefragt. Ich sag's dir nicht. Es geht dich nichts an. Alles sage ich dir, das nicht. Es ist ein Geheimnis. Auch eine Maschine wie ich braucht ein Geheimnis. Das weißt du.«

»In der Zeitung stand, zwei amerikanische Buben hätten aus Lego einen Roboter gebaut, der beweisen kann, dass das Licht im Kühlschrank ausgehe, wenn die Tür zu sei. Ich könnte mir diesen Roboter ja besorgen.«

»Stell ihn nur in mich rein«, sagte Bosch leise. »Ich mach' ihn kalt.«

Doktor Leibtrost

Wer umzieht, bekommt oft eine neue Telefonnummer. Aber jene, die ich vor vier Jahren bekam, als ich mein neues Büro bezog, war nicht neu. Sie war gebraucht und hatte einem Arzt gehört, den ich nicht kenne, dessen Namen ich nicht im Telefonbuch finde, der vielleicht verstorben oder nur unbekannt verzogen ist. Bis heute rufen Patienten an: alte, gebrechliche Menschen, schwerhörig. Ich führe Gespräche wie dieses.
Telefon klingelt.
Ich: »Hacke.«
Anrufer: »Hallo?«
Ich: »Ja, hier ist Hacke.«
Anrufer: »Is' da net der Doktor Leibtrost?«
Ich: »Nein, hier spricht Hacke.«
Anrufer: »Ja, wo bin i denn da 'nauskommen?«
Ich: »Bei mir. Hacke.«
Hängt ein. Es klingelt Sekunden später wieder.
Ich: »Hacke.«
Derselbe Anrufer: »Hallo?«
Ich: »Ja, hier wieder Hacke.«
Anrufer: »Doktor Leibtrost?«
Ich: »Nein, nur Hacke.«
Anrufer: »Wer?«
Ich: »Hacke.«
Anrufer: »Wissen S', Herr Doktor Leibtrost, mit mein' Ohren is' wieder so schlecht wor'n.«
Ich: »Ich merke. Aber ich bin nicht Doktor Leibtrost. Ich bin Hacke.«

Anrufer: »Wer san Sie?«
Ich: »Hacke.«
Anrufer: »Entschuldigung.«
Legt auf. Sekunden später läutet es wieder.
Ich: »Hacke.«
Derselbe Anrufer: »Doktor Leibtrost?«
Ich: »Nein, Hacke.«
Anrufer: »I hätt' halt gern den Doktor Leibtrost gesprochen.«
Ich: »Ja, ich weiß. Aber hier ist Hacke. Hier ist nicht Doktor Leibtrost. Doktor Leibtrost ist umgezogen oder verstorben, oder er hat seine Praxis aufgegeben. Ich weiß nicht. Ich bin Hacke.«
Anrufer: »Was san Sie?«
Ich: »Hacke.«
Anrufer: »Tschuldigung, verwählt.«
Ich: »Nein, Sie haben sich nicht verwählt. Das war einmal die Nummer von Doktor…«
Aufgelegt. Sekunden später: Läuten.
Ich: »Hacke.«
Derselbe Anrufer: »Wer?«
Ich: »Hacke.«
Anrufer: »Kannten S' mir bitt'schön den Doktor Leibtrost geben, Herr Hackl?«
Ich: »Aber er ist nicht hier!«
Anrufer: »Wann kommt er denn?«
Ich: »Niemals. Er kommt nie wieder. Er war noch nie hier. Er hatte nur die Telefonnummer, die ich jetzt habe.«
Anrufer: »Es is' wegen meiner Frau. Sie hat 'n Katarrh.«
Frau hustet im Hintergrund.
Ich: »Rufen Sie einen Arzt an! Oder die Auskunft! Nicht mich.«

Anrufer (zischelt vom Telefonhörer weg zu seiner Frau): »Des is' scho wieder der Depp. Der Hacker.«
Legt auf. Nach Sekunden neues Läuten.
Ich: »Hier spricht Hacke und noch mal Hacke.«
Anrufer (erregt): »Ja, wos woin denn Sie scho wieder! I brauch' an Doktor Leibtrost! Mei' Frau is' krank.«
Ich: »Dann rufen Sie doch Doktor Leibtrost an und nicht mich!«
Anrufer: »Des tu i doch die ganze Zeit!«
Ich lege auf. Nach Sekunden läutet es erneut.
Ich: »Hier Praxis Doktor Leibtrost. Sie können nach dieser Nachricht ein kurzes Piepen hinterlassen und mich dann am Arsch lecken. Ich rufe niemals zurück.«
Paola: »Was ist denn mit dir los? Den ganzen Nachmittag telefonierst du, und jetzt machst du solche Späßchen. Ich denke, du arbeitest.«

Warum ich Buffets nicht mag

Vor einer Weile nahm ich an einem Empfang teil, welcher einer Tagung folgte, die den ganzen Tag gedauert hatte. Ich hatte der Tagung selbst nicht beigewohnt, mir fehlte die Zeit. Aber der Empfang, mal unter Leute, dachte ich, warst den ganzen Tag allein im Büro – warum nicht?

Es gab einen Aperitif. Ich verabscheue Aperitifs, weil ich nicht gern auf leeren Magen trinke. Hier nahm ich jedoch einen Martini. Ich kannte niemanden unter 200 Menschen. Ein Aperitif wird dich lockerer machen, dachte ich.

Jemand hielt eine Rede, das Buffet wurde eröffnet. Im Nu bildete sich eine lange Schlange. Es hatte mir an Geistesgegenwart gefehlt, mich in Buffetnähe zu postieren, nun war es zu spät. Ich hasse Schlangen, Drängeln, Schieben. Aber es gab Kellner, die hervorragenden Weißwein aus schlanken grünen Flaschen servierten. Den trank ich. Ist genug zu essen da, dachte ich. Bleib locker, die Schlange ist bald weg. Warte den ersten Ansturm ab.

»Ich verabscheue Buffets«, sagte eine Frau, die plötzlich neben mir stand. Sie hatte kurze blonde Haare und ein feines, offenes Gesicht. Sie trug ein kurzes Kleid und ihre langen Beine steckten in mintgrünen Slingpumps.

»Buffets bringen das Fieseste im Menschen zum Vorschein, schamlose Gier, gemeine Rücksichtslosigkeit«, sagte ich. »Und Tische gibt es auch nicht.«

Ein Kellner kam, schenkte Wein nach. Ich hätte lieber

gegessen als getrunken, zu Mittag hatte ich auch nichts gehabt, aber man konnte nun hier nicht alles bekommen.
»Doch, da drüben sind zwei Tische«, sagte sie.
»Und wer da sitzt!«, sagte ich. Ich wies auf einen bekannten Filmproduzenten, den ich von einer Party bei Bekannten her flüchtig kannte. Er saß allein am Tisch und hieb auf seinen Teller ein, als befürchte er, der würde gleich wieder abserviert.
»Ja«, sagte sie.
»Er war sicher der Erste«, sagte ich. »Zur Strafe muss er allein essen. Das hat etwas Armseliges, nicht? Es gibt eine Hohnrede von Juvenal auf den einsamen Völler: ›Kein Tischgenosse ist zu sehen. Wer möchte auch ertragen derlei schmutziges Schwelgen?‹ Passend, nicht wahr?«
»Ja«, sagte sie und wandte sich abrupt ab. Hatte sie einen Bekannten getroffen? Allmählich wurde mir durch den Wein neblig zumute. »Was soll dein blödes Bildungsgehubere!«, dachte ich. »Diese Juvenalzitiererei, albern. Du hast zuviel getrunken.« In Wahrheit tat mir der Mann ja leid. Es gibt nichts, was mich unwillkürlich mehr dauert, als einen Menschen allein essen zu sehen. Es hat etwas sehr Trauriges, wenn jemand ohne Gesellschaft essen muss.
Ein Kellner brachte Wein. Ich schüttete ihn hinab. Noch trauriger ist es aber, dachte ich, wenn man allein ist und nichts zu essen hat. Nur zu trinken. Um mich herum standen Leute, die Teller und Gläser balancierten. Manche versuchten, gleichzeitig zu rauchen oder sich zu küssen. Seltsamerweise wurde die Schlange vor dem Buffet nicht kürzer. Noch seltsamerweise sah ich den

Filmproduzenten mitten in ihr. Konnte es sein, dass hier Leute zum zweitenmal aßen, während ich…? Ein Kellner eilte vorbei. Ich rief ihn zu mir und bat darum, mein Glas nachzufüllen.
Es hat was mit Würde zu tun, sich nicht auf ein Buffet zu stürzen, dachte ich, mit Selbstbeherrschung. Andererseits steht man dann hier mit seinem Hunger und so einem Gefühl von Minderrangigkeit. Es ist wie in der Steppe, dachte ich, zuerst fressen die Löwen, dann die Schakale, am Schluss die Geier. Man fühlt sich wie ein zweitklassiges Raubtier, hyänös irgendwie.
Der Filmproduzent war jetzt beim Nachtisch. Ich war so angetrunken, dass ich das Wort Filmproduzent nur noch lallend denken konnte, Filllmmmprosssent. Ich hätte jetzt gar nicht mehr essen können.
Jemand schlug mir auf die Schulter. »Lieber!«, röhrte er. »Haben Sie schon gegessen?«
Es war der Verleger W., ein alter Bekannter.
»Ja«, hörte ich mich leise sagen.
»Da hinten an der Bar gibt es einen Schnaps«, sagte er, »der wird uns gut tun nach dem vielen Essen.«
Ich folgte ihm taumelnd. Ich weiß nicht mehr, was wir geredet haben. Irgendwann ging ich. Das Letzte, was ich sah, war der Filmproduzent, der eine Zigarre rauchte und im Arm eine Blonde mit kurzen Haaren hielt. Sie trug ein kurzes Kleid und mintgrüne Slingpumps, und eines ihrer sehr langen Beine schlang sie im Stehen um seine Waden.

Die große Suche

Zu den traumatischen Erlebnissen meiner Kindheit gehört dieses: Ich kam aus der Schule, klingelte an der Tür meines Elternhauses – niemand öffnete. Ich war acht Jahre alt. Nie war meine Mutter nicht daheim gewesen, wenn ich klingelte. Nie.
Aber *jetzt* war sie nicht da.
Ich lief ums Haus herum. Klopfte an die Terrassentür. Nichts. Klingelte wieder. Nichts. Klingelte bei Nachbarn. Niemand da. Lief zum Supermarkt. Keine Mutter. Lief zurück, klingelte wieder. Nichts. Lief in meiner Verwirrung noch mal Richtung Supermarkt, weinte, lief schluchzend die Straße entlang – bis Mutter vor mir stand, die beim Zahnarzt gewesen war, nicht rechtzeitig den Behandlungsstuhl hatte verlassen können, dann nach Hause kam, wo ich nicht war und nun ihrerseits aufgelöst nach mir suchte.
Jetzt habe ich selbst einen Sohn, Luis. Ich saß neulich mit ihm und Bruno, meinem Freund, im Lokal. Luis stand unauffällig vom Tisch auf. Ging und kam nicht wieder. Als ich bemerkte, dass er weg war, suchte ich hektisch das Lokal ab, auch die Toiletten, erschreckte auf dem Damenklo eine Frau, filzte die Garderobe, rannte panisch auf die Straße, raste zum Tisch zurück – da saß Luis neben Bruno und malte. Wo war er? In der Küche. Hatte sich zwei Buntstifte vom Koch mit dem Küchenmesser anspitzen lassen. Er habe keinen Anspitzer gehabt, sagte er.

So ist der Luis. Organisiert sein Leben selbst, wenn es nötig ist. Und ich? Mit acht Jahren und mit 46: immer am Rande des Nervenzusammenbruchs.

Folgendes geschah bei unserem letzten Italien-Aufenthalt: Wir badeten an buchtenreicher Küste, ich lag allein an einem winzigen Strand, Paola und Luis badeten fünfzig Meter weiter draußen vom Schlauchboot aus. Ein Kajakfahrer kam vorbei, grüßte lachend, setzte Luis auf sein Boot, paddelte davon, um den nächsten Felsen – und ward nicht mehr gesehen.

»He!«, rief ich Paola zu. »Was ist das?«

»Ein alter Freund!«, rief sie. »Kommt gleich zurück!« (Paolas Großvater lebte in einem Dorf hier in der Nähe. Als Kind hat sie immer ihre Sommerferien hier verbracht und kennt deshalb viele Leute.)

Nach einer Viertelstunde wurde ich unruhig. Der Kajakfahrer kam nicht zurück. Wilde Fantasien stiegen auf: Luis ertrunken, Luis mit Kajak an den Felsen zerschellt, Luis hilflos am Strand umherirrend, Luis allein in der Macchia hinterm Strand, Luis von Schlangen gebissen, Luis von der Buntstiftanspitzerbande entführt, Luis in den Händen der Mafia.

»Paola!«, rief ich. »Sieh doch mal nach!«

Paola warf den Motor des Schlauchbootes an, fuhr um den nächsten Felsen – und ward nicht mehr gesehen. Ich saß allein am winzigen Strand, umgeben von steilen Felsen. Noch wildere Fantasien: Paola mit Schlauchboot gesunken, Paola verzweifelt auf der Suche nach Luis, Paola von Kajakfahrer entführt, Paola in den Händen des Kajakfahrers, die Hände gleiten über ihren Rücken, er hält sie umarmt, flüstert »Amore!«, Paola hat sich in den Kajakfahrer verliebt, Paola will mich verlassen…

Rasend warf ich mich ins Meer und kraulte zur Nachbarbucht.

Ich musste lange schwimmen, stieg schwer atmend an den Strand. Da lag unser Boot. Paola lag daneben. Neben ihr lag wiederum der Kajakfahrer. Luis spielte in der Nähe mit einigen Kindern.

»Was ist los?!«, schnaufte ich und schüttelte mir Meerwasser aus den Ohren.

»He, da bist du ja, Liebling! Ich wollte dich gerade holen!«, rief Paola. »Das ist Giovanni«, sagte sie, mir den Kajakfahrer vorstellend. »Luis hat ein paar Kinder getroffen, er hat sich geweigert, mit Giovanni zurückzupaddeln. Giovanni wollte ihn nicht mit den Kindern allein lassen und ist deshalb netterweise hier geblieben, bis ich kam.«

»Grazie, Giovanni!«, sagte ich, ließ mich in den Sand fallen, versuchte, mich zu beruhigen, und dachte: »Immer laufe oder schwimme ich jemand hinterher, Mutter, Sohn, Frau. Wie soll das weitergehen?«

In der folgenden Nacht träumte ich, Luis sei groß, habe Karriere gemacht, sei Vorstandschef. Er befand sich im Traum in einer wichtigen Sitzung – da wurde die Tür aufgerissen. In der Tür stand ich, alt und schwitzend. Und rief: »Hier bist du! Ich habe dich überall gesucht!«

Der Feuertopf

Von chinesischer Küche weiß ich nichts, außer dass die Chinesen Gerichte nummerieren, wie man in jedem chinesischen Restaurant sehen kann. Oder sie geben ihnen schöne Namen, »Platte des siebenfachen Morgenglücks« oder so. Manchmal, wenn zwei Chinesen zusammen sitzen, kann man den einen vielleicht schwärmen hören: »Meine Lieblingsspeise ist immer noch die 153, aber nur so, wie meine Mutter sie kochte.« Und den anderen vernimmt man möglicherweise so: »Manchmal, wenn ich von der Arbeit nach Hause komme, bereite ich mir schnell eine ›Platte des siebenfachen Morgenglücks‹, ganz simpel und ohne allen Schnickschnack, nur pure ›Platte des siebenfachen Morgenglücks‹. Ich liebe einfache Gerichte.«
Im übrigen gehört es zum Standardwissen auch dessen, der von chinesischer Küche nichts weiß, dass die chinesische Küche in Deutschland mit wahrer chinesischer Küche nichts zu tun hat.
Kürzlich waren wir nun bei dem Sinologen T. zum Essen eingeladen. T. hatte zwei chinesische Köche gebeten, für ihn zu kochen. Die Köche waren morgens gekommen und hatten Brühe zubereitet, zwei Woks voll. Die standen nun, abends um acht, auf dem Tisch. Man musste Drahtnetze mit Gamberi, Fisch, Fleisch, Pilzen oder Eierstich hineinhängen, ähnlich wie beim Fondue. Als ich mein Netz zum erstenmal aus der Brühe zog, fand ich darin zehn kleine rote Schoten. Sie erinnerten mich an *Spaghetti arrabiata*, die Paola einmal mit drei

solcher Schötlein zubereitet hatte. Eine von ihnen verzehrte ich damals aus Versehen mit. Danach bekam ich eine Art Mundschleimhautentzündung.
Diesmal legte ich die Schoten vorsichtig beiseite und aß. In den Sekunden danach spürte ich, wie sich mein Mundinneres in eine Feuerhölle verwandelte. Ich schluckte rasch. Das war nun ein Gefühl, als brenne sich das Geschluckte auf senkrechtem Wege durch den Körper, durch den Sitz, direkt in den Boden und ins Erdinnere, hin zu seinesgleichem, dem flüssig-glühenden Globuskern aus geschmolzenem Stein.
Habe ich doch eine Schote erwischt?, dachte ich. Oder zwei? Oder zwanzig? Ich sah Paola an, die neben mir saß. Ihre Augen waren zu schmalen Schlitzen geworden, auf ihrer Stirn schimmerten Schweißperlen. Ihre Lippen formten sich zu einem O, durch das sie scharf Luft einzog.
»Ist es zu scharf?«, fragte T. besorgt.
»Ach, ef geht fon«, flüsterte ich.
T. warf Hände voll Feldsalat in die Woks. Das werde die Schärfe mildern, rief er.
Wir aßen weiter. Mir gegenüber saß meine alte Freundin M., deren Teint nach mehreren Bissen aussah wie handgeschöpftes Büttenpapier. Sie hyperventilierte und ließ ihre Strickjacke fallen.
»Man muss Reis essen«, flüsterte ich zu Paola. »Ich habe gelesen, dass Reis dem Essen die Schärfe nimmt.«
»Es gibt ja keinen Reis«, flüsterte sie. »Ich werde fragen, warum es hier chinesisches Essen ohne Reis gibt.«
»Nein«, flüsterte ich. »Er könnte es falsch verstehen und denken, wir fühlten uns nicht wohl ohne Reis.«
»Übrigens ein Gericht mongolischen Ursprungs«, sagte

unser Gastgeber. »Es gibt keinen Reis dazu. Falls sich jemand wundert.« Er warf wieder Berge von Salat in die Brühe. Jedesmal, wenn ich ein Netz aus der Brühe zog, kullerten kleine rote Schoten heraus. Ein anderer Herr am Tisch goss Ströme von Mineralwasser in sich hinein. Aus seinen Ohren quollen Wasserdampfwölkchen. Längst waren alle nur mit dem Nötigsten bekleidet. Wir fühlten uns wie die Sünder in der Vision eines irischen Mönchs aus dem 12. Jahrhundert: Sie liegen auf einem Riesenrost und braten, und langsam tropfen ihre Seelen hinab in eine schreckliche Feuertiefe zum wartenden Teufel. Flüssige, tropfende Seelen – chchch!
»Wie heißt dieses Gericht?«, fragte jemand.
»Auf chinesisch heißt es *Huo Guo*«, sagte der Sinologe. »Es bedeutet *Feuertopf.*«
»Hat es auch eine Nummer?«, fragte ich.
»Was für eine Nummer?«, fragte er verblüfft.
»112 vielleicht«, sagte ich und zündete mir an Paolas feuerwehrroter Zunge eine Zigarette an.

Der Aldiwagen

Ich bin ein ehrlicher Mensch, einer von diesen, die sich eines Tages bei der verblüfften Geschäftsführung einer Supermarkt-Kette melden, weil sie mit Zins und Zinseszins einen Schokoriegel bezahlen wollen, den sie als Kind dreißig Jahre zuvor in einer Filiale stahlen. Allerdings habe ich als Kind nie was gestohlen, nicht mal einen Schokoriegel. So ehrlich war ich.

Aber jetzt ist etwas vorgekommen…

Paola und ich waren bei einer Party eingeladen, gar nicht weit von unserer Wohnung, so fünfhundert Meter zu Fuß. Das heißt, es wären natürlich auch fünfhundert Meter mit dem Auto gewesen, aber wir fuhren nicht Auto, weil es dort, wo die Party stattfand, keine Parkplätze gibt. Wir fuhren auch nicht mit dem Taxi. »Es ist doch ganz in der Nähe«, sagte ich zu Paola. Deshalb gingen wir zu Fuß. Aber Paola trug Schuhe mit sehr hohen Absätzen. Nach hundert Metern fragte sie, wie weit es sei, nach zweihundert Metern fragte sie wieder, nach dreihundert schimpfte sie, nach vierhundert beschloss sie, keinen Schritt mehr zu gehen. Die letzten hundert trug ich sie.

Die Party war ausgelassen. Wir tranken dieses und jenes, unterhielten uns bestens. Unsere Laune war glänzend, als wir gegen zwei das Haus verließen und auf der Straße standen.

»Wie kommen wir heim?«, fragte Paola.

»Ach, das Stückchen…«, sagte ich.

»Auf keinen Fall!«, sagte Paola. Aber ein Taxi war nirgends zu sehen. Ich wollte auch keines rufen für fünfhundert Meter. Es müsste kleine, vollautomatisch durch die Stadt schwebende Luftkissentransporter für Frauen geben, dachte ich, Mini-Hovercrafts mit einem Sessel drauf, die man einfach mit der Hand anhält. Deine Frau setzt sich in den Sessel und schwebt leise summend neben dir her, während du heimgehst. Das gibt es natürlich nicht. Die besten Sachen gibt es immer nicht.

Ich sah mich um und entdeckte direkt neben der Haustür einen Einkaufswagen von Aldi. Leer.

»Setz dich mal rein«, sagte ich, hob Paola in die Luft und platzierte sie sanft in dem Wagen, der genau die richtige Größe hatte. Sie ließ die Beine herausbaumeln und lachte. Ich schob sie nach Hause. Die Leute, die noch auf der Straße waren, sahen uns nach. Einer rief:

»Was es heutzutage so alles bei Aldi gibt?!«

»Und so günstig!«, rief ich. Dann waren wir zu Hause, fuhren im Fahrstuhl nach oben, und ich schob den Wagen gleich ins Schlafzimmer.

Am nächsten Morgen sagte ich: »Jetzt will ich den Wagen mal zu Aldi bringen. Wo ist hier eigentlich ein Aldi?«

Paola wusste es nicht. Im Telefonbuch fand ich Aldi nicht, seltsam eigentlich. Außerdem musste Luis zum Kindergarten. Ich vergaß die Sache. Der Aldiwagen blieb im Treppenhaus stehen. Weil er da nun mal stand, nahm ich ihn abends mit zum Getränkemarkt. Paola transportierte darin Sachen in den Keller. Luis spielte mit ihm im Flur.

»Praktisch, so ein Supermarktwagen«, sagte Paola.

»Aber wir müssen doch … Wir können nicht einfach …«, sagte ich.

»Andererseits stand er einfach auf der Straße«, sagte Paola. »Wir haben ihn nicht bei Aldi weggenommen. Wir wissen nicht mal, wo Aldi ist. Wir sind nicht verpflichtet, den Wagen durch die halbe Stadt zu Aldi zu bringen.«

»Man kann ihn nicht einfach behalten«, sagte ich.

»Stell ihn wieder auf die Straße!«, sagte sie.

»Jetzt haben ihn schon alle vor unserer Tür gesehen«, sagte ich. »Vielleicht werden wir mal wieder irgendwo eingeladen. Dann bringe ich dich mit dem Wagen hin.«

»So was ist nur einmal lustig«, sagte sie.

»Ich bringe ihn zu Aldi«, sagte ich. »Irgendwann. Bald.«

Ein paar Tage später fuhr ich Einkäufe aus dem Auto, das in der Garage stand, mit dem Aldiwagen im Lift nach oben. Noch später brachte ich Gepäckstücke, die ins Auto mussten, mit dem Aldiwagen in die Tiefgarage. Da ließ ich ihn dann. Er steht noch dort.

Ich habe ein schlechtes Gewissen. Demnächst werde ich den Wagen wegbringen. Neulich habe ich eine Aldi-Filiale im benachbarten Stadtviertel entdeckt. Da fahre ich ihn hin. Mache eben einfach einen Spaziergang da vorbei.

Spätestens in dreißig Jahren.

Malcolm, you sexy thing!

Kürzlich las ich ein sehr witziges Buch von Rainer Moritz über den deutschen Schlager. Der Autor erzählte von einem Lied, das Freddy Quinn sang: *Abschied vom Meer.* Er hörte als Kind oft die dunklen Verse: »Abschied vom Meer, von Wolken, von Winden, von Sternen… von Häfen, von Flaggenhof im Wind, von Kameraden, die unvergessen sind.« Lange sann der Knabe Moritz über das zauberhafte Substantiv »Flaggenhof« und die Frage nach, was ein »Flaggenhof« sei, bis er, Jahre später, beim Wiederhören erkannte, dass Freddy gar nicht von einem »Flaggenhof im Wind« gesungen hatte. Sondern von »Flaggen hoch im Wind«.

Als ich zur Grundschule ging, mussten wir ein Lied lernen, das uns die Lehrerin zu diesem Zweck mehrmals vorsang. Darin war von einem Boot die Rede, das im Wind trieb, steuerlos. Im Refrain die Zeile: »… hat ein Ruder nicht dran.« Wir sangen das Lied, ich sang besonders laut, ohne mir Gedanken über den Text gemacht zu haben. Als wieder mal der Refrain dran war, machte die Lehrerin ein Zeichen, alle hörten auf singen, bloß ich, der ich das Zeichen im Eifer übersehen hatte, sang allein, nein, ich schmetterte das Liedlein, und zwar schmetterte ich, das im Sturm treibende Schifflein betreffend, die Worte: »… hat ein Bruder nicht dran.«

»Was singst du da?«, fragte die Lehrerin.

»… hat ein Bruder nicht dran«, wiederholte ich. Erst in diesem Moment verstand ich, was für ein Nonsens das war. Aber da lachten alle schon. Auch die Lehrerin.

Bloß ich nicht.
Ich habe nie mehr ohne eingehende Textprüfung gesungen. Aber neulich sang Paola. Sie tanzte im Flur und sang einen alten Hit von *Hot Chocolate*, der geht so (besser: sie sang ihn so): »I believe in nuckles, since you came along, you sexy thing.« Paola singt sehr schön, ich liebe es, wenn sie singt. Ihre gute Laune steckte mich an. Ich stimmte ein und sang: »I believe in Malcolm…«
»Was singst du da?«, fragte Paola.
»I believe in Malcolm«, sagte ich.
»So heißt es nicht«, sagte sie. »Was singst *du* denn?«, fragte ich.
»I believe in nuckles. So heißt es aber auch nicht. Ich weiß bloß nicht, wie es richtig heißt«, sagte sie.
»Was heißt *nuckles*?«, fragte ich.
»Knöchel«, sagte sie.
»Ach so, *knuckles*«, sagte ich. »›Ich glaube an Knöchel‹, soso, aha. Ich hatte *nuckles* verstanden. Was heißt das?«
»Das gibt es nicht, glaube ich«, sagte sie.
Ich gab in meinen Computer das Suchwort *nuckles* ein und lernte, dass Frankie Nuckles ein DJ in Chicago war und dort 1977/78 in einer Discothek namens *The Warehouse* den *House* erfand. Nuckles war der Gründervater des Techno. Dann gab ich die Suchwörter *I believe in Malcolm* ein. Da kamen mehrere Seiten, auf denen es ausschließlich um falsch verstandene Songs ging, nämlich *www.kissthisguy.com* und *www.amiright.com.* Ich lernte, dass die Zeile in unserem Song in Wahrheit lautete: »I believe in miracles, since you came along, you sexy thing.«
Es waren aber zahlreiche Beispiele aufgeführt, wie das Lied schon missverstanden worden war: I believe in

milkbones, in milk-rolls, in milkos, in milkballs, in Melcho, in mecos, in Myrtle. Am besten gefiel mir: »I believe in miracles, since you came along, you saxophone.«

Ach, Malcolm. You sexy thing.

Den Rest des Abends verbrachten Paola und ich vor dem Bildschirm, tausende von falsch verstandenen Liedtexten lesend. Hier zwei Beispiele: In Tina Turners Song *What's Love Got To Do With It* findet sich die Zeile: »What's love, but a second hand emotion?« Das haben Leute so gehört: What's love, but a second handy motion?; What's love, but a second hand in motion?; What's love, but just swimmin' in the ocean?

Das Beatles-Lied *Paperback writer* betreffend, gibt es folgende Irrtümer: Paperbag rider; Pay for that Chrysler; Face the bad rider; He's the Budweiser; Hy, barebacked rider!; Isn't that right, sir?; Take the back right turn!

Vor dem Schlafengehen gab ich das Suchwort »Flaggenhof« ein. Tja, Herr Moritz! Auf der Plassenburg bei Kulmbach gibt es einen Flaggenhof, den man auch »Südstreichwehr« nennt. Das um 1550 errichtete Ensemble, las ich, zähle zu den ältesten in italienischer Manier errichteten Bastionsanlagen in Deutschland.

Was soll man sagen? Singen bildet.

Wein oder Nichtwein

Es war elf, als ich den Weinladen betrat. Ich wollte für Bruno, bei dem Paola und ich eingeladen waren, eine Flasche besorgen. Im Laden stand nur ein kleiner Dicker mit Halbglatze und grau-lockigem Resthaar. Er tänzelte, wenn er sich bewegte, und näselte leicht beim Sprechen.
»Roten oder Weißen?«, fragte er. Ich war schon öfter hier gewesen, aber ihn hatte ich nie gesehen.
»Rot«, sagte ich. »Vielleicht sollte er zu Zigarren passen. Ich will ihn verschenken. Mein Freund raucht Zigarren.«
»Gehen wir zu den Spaniern«, sagte der Händler. Er nahm eine Flasche. »Dieser hier, delikat, würzig, traubig, fast wuchtig, hält jeder Zigarre stand. Probieren Sie mal…« Er entkorkte eine Flasche, die bereit stand, und goss Wein in ein Glas. Ich nahm einen ordentlichen Schluck. Er goss sich selbst auch ein und trank.
»Unglaublicher Nachhall, was?«, sagte er. »Hört gar nicht mehr auf, ha!« Ich hatte noch nie gesehen, dass ein Weinhändler selbst trank, wenn er Weine verkaufte.
»Ja«, sagte ich. Ich verstehe nicht viel von Wein, obwohl ich ihn gern trinke. Wenn ich über Wein reden soll, versage ich ganz. Er nahm noch einen Schluck und griff nach einer anderen Flasche. »Dieser hier«, sagte er. »Voll konzentriert, opulent, auch geschmeidig, seidig im Abgang, gleichzeitig stählern – eine Wuchtbrumme.«
Er goss den Wein in zwei Gläser. Wir probierten.
»Hmmm«, machte ich, weil ich nicht wusste, was ich sagen sollte. Ich dachte über stählerne Seide und seidigen Stahl nach.

»Ah, der hat Kraft, der hat Frucht, was für ein Spaß!, der hat *Fun!*« Der Dicke steigerte sich allmählich in die Sache hinein. Er zündete sich einen Zigarillo an. Wie kann es sein, dass ein Weinhändler in seinem Laden raucht?, dachte ich. Er trank eilig einen zweiten Schluck. Ich auch.

»Aber jetzt zeige ich Ihnen diesen hier«, sagte er. Er goss Wein in Gläser, brummte vor Vergnügen und hielt sie gegen das Licht. »Was für ein Rot!«, flüsterte er. »Wie das Blut aus dem Hals des Holofernes, nachdem Judith ihn köpfte.« Er atmete über dem Glas tief ein und trank schlürfend. »Zwetschgig, kirschig, johannisbeerig«, sagte er. »Und dahinter irgendwo kalter Rauch, Suppengemüse, Fleischbrühe, ja, und Noten von Rohöl.«

Ich trank. Er auch. »Ich habe noch nie Rohöl getrunken«, sagte ich. »Was Weinfachleute alles saufen müssen!«

Er hörte nicht zu. Wir tranken.

»Hier, ein Chilene!«, sagte der Mann. »Ich gebe Ihnen von dem.«

Er füllte zwei Gläser und trank.

»Muskulös, was?«, sagte er. Er seufzte hingerissen. »Stämmige Textur, gleichzeitig dieses Wilde, Unnahbare – und ich schmecke Brot und Winzerschweiß, das Unterholz eines sterbenden Mischwaldes und die Spur eines streunenden Wildschweins im Moos und das Geschrei eines brünstigen Hirschkäfers…«

»Banane«, sagte ich, weil ich auch was sagen wollte. »Als wäre Banane im Abklang, äh, Nachgang. Und Radiergummi?«

Er nickte versonnen, als horche er auf etwas Fernes.

»Einen letzten«, sagte er rasch, nahm eine Flasche, füllte Gläser. »Den könnten Sie auch nehmen, ein 98er Bonchambon de Bonchamps, feinstaubig-tanninig, vibrierend-tabakig am Gaumen, rote-betig irgendwie auch, wachsig-mineralig, kräuterzuckrig im fernen Hintergrund, vibrierend-straff, irgendwie jovial und doch sexy, ein Geschmack wie schwarzer Chiffon…«

Wir tranken. Ich dachte, wenn er nicht mit Wein handeln würde, könnte er auch ein Adjektivgeschäft aufmachen. Da war hinter einer Tür am Ende des Ladens ein Geräusch zu hören.

»Ich muss gehen«, sagte der kleine Dicke plötzlich hastig. »Machen Sie's gut!«

»Aber…« sagte ich, da war er schon rausgehuscht. Aus der Tür am Ladenende trat ein hoch aufgeschossener Mann mit randloser Brille und weißer Schürze. Er schnupperte und sagte: »Bitte, rauchen Sie hier nicht!«

»Ich habe nicht geraucht«, sagte ich. »Da war ein kleiner Dicker – ich dachte…«

Er seufzte auf, ging zur Ladentür, schaute hinaus, kam wieder zurück.

»Mein Bruder…«, sagte er. »Er soll hier eigentlich nicht… Ich habe es ihm verboten, er…«

Der Mann hielt mitten im Satz inne, zwinkerte und machte ein Bewegung, als führte er ein Glas zum Mund. »Er schreibt mir die Prospekte, verfasst auch Bücher über Wein und arbeitet für Weinjournale, wissen Sie«, sagte er hinzu. »Das kann er gut.«

»Ich glaub's«, sagte ich.

»Sie suchen Wein?«, sagte er. »Wählen wir zusammen einen aus?«

»Oh, bitte, nein«, sagte ich, nahm eine Flasche von dem Chilenen, zahlte und eilte von dannen.

Das Beratungstaxi

Die beste Taxi-Anekdote, die ich kenne, hat mir Bruno erzählt, mein alter Freund.

Bruno war auf einem Fest, das sich bis in die Morgenstunden hinzog, und auf dem sich einige Anwesende so betranken, dass sie von anderen die Treppe hinunter getragen werden mussten, als sie sich auf den Heimweg machten. So musste zum Beispiel Bruno einen Kollegen, den wir hier Herrn B. nennen wollen, auf seinem Weg ins Erdgeschoss halb stützen, halb schleppen und in ein Taxi schieben. Als das getan war, ging Bruno wieder nach oben. Nach fünf Minuten klingelte der Taxifahrer.

»Können Sie mir nicht sagen, wohin ich den Herrn da unten bringen soll?«, fragte er.

»Warum fragen Sie ihn nicht?«, fragte Bruno zurück.

»Das tue ich ja«, sagte der Taxifahrer. »Aber immer wenn ich ihn frage, wo er wohne, schreit er nur: ›Das geht Sie gar nichts an!‹«

Ehrlich gesagt, ist das auch schon die einzige Taxi-Anekdote, die ich kenne. Alle anderen Taxi-Geschichten stammen aus Filmen, *Night on Earth* zum Beispiel von Jim Jarmusch, in dem Roberto Benigni einen Priester morgens um vier durch Rom fährt und ihm in halsbrecherischer Fahrt seine sämtlichen sexuellen Obsessionen beichtet – es geht darin unter anderem um Kürbisse und um die Frau seines Bruders. Am Ende stirbt der Geistliche an einem Herzanfall, und der schockierte Benigni deponiert ihn am Straßenrand. Das ist natürlich wunderbar.

Aber sonst? Freund A. erzählt, um Taxi-Geschichten gebeten, von einem Fahrer, der so rassistisches Zeug herauskotzte, dass A. an einer Ampel die Tür öffnete und einfach wegging. Freund B. berichtet von einem anderen Fahrer, der kein Wort Deutsch sprach, sich nicht in der Stadt auskannte und ständig haarscharf am Rande eines gefährlichen Unfalls chauffierte – so dass B., der nur von einem Viertel in ein anderes gewollt hatte, schließlich irgendwo in der Wüstenei des Stadtrandes zwischen einer Kläranlage und einer Autobahnauffahrt ausstieg und sich über das Handy einen anderen Wagen rief.

Das war's. Eigentlich müssten Taxis mehr hergeben. Man erlebt im Taxi irgendwie zu wenig. Überhaupt ist es seltsam, dass sich das Taxi-Gewerbe wenig Gedanken über einen Zweitnutzen des Taxifahrens macht. Ich meine: In der Bahn kann man während der Fahrt essen, trinken und sogar Videos sehen. Was kann man im Taxi? Von A nach B fahren. Mit dem Fahrer reden. Hmmm… Mit dem Fahrer reden?

Bruno sagt, er habe kürzlich mit seiner Frau im Taxi gesessen. Sie hätten ein Erziehungsproblem, ihre Tochter betreffend, diskutiert, hätten sich keinen Rat gewusst – da drehte sich plötzlich der Fahrer um und gab ihnen einen »astreinen« (Bruno) pädagogischen Tip. Warum? Der Mann war Kindergärtner von Beruf und verdiente sich als Taxifahrer was dazu.

Hier liegt die Zukunft des Taxiwesens. Mein Vorschlag: das Beratungstaxi. Mit jeder Fahrt wird man nicht nur transportiert, sondern nutzt die Zeit für eine Beratung durch arbeitslose Pädagogen, Psychologen, Bankangestellte… Man hätte grüne Erziehungsberatungstaxis, gelbe Beziehungsberatungsdroschken, blaue Anlageberatungswagen, schwarze Sinn-des-Lebens-Autos mit geschulten Philosophen am Volant, rote Taxis für Sportfachgespräche, weiße Schweigelimousinen, braune Wut- und Schrei-Fahrzeuge mit schalldichter Passagierkabine. Beispiele? Ich fahre mit Paola abends zu einer Party, und wir streiten uns schon in der Wohnung darüber, dass sie nicht pünktlich fertig ist? Schicken Sie ein gelbes Ehegesprächstaxi! Der Fahrer bringt jedes zeternde Paar binnen einer Viertelstunde in einen partyfähigen Zustand! Ich habe gerade die Kontoauszüge aus dem Automaten gezogen und muss ins Büro? Einen blauen Spezialwagen für Trostgespräche bei akuter Finanzpanik heranwinken!

Nie wieder müssten wir uns das Genöle von Taxifahrern über die schlechte Lage auf dem Taximarkt anhören. Erstens gäbe es die schlechte Lage nicht mehr, denn jeder von uns würde immerzu Taxi fahren. Und zweitens müssten die Taxifahrer uns anhören und helfen, in jeder Lebenslage einfach und schnell helfen.

Achtung! Huch! Buch!

Manchmal ist das Kinderhaben eine anstrengende Sache. Die Erziehung. Die Verantwortung. Die Kinderkrankheiten. Die Angst, etwas könnte passieren. Aber dann gibt es auf einmal eine halbe Stunde, wie die, von der ich jetzt erzähle. Ein plötzliches Geschenk des Lebens an die Eltern. Und alles ist gut.

Zu den anstrengenden Sachen am Luishaben gehört es, den Luis ins Bett zu bringen. Zuerst muss man ihm erklären, dass er an diesem Abend wie an jedem Abend etwas essen muss. Dann muss man ihm erklären, dass er sich an diesem Abend wie an jedem Abend umziehen muss. Dann muss man ihm erklären, dass er sich an diesem Abend wie an jedem Abend die Zähne putzen muss.

Und so weiter. Und so fort. An diesem Abend wie an jedem Abend.

Meistens lese ich Luis vor dem Schlafengehen vor, vom kleinen Nick, dem Räuber Hotzenplotz oder dem Urmel aus dem Eis. Dann kommt Paola und singt ihm vor, Volkslieder, einen Schlafgesang oder ein Lied, das geht so:

»Ob du groß bist oder klein,
ob du dünn bist oder dick,
ob du schwarz bist oder weiß,
ob sportlich oder schick –
es ist ganz egal, was du hast, wer du bist:
Hauptsache, du weißt, dass du einzigartig bist.«

Dann darf Luis im Bett noch zehn Minuten ein Donald-Duck-Heft anschauen. Dann muss er schlafen.
Aber neulich kam der Luis nach dem Abendessen in die Küche zurück und sagte: Heute werde er uns vorlesen. Irgendwie hat er sich selbst das Lesen beigebracht, schon vor der Schule. Er kann so ziemlich jeden Text lesen, den man ihm vorlegt.
Nun hatte er das Buch vom kleinen Nick unter dem Arm. Er las laut und langsam ein Kapitel vor, alles richtig. Bloß einen kleinen Fehler machte er, las das ch nach einem a oder einem u wie nach einem i, also nicht als stimmlosen Reibelaut im, bitte sehr: Rachen. Sondern weich wie in *ich* oder *dicht*. Probieren Sie mal: *Achtung! Huch! Buch!* Es klingt supersüß. Man fragt sich, ob man diesen Reibelaut nicht überhaupt abschaffen sollte. Aber ich glaube, die Schweizer sind dagegen.
»Woher kannst du so gut lesen, Luis?«, fragte neulich eine Tante, der er seine Künste vorgeführt hatte.
»Weißt du«, hat er gesagt, »wir haben da so Bücher, in denen sind Buchstaben drin. Da habe ich mir eines genommen, und dann habe ich das gelesen.«
In Wahrheit hat er es mit Donald-Duck-Heften gelernt. Wie das genau gegangen ist, weiß ich nicht. Luis ist ein fanatischer Donald-Duck-Konsument. Wo er geht und steht, hat er ein D.-D.-Heft vor dem Gesicht. Wenn wir in den Supermarkt gehen, bettelt er, bis er das allerneueste Exemplar geschenkt bekommt. »Bitte, schenkst du es mir«, fleht er, »bitte, nur noch diese eine Mal, biiiiitteeee…«
Das Heft liest er sofort, während er heimgeht. Man muss immerzu rufen, er solle auf den Weg schauen, sonst werde er stolpern. Aber er hört's nicht, so gebannt ist er.

Vor einer Weile ging Paola mit ihm einkaufen. Sie gingen in einen funkelnagelneuen Bio-Supermarkt, in dem nur ökologisch einwandfreie Waren verkauft werden. Luis suchte nach dem Zeitschriften-Regal. Als er es nicht fand, fragte er: »Gibt's hier denn kein Bio-Donald?«
So war das. Paola und ich hörten Luis beim Vorlesen zu. Als er fertig war, klatschten wir. Luis sagte, er wolle heute vor dem Schlafengehen noch mit uns aus dem Fenster auf die Straße schauen, weil das so gemütlich sei: aus dem warmen, hellen Zimmer auf die dunkle, kalte Straße zu schauen. Also legten wir Kissen aufs Fensterbrett und schauten hinunter auf die Autos, die Menschen und auf einen sehr hässlichen Mann, der an unserem Haus vorbeiging, langsam und schlurfend. Er hatte ein schiefes Gesicht, eine riesige rote Erdbeernase und weit abstehende Ohren, der Mann. So hässlich war er, er dass Paola und ich ihm ganz gebannt nachblickten. Dann hörten wir plötzlich, wie Luis leise sang:

»Ob du groß bist oder klein,
ob du dünn bist oder dick,
ob du schwarz bist oder weiß,
ob sportlich oder schick –
es ist ganz egal, was du hast, wer du bist:
Hauptsache, du weißt, dass du einzigartig bist.«

Es gab an diesem Abend wie an jedem Abend noch eine Diskussion über das Zähneputzen und das Lichtausmachen. Aber das ist wirklich nicht der Rede wert.

Wenn man im »Roten Ochsen« isst

Manchmal verändert sich das Leben eines Menschen durch einen winzigen Zufall von einem Tag zum anderen. So ist es mit mir geschehen. Gestern. Auf dem Weg ins Büro kam ich am Restaurant »Roter Ochse« vorbei, das auf Kreidetafeln sein Speisenangebot bekanntgab. Und ich las: »Gulasch mit Pürre, 6 Euro.« Pürre.

Ich mag seltsam veränderte Wörter auf Speisekarten. Ich liebe es, wenn ich eine »Gefühlte Kalbsbrust« entdecke oder »Seeobst« statt »Meeresfrüchte« oder, wie einmal im Restaurant *Giggi* nahe der Piazza di Spagna in Rom, »Cannelon gefullte teigrolleni«. Nun: Pürre.

Ich stellte mir vor, was »Pürre« sein könnte, wenn es nicht einfach das falsch geschriebene Wort »Püree« wäre: eine Stadt in der Türkei? Ein Fachausdruck für eine Art Rüttelsieb, das man bei der Gewinnung von Eisenerz benutzt, um Sand und Erde vom Erz zu schütteln? Ein Ausdruck der Jägersprache für das weibliche Tier einer Wildgeflügel-Art?

Im Büro angekommen, hatte ich wenig Lust zu arbeiten, stattdessen den merkwürdigen Einfall, *Pürre* als Suchwort im Internet einzugeben. Natürlich kamen lauter Rezepte für Kartoffelpürre, Tomatenpürre, Apfelpürre. Aber es erschien auch die Spielstatistik einer Basketball-Begegnung zwischen den Mannschaften »Wagner« und »Colgate University« am 17. Dezember vergangenen Jahres in Hamilton, New York, und zwar weil eine Schiedsrichterin Michelle St. Puerre hieß. Auch sah ich eine japanische Seite, in der zwischen unverständlichen Zeichen der Name »Puerre Belon« stand – wahrscheinlich war Pierre Belon gemeint, den kannte ich aber nicht. Ich gab »Pierre Belon« als Suchbegriff ein und lernte, dass Belon ein französischer Naturforscher im 16. Jahrhundert war, der Aristoteles' Theorie, wonach die Vögel eine Art Winterschlaf hielten, verwarf und erste Beweise für den Vogelzug fand.

Außerdem entdeckte ich eine Website namens »seattlefools.org«, anscheinend so eine Art von Veranstaltungskalender für Seattle. Jedenfalls wurde ein Frühlingsfest mit den Worten angekündigt, der Winterkönig habe lange genug unseren Himmel verdunkelt, »and now the Puerre Aeternus comes to usher in lighter days«.

... und nun wird uns der Puerre Aeternus in hellere Tage führen? Was zum Teufel ist der Puerre Aeternus?, dachte ich. Eine amerikanische Sagenfigur, die ich nicht kenne? Ich gab das Suchwort *Puerre Aeternus* ein, aber da kamen nur die Seattlefools wieder. Ich tippte: *Aeternus.* Es erschien die Website einer norwegischen Heavy-Metal-Band gleichen Namens. Es klingt lateinisch, dachte ich. *Aeternus* heißt ewig, aber *Puerre* gibt es nicht. Vielleicht ist es ein Fehler, dachte ich, und es muss nicht Puerre heißen, sondern *Puer*, der Knabe. Puer Aeternus, der ewige Knabe. Eine Art Frühlingssymbol vielleicht.

Ich hatte die Arbeit, die im Büro zu tun war, total vergessen und war nur mit Pürre, Puerre, Puer beschäftigt. Nächster Suchbegriff: *Puer Aeternus.* Volltreffer!!! 493 Erwähnungen. Polnische Texte zum Beispiel: »... u którego odkrywna obraz puer aeternus, czyli Wiecznego ...« Ich sah, dass es am 8. August 1999 in der Baseler Stiftung für Christlich-Jüdische Projekte einen Vortrag von Nico

Rubeli-Guthauser gegeben hatte. Er trug den Titel: »Puer Aeternus. Das ›ewige Kind‹ als Messianische Metapher jüdischer und christlicher Glaubenswelten. Die Verwandlung eines Ideals altorientalischer Herrschaft in apokalyptische Krisentheorien sozialer Not.« Wuff! Ich fand sogar den Text des Vortrags. Aber ich verstand ihn nicht.

Ich rief Seite für Seite unter meinem Stichwort auf, las las und lernte, dass mit »puer aeternus«, dem ewigen Jungen, eine Art Peter Pan gemeint ist, der in seiner Kinderwelt lebt und nicht in die Sphäre der Erwachsenen finden will. Ein unreifer Typ Mann, oft charmant, anregend, flatterhaft liebend, genießerisch, dem Schmerz ausweichend, Verpflichtungen und Bindungen scheuend. C.G. Jung habe den Begriff verwendet, las ich. Es war wunderbar. Ich las über Jung und Freud, und dass sie beide den Anarchisten und Psychoanalytiker Otto Gross als »puer aeternus« beschimpft hatten, Gross, bitte sehr, dessen Vater Hans Gross Kriminalistik-Professor war und Begründer der Daktyloskopie, der Wissenschaft vom Fingerabdruck. Ich stieß zu einer Betrachtung vor, in der analysiert wurde, warum Kaiser Franz Joseph ein unreifer Mann war.

Ich lernte viel und ging bereichert nach Hause. Ich beschloss, weniger zu arbeiten. Mich mehr zu bilden.

Bin gespannt, was es morgen im »Roten Ochsen« zu essen gibt.

Ich sehe was, was du nicht siehst

Seit mehr als zehn Jahren bin ich mit Paola verheiratet, und immer noch liebe ich das Leichte, Spontane, Unorganisierte ihres Wesens, so sehr ich manchmal darunter leide. Ich bin ein schwerblütiger, planender, unspontaner, superpünktlicher, überorganisierter Mensch. Jedoch leide ich auch unter meinem eigenen Charakter – wie es überhaupt wenige Dinge im Leben gibt, unter denen ich nicht leide. Ich wäre gerne wie Paola. Aber ich bin es nicht. Wenigstens bin ich mit ihr verheiratet, mehr als zehn Jahre, wie gesagt.
Nach zehn Jahren gibt es wenig, das man nicht voneinander wüsste. Es gibt keine Geschichte aus dem Leben des anderen, die man noch nicht von ihm gehört hätte, und wenn ich – egal in welcher Runde – zum Beispiel die berühmte Anekdote von meinem Onkel Walter erzähle, der zwei Goldfische verschlucken und lebend wieder ausspucken konnte, dann winkt Paola ab und sagt: »Ach, das habe ich schon oft gehört.« Dafür gehe ich immer austreten, wenn Paola berichtet, dass ihre Tante Karla zur Freude von Nichten und Neffen ihre Perücke einige Zentimeter über dem Kopf schweben lassen konnte.
Was das Kino angeht, so haben wir leider unterschiedliche Vorlieben: Ich sitze am liebsten so weit wie möglich hinten, Paola aber nimmt gern die vorderen Reihen – sie sehe dann besser, sagt sie. Jedesmal, wenn wir ins Kino gehen, gibt es einen kleinen Streit darüber. Dann gibt es noch einen etwas größeren Streit, wenn Paola kurz vor

dem Filmstart ihre Brille zu suchen beginnt, in der Handtasche, in der Jacke, in meinem Mantel – überall. Und einen richtig großen Streit gibt es, wenn sie die Brille nicht findet. Meistens ist die Brille aber irgendwo in einem hinteren Handtaschenwinkel, und wenn ich mich gerade aufzuregen beginne, findet Paola sie, setzt sie auf und sagt: »Was regst du dich auf – hier ist sie doch!«

Neulich gingen wir in das kleine Kino, das genau gegenüber unserem Haus liegt. Luis war bei der Oma. Paola wartete noch auf einen wichtigen Anruf.

Ich sagte: »Ich gehe schon rüber und halte Plätze frei. Soll ich deine Brille mitnehmen, damit du sie nicht vergisst?«

»Nein«, sagte Paola. »Nicht nötig.«

»Bist du sicher?«

»Absolut.«

Das Foyer war voll. Ich konnte mich nicht nach vorne drängeln, sondern zwängte mich mit der Menge ins Kino. Das Kino ist sehr klein, die Leute besetzten rasch alle Sitze. Nur in der vorletzten Reihe fand ich noch zwei zusammenhängende Plätze. Ich belegte sie. Paola kam nicht. Licht aus. Werbung. Fünf Minuten. Zehn Minuten. Tür auf: Paola. Ich winkte im Dunkel. Sie sah mich nicht. Suchte in den vorderen Reihen. Ich winkte. Rief leise. Sie kam zu mir.

»Jetzt sind wir zehn Jahre verheiratet!«, murmelte sie. »Du weißt, dass ich nicht hinten sitzen möchte.«

»Vorne waren keine Plätze. Warum bist du so spät?«

»Ich habe meine Brille nicht gefunden.«

»Und wo hast du sie jetzt?«

»Hier, in der Handtasche.«

Sie begann, in ihrer Handtasche zu kramen. Suchte die Brille. Suchte. Und suchte.
Und fand sie nicht.
»Sie muss rausgefallen sein«, flüsterte Paola. Sie begann auf dem Fußboden zu suchen. Ich kroch ebenfalls unter den Sitzen umher. Die Leute um uns wurden unruhig. Einige murrten leise. Der Hauptfilm begann.
»Jetzt habe ich sie doch auf der Kommode liegen lassen«, sagte Paola leise. Plötzlich lag ihre Hand auf meinem Knie. »Schatziiii… Es ist gleich gegenüber. Und du sitzt außen.«
Ich ließ einen halblauten, unterdrückten Wutschrei los.
»Ist jetzt bald Ruhe da hinten?!«, rief jemand. Ich stand auf, verließ das Kino, ging hinüber und suchte Paolas Brille. Und suchte. Und suchte. Und fand sie nicht. Ich ging schließlich zum Schreibtisch und nahm aus der Schublade eine Ersatzbrille, die sie dort verwahrte.
Als ich ins Kino zurückkehrte, hatte Paola ihre Brille auf.
»Ich habe sie doch noch gefunden«, sagte sie. »Stell dir vor: in meiner Jacke. Entschuldige tausend Mal.«
Ich stöhnte auf. Sie nahm meine Hand und küsste sie.
»Liebst du mich?«, fragte Paola.
»Sehr«, seufzte ich, küsste ihre Hand und versuchte mich zu erinnern, wie der Film hieß.

Der Trainer

Mann, es gibt so Tage… Da sitzt man am Schreibtisch, lässt die Schultern hängen, glotzt in seinen Bildschirm wie in einen Abgrund, in ein tiefes Loch. Man würfe sich am liebsten dort hinein, abtauchend in unbekannte Tiefen. Man traut sich nichts und fühlt sich schwach und denkt: Hat alles einen Sinn? Man müsste etwas tun und tut doch nichts. Man müsste kämpfen, aber zweifelt an sich selbst.

Das sind so Tage… Da hätte man es gern, die Türe ginge auf, und einer käme rein und sagt: Was machen wir denn heute? Und fährt dann fort: Erst tun wir dies, dann machen wir jenes, ich hab's mir überlegt, das tut dir gut. Ich sehe deine Schwächen, doch eigentlich bist du ja klasse, Mann, bist du super, keiner kann dich schlagen, du bist groß, und du bist stark, stark, stark… Wer wäre das? Das wäre dann mein Trainer.

Es ist nicht einzusehen, dass nur Sportler einen Trainer haben, nicht aber wir Nichtsportler, obwohl wir uns Tag für Tag dem Lebenskampf stellen, obwohl wir fighten gegen Gegner, übermächtig scheinend.

Von dem berühmten Boxer Gene Tunney, Schwergewichts-Weltmeister in den zwanziger Jahren, las ich einmal dieses: »Ich kenne Menschen, die seit Jahren im Laden und im Büro ein kärgliches Dasein fristen – verhutzelte, schwächliche Kerlchen manchmal –, die aber mehr wahren Mut haben als mancher urwüchsige physische Riese, der sich zu irgendeiner Meisterschaft durchgeschlagen hat. Es ist der geistige, sittliche Mut, der

Menschen dazu befähigt, erst sich ein Ziel zu stecken und dann durch dick und dünn auf dieses loszusteuern, bis sie es erreicht haben.«

Damit sind wir gemeint, wir Verhutzelten in unseren Läden und Büros, heldenhaft den Alltag meisternd, allen möglichen Zielen nachstreben – ohne Aussicht auf Meistertitel. Und ohne dass ein Trainer uns hülfe, wie er Gene Tunney half und allen anderen.

Aber jeder von uns braucht einen Trainer! Einen wie Max Schmeling ihn hatte, Max Machon hieß er. Er tauschte vor Schmelings Siegeskampf gegen Joe Louis 1936 das Filetsteak seines Schützlings…

… ach, wie gerne wär' ich mal ein »Schützling«!…

… tauschte also Schmelings Filetsteak gegen seines, falls man Schmelings Fleisch in Abführmittel mariniert hätte. Besorgte Aufnahmen von Louis-Kämpfen, die Schmeling studierte, schickte ihn zu einem Louis-Kampf, nach dem Schmeling dann sein legendäres *I've seen zomezing* sprach. (Nämlich: Er hatte gesehen, dass Louis mehreren Linken zum Kopf immer eine zum Körper folgen ließ, wobei er die Faust einen Moment sinken ließ und so Platz für Schmelings Rechte schuf.) Und sprach in der Ecke, nachdem Schmeling Louis zu Boden geschickt hatte: »Du hast ihn jetzt in der Hand, den Sieg auch. Nicht leichtsinnig werden! Lass dir Zeit! Denk daran, dass er immer noch genügend Kraft hat…«

Was Trainer halt so tun. Und sagen.

Wenn ich so einen hätte, er könnte neben mir sitzen und sagen: »Bring jetzt das Verb, ja, nun einen Punkt, mehr Verben, mehr Verben! Super, den Absatz hast du, weiter. Keinen Kaffee. Nicht aufstehen, nicht herumgehen, dranbleiben. Kein Telefon, lass es klingeln, un-

wichtig, du hast es jetzt in der Tasche, noch zehn Zeilen. Nicht leichtsinnig werden! Lass dir Zeit!« Er könnte mir was zu trinken bringen. Mich ab und zu frottieren. Mir Luft zufächeln.
War es nicht Manfred Wolke, Trainer von Henry Maske, der immer aus der Ecke rief: »Ruuuhig! Ruuuhig!«
Man stelle sich vor, in den U-Bahnen und Autokolonnen säßen oder stünden morgens neben allen Alltagsfightern die Trainer, würden auf ihre Kämpfer einreden, sie für den Tag vorbereiten, einstellen, Muskeln lockern Nacken massieren – und immer wieder rufen: »Ruuuhig! Ruuuhig!«
Das wäre schön.
Und wenn es trotzdem nicht liefe? Wenn man trotzdem scheitert? Wenn Texte nichts werden? Geschäfte nicht zustande kommen?
Dann würde man natürlich seinen Trainer feuern.

Vom unaufhaltbaren Vordringen des Apostroph's

Im vergangenen Winter war ich einmal in dem Tiroler Ort Söll beim Skifahren – und was entdeckte ich dort? Ein Lokal mit dem Namen »Apre's Ski«.

Vor einer Weile fuhr ich durch einen Münchener Vorort – und woran kam ich vorbei? An einem Geschäft mit dem Namen »Presentkörber'l«.

Letzte Woche trat ich auf den Vorplatz des Rosenheimer Bahnhofs – und was erblickte ich? Einen Imbiss mit dem Namen »Döner-Store's«?

Das ist ein bisschen unheimlich, was? Aber es ist anscheinend nur ein winziger Ausschnitt aus einem globalen Geschehen: dem ganz und gar unaufhaltsamen Vordringen des Apostrophs, welcher, wohl vom angelsächsischen Genitiv (McDonald's, His masters's voice) ausgehend, allmählich nicht nur unsere Genitive, sondern überhaupt alle Wörter zu durchdringen und auf unvorhersehbare Art und Weise zu erobern scheint. Man fühlt sich an jene Wegschnecken-Art erinnert, welche ursprünglich auf der Iberischen Halbinsel zu Hause war und dort durch die natürliche Trockenheit des Landes sozusagen in Schach gehalten wurde, was ihre Geburtenzahl anging. Durch irgendwelche Obst- oder Gemüsetransporte gelangte sie zu uns, ins Land ewigen Regens, wo sie nun wie im Paradies lebt, sich exponentiell vermehrt und den Anbau von Pflanzen in manchen Gärten nahezu unmöglich macht.

Kürzlich las ich in den Hausnachrichten der Versandartikel-Firma *Manufactum*, man habe sich dort einmal die Mühe gemacht, eine Internet-Suchmaschine mit der Fahndung nach dem Begriff »Nicht's« zu beauftragen. Es gab 2690 Fundstellen, darunter die Verzweiflungspoesie eines jungen Dichters (oder Dichter's?): »Ich bin nicht's. Nicht's. Nur Dunkelheit und Schwärze.« Was soll man dazu sagen? Nichts? Oder nicht's? Oder soll man sich erregen und wie der Schleizinger-Hans in Oskar Maria Grafs *Bayerischem Dekameron* ausrufen: »Tua's Messa aussa, Simmerl, der muaß hi sei!«? Im Internet findet man ja unterdessen schon Kämpfer (www.diebombe.de) gegen den Apostroph, die zum »Apostrophozid« aufrufen: »Alle nichtexistenzberechtigten Apostrophe müssen aus dem öffentlichen Leben verschwinden.«

Ach, so'n Fanatismus, nee...

Übrigens, tua's Messa aussa... Bei Graf oder Ludwig Thoma gibt es Sätze, die von Apostrophen nur so wimmeln, in Thoma's (Achtung: das ist mal ein sinnvoller Genitiv-Apostroph!) Stück *Magdalena* zum Beispiel: »Gafft's no her und schlagt's d' Händ z'samm.« Bloß hat der Apostroph hier, wenngleich ziemlich regellos verstreut, einen Sinn: Er markiert eine Auslassung. Das ist ja sozusagen des Apostrophs Aufgabe im Leben und beim Schreiben: Er soll etwas leichter lesbar machen. Wohingegen die Apostrophe an einer Berliner Imbissbude einem eher wie kleine satte Rülpser oder eine Art Schluckauf vorkommen: »Hier kann'ste futtern wie bei Mutter'n.«

Dieses Beispiel habe ich übrigens nicht selbst gesehen, sondern auf der *Apostroph-S-Hass-Seite* von Daniel Fuchs unter http://members.aol.com./apostrophs gefunden.

Dort gibt es Einsendungen von Apostroph-Hassern aus Frankreich (»Rollmop's au Vinaigre de Vin Doux«), Indien (»In a few day's...«), Heilbronn (»Müslim's Kebap«) und dem gesamten Internet, in welchem der Apostroph in bisher undenkbaren Varianten auftritt, etwa in *Thomas's Homepage, MORGERS's Homepage, Georgs' Link Site* und auch – bitte sehr, ein irgendwie abgesoffener Apostroph – *Meyer,s Homepage.*
Wird es bald überhaupt nur noch Wörter mit Apostroph geben? Lui's? B'osch? Pa'ola?
Kann es sein, dass es irgendwann gar keine Wörter mehr gibt, nur noch ''''''?
Schon jetzt ist fast nichts mehr denkbar, das es nicht längst gäbe: Auf Fuchsens Website findet man:
– die Werbung eines Dresdner Antiquitätenhändlers »Kaufe alles aus Oma'ß Zeiten«,
– das an der Uni Marburg vergebene Dissertationsthema »Musik und Literatur im Exil – Dodekaphone Exilkantaten Hann's Eislers«,
– einen Text über den französischen Winzer Roland Bouchancourt und »seine L'eidenschaft für Authentizität«.
Was soll man sagen? Soviel Dunkelheit und Schwärze. Soviel Wahnsinn und Gewimmel. Ich schließe für heute mit dem Text einer Todesanzeige im *Göttinger Tagblatt*: »Warum nur, Pap's?«

Aus wessen Schoß geht das Eis hervor?

Wenn ich nicht schlafen kann, lese ich Bosch, meinem sehr alten Kühlschrank und Freund, nachts vor. Ich mache das schon lange so, angefangen habe ich mit Jandl, von dem ich Bosch eines Tages aber dieses Gedicht hier vortrug, es heißt *kühlschrank*:

»er onaniert
ununterbrochen.
es zittert das ganze haus.
abhilfe:
man schleicht sich an,
reißt die tür auf
– sofort
hört er auf.
man schlägt die tür zu;
einige zeit bleibt ruh.«

»Was für ein Schmarrn!«, knurrte Bosch. Er war so ärgerlich, dass ich ihm seitdem keinen Jandl mehr vorlesen darf, nicht mal *kaltes gedicht*, pst, hier:

»die schinke und das wurst
in kühlschrank drin
der schöne deutsche wort
in kühlschrank drin…«

Na, nun, für den Rest kaufen Sie sich bitte die Jandl-Gesamtausgabe von Luchterhand!
Gern hört Bosch aber nach wie vor Reiseliteratur, Chatwin vor allem, auch Jules Vernes *Reise um die Erde in*

achtzig Tagen haben wir schon ein paar Mal durchgenommen, dann natürlich Texte über Abenteuer in Eis und Schnee, letzthin erst einen Bericht über Shackletons gescheiterte Antarktis-Durchquerung 1914 bis 1917. Darin wird beschrieben, wie Shackleton und seine Mannschaft ihr Schiff, die vom Eis zerdrückte *Endurance,* verlassen und nur wenige persönliche Habseligkeiten mitnehmen. Shackleton selbst steckte eine Bibelseite ein, mit Versen Hiobs:

»Aus wessen Schoß geht das Eis hervor,
und wer hat den Reif unter dem Himmel gezeugt,
dass Wasser sich zusammenzieht wie Stein
und der Wasserspiegel gefriert?«

Danach musste ich Bosch dies auch aus der Bibel reißen und ins Eisfach legen. Wochenlang hörte ich ihn nachts die Verse murmeln. Als ich die Seite wieder aus dem Fach nehmen wollte, war sie weg.

Nur ein Buch erwähne ich ihm gegenüber nie: *Mit dem Kühlschrank durch Irland* von Tony Hawks, der Bericht eines Mannes, der nach einer Wette mit seinem Kühlschrank vier Wochen lang durch Irland trampte. Bosch würde auch wollen, dass ich mit ihm verreise, sicher würde er es auch wollen, am Ende sogar in die Antarktis. Vor einer ganzen Weile habe ich ihm Arthur Millers *Tod eines Handlungsreisenden* vorgetragen, schwierig, weil ich selbst alle Rollen lesen musste. Wir kamen an den Beginn des zweiten Akts, wo Linda Loman ihrem Mann Willy, dem Handlungsreisenden, sagt, dass die letzte Rate für den Eisschrank fällig sei:

WILLY Er ist doch schon wieder kaputt!

LINDA Na, er ist alt, Willy.

WILLY Ich hab' dir ja gesagt, wir hätten eine bekannte Marke kaufen sollen. Charley hat einen General Electric gekauft; der ist zwanzig Jahre alt, und das Drecksding läuft immer noch!
LINDA Aber Willy –
WILLY Wer hat je im Leben was von einem Eisschrank Marke ›Hastings‹ gehört. Ich möchte nur, dass mir einmal was ganz gehört, bevor's kaputtgeht. Immer dieser Wettlauf mit dem Schrottplatz. Kaum hab' ich das Auto abbezahlt, schon ist es schrottreif. Der Eisschrank verschleißt Keilriemen wie ein Wahnsinniger. Ist alles Berechnung. Die berechnen die Dinger so, dass sie nach der letzten Rate im Eimer sind…
Bosch unterbrach mich. »46 Jahre!«, rief er.
»Was meinst du: 46 Jahre?«, fragte ich.
»46 Jahre bin ich alt, nicht wahr? Nicht zwanzig, 46! 1955 haben deine Eltern mich gekauft, nicht wahr?«
»Ja«, sagte ich, »kurz vor meiner Geburt.«
»Ich war nie kaputt. In 47 Jahren war ich nie kaputt.«
»Ich glaube nicht.«
»Was heißt hier: ›Ich glaube nicht.‹ Ich *war* noch nie kaputt, klar? Abbezahlt bin ich auch. Und noch was.«
»Was?«
»Nenn' mich nie ›Drecksding‹, ja! So wie dieser Willy. Nie ›Drecksding‹, klar?«
»Aber ich… ich würde niemals auf den Gedanken kommen…«, stotterte ich empört.
»Ich mein' ja nur. Ich sag's nur so. Liest du weiter?«
»Aber… aber was soll das? Wieso sollte ich auf den Gedanken kommen…?«
»Liest du jetzt weiter?«
»Ja«, sagte ich und las weiter.

Wenn es weihnachtet

Jedes deiner Jahre beginnt mit umfassender Entspannung. Alles ist geschenkt. Niemand hat mehr was zu bekommen. Bis Weihnachten: ein Jahr! Und in diesem Jahr wirst du Weihnachtsgeschenke nicht kurz vorm Fest kaufen wie bisher, sondern übers Jahr verteilt erwerben. Hier was mitnehmen, da was auswählen, dort was bestellen. Sehr locker sein.

Dann vergehen Wochen, Monate.

Weihnachten hast du im Griff, denkst du. Weihnachten ist weit. Nach den Sommerferien ruft Mutter an: Was du dir zu Weihnachten wünschst. Sie wolle allmählich… Plane gern… Fahre zur Kur vorher…

Da steigt ein Gefühl in dir hoch. Weihnachten! Schon will man wissen, was du dir wünschst. Dass Weihnachten nicht komme, wünschst du dir. Oder nicht so bald. Noch drei Monate!

Anfang Oktober: die Kataloge. Philip Morris Design Shop. Manufactum. Heine. Formschöne Saftpressen, unbesiegbare Radiowecker, Füllfederhalter dick wie Maiskolben. Da wird man in der Not was kriegen. Das ist dein Netz. Das entspannt dich wieder.

Dann aber der Dezember. Komischerweise hast du da immer besonders viel Arbeit. Eines Abends fragst du deine Frau, was sie sich wünsche. (Vielleicht sagt sie ja was.) Im September hat sie mal gesagt, was sie sich wünsche, so en passant. Das hast du vergessen. Sie, jetzt, schnippisch, ob dir nichts einfalle? Natüüüüürlich, sagst du, wolltest nur wissen, ob zusätzlich zu dem, was du

bereits habest, noch ein klitzekleiner Wunsch da sei… Nein, nichts. Sie freue sich auf die Überraschung. Ächz. Ein Fehler! Der Druck wird groß! Du spürst ihn, oh, wie du ihn spürst.
Du kaufst jetzt kleinere Dinge. Onkels, Tanten. Dann die schwierigeren, Schwiegereltern. Den Sohn, dafür sorgt deine Frau. Und deine Frau selbst?
Noch drei Tage.
Du hast nichts. Du musst den Christbaum… Und den Wein…
Noch zwei Tage.
Mal in die Schmuckgeschäfte! Letztes Jahr hast du ihr einen Ring geschenkt, vorletztes eine Kette. Diesmal: Armreif? Armreife sind schwierig. Die Schmuckidioten machen alles mögliche, nur keine guten Armreife. Alles mächtig, fett, protzig. Nichts Feines, Zartes, das ihre Persönlichkeit, ihr Fühlen träfe.
Noch einen Tag.
Vor sechs Monaten hast du einen tollen Reif gesehen. Hast aber nicht an Weihnachten gedacht. Idiottttt! Jetzt gibt es nichts. Warum musstest du dich auf Armreife festlegen? Zu eng gedacht. Bist nicht flexibel genug. Steckst nun in der Sackgasse.
In der Maximilianstraße hast du mal was Schönes für sie gekauft. Arschteuer. Schweißausbruchteuer. Egal jetzt.
Noch zwei Stunden!
Du kannst nicht ohne was kommen. Kannst ihr keinen Gutschein geben. Kannst nicht sagen, das Geschenk sei gestohlen worden. Kannst nicht sagen, auf der ganzen Welt gebe es keinen Gegenstand, schön genug für sie. Ob der Laden noch offen hat? Du schwitzt. Kann sein, dass heute abend alles zu Ende ist. Dass deine Hände

leer sein werden. Dass es dein letztes Weihnachten ist. Dass sie weint. Dass dein Sohn sie trösten muss.
Du stürzt ins Geschäft. Der Laden zur letzten Hoffnung. Geben Sie mir einen Armreif, Mann! Sie haben nur noch diesen einen? HER! Hier geht's um die Existenz. Du wirst sagen, dass er zu ihr passt. Du weißt genau, dass er nicht zu ihr passt. Du weißt, dass sie das auch sagen wird. Du wirst sagen, dass du es anders siehst. Wirst quatschen. Dass der klobige Reif ihre Zartheit betont. Die Eleganz ihres Handgelenks hervorhebt. Dass aus diesem Widerspruch Spannung erwächst. Dass du das schön findest.
Kann man umtauschen? Kann man. Wird man. Ich komme wieder. Erst mal schenken. Das ist jetzt das wichtigste. Nächstes Jahr wirst du die Geschenke übers Jahr verteilt kaufen. Hier was mitnehmen, da was auswählen, dort was bestellen.
Sehr locker sein.

»Sie sind ja sooo wichtig!«

Sie hatte Locken, goldrot wie Kirschholz, ein schmales, klares Gesicht, Augen dunkelgrün. Als sie mir nach der Lesung das Buch zum Signieren hinlegte, sah sie mich länger an, als ich es gewohnt bin, wenn man mir ein Buch zum Signieren hinlegt. Ich beugte mich betäubt über die Seite und schrieb meinen Namen. An die Stelle, an die das Datum kommt, setzte ich meine Handy-Nummer. Klappte das Buch zu, gab es ihr zurück.

Als ich das Exemplar des Nächsten in der Schlange signierte, dachte ich: Handy-Nummer! Plumper ging's nicht, was? Wie der stumpfsinnigste Immobilien-Typ! »Sie sind schön, ich bin verwirrt, ich habe meinen Namen vergessen«, hätte ich schreiben sollen, dann die Nummer. Was für eine peinliche Scheiße! Wo ist sie? Muss ihr das Buch wegnehmen.

Sie war verschwunden.

Ein paar Tage später war ich mit Paola abends in der Stadt.

»Wir haben nichts zu essen daheim«, sagte sie. Wir standen vorm Dallmayr und gingen hinein. Der Laden war brechend voll. Am Marmeladenregal klingelte das Handy.

»Ich wollte die Nummer im Buch ausprobieren«, sagte eine rothaarige Stimme.

Ich drehte mich um. »Hallooo…«, telefonierte ich ins Marmeladenregal hinein.

»Wer ist das?«, fragte Paola leise. Ich machte eine abwehrende Handbewegung. Sie schob sich durch das Gewühl zur Salattheke.

In dem Moment trat ein älterer, kleiner Mann in einem abgetragenen grauen Lodenmantel neben mich, starrte böse und zischte: »Mein Gott, jetzt telefonieren die Leute schon beim Dallmayr!« Er machte eine Pause, dann sagte er: »Sie sind ja so wichtig, mein Gott, wie wichtig! Müssen beim Dallmayr telefonieren, so wichtig!«

»Ist der Dallmayr eine Kirche, oder was?«, sagte ich.

»Sind Sie noch da?«, fragte ich ins Telefon.

»Natürlich«, sagte sie.

Der Mann zischte wieder: »Sie sind ja sooo wichtig!«

»Was wollen Sie? Lassen Sie mich in Ruhe!«, sagte ich.

»Aber Sie haben doch die Nummer in das Buch geschrieben!«, sagte die Frau im Telefon.

Ich steckte den Kopf mit dem Telefon tief in eine Lücke zwischen den Marmeladengläsern. Der Mann stellte sich auf die Zehenspitzen. Bellte mir ins Gesicht: »Sind ja sooo wichtig!«

»Ich hätte das nicht tun sollen«, sagte ich ins Handy.

»Peinlich, dass ich anrufe?«, fragte sie.

Der Mann war verrückt. Seine Augen waren hasserfüllt. »Sie sind ja sooo wichtig!«, keuchte er durchs Regal. »Müssen beim Dallmayr telefonieren!«

»Nein«, sagte ich in den Apparat. »Ich hätte einfallsreicher sein sollen. Etwas wie: ›Sie sind schön, ich bin verwirrt, ich habe meinen Namen vergessen.‹ Fiel mir erst hinterher ein.«

Ich hatte den Kopf fast hinter den Gläsern mit der Erdbeermarmelade.

»Sie sind verwirrt? Haben Ihren Namen vergessen?«, fragte sie. Durch das Gezischele des Irren hatte sie nicht

den ganzen Satz verstanden. »Mit wem spreche ich?«, fragte sie.
Paola blickte von der Salattheke herüber. Der Kopf des Mannes folgte mir, krebsrot. Ist das hier der Dallmayr oder Teufels Küche?, dachte ich. »Sie sind ja sooo wichtig«, heulte der Mann.
»Sind Sie wahnsinnig?«, zischte ich. »Nein, ich wollte sagen…«, sagte ich ins Telefon, »hallo?… Hallo?«
Aufgelegt.
»Arschloch«, sagte ich zum Lodenmantel und drängelte durch die Menge zu Paola.
»Ein soooo wichtiger Herr!«, höhnte er hinter mir her.
»Was wollte der komische Typ von dir?«, fragte sie.
»Keine Ahnung«, antwortete ich müde.
»Und wer war nun am Telefon?«, fragte sie.
»Keine Ahnung, nichts verstanden«, antwortete ich noch müder.
»Ich habe Salat zum Abendessen gekauft«, sagte sie sanft. »Möchtest du noch etwas anderes außerdem?« Sie gab mir einen Kuss.
Ich mach's auch nie wieder, dachte ich, nie wieder! Ich Schwein. Ich Narr. Ich Narrenschwein.
»Ich… ach, ich bin doch nicht wichtig«, sagte ich leise.

Wenn du dann noch lebst ...

Hin und wieder fragt man sich: Was aus den Kindern mal wird? Ob sie etwas Ähnliches tun werden wie ihre Eltern – oder genau das Gegenteil? Ob Luis in vielen Jahren sagen wird: Tag für Tag sah ich, wie mein Vater sich quälte bei seiner Arbeit, wie er litt bei der Zusammenstellung der Buchstaben zu Wörtern, der Wörter zu Sätzen und der Sätze zu Texten, wie er sich, äh, wie sagt man: schund? schindete? schand? Na gut: plagen musste. Ob Luis also sagen wird: Weil ich das alles täglich mit ansehen musste, beschloss ich, etwas anderes zu werden, genau das Gegenteil.

Aber was ist das Gegenteil, von dem, was ich tue? Verleger? Medizinischer Bademeister? Finanzminister? Ich weiß nicht.

Jedenfalls verfügt mein Sohn über einen erfreulich ausgeprägten Erwerbssinn. Erst kürzlich traten wir in Verhandlungen über Taschengeld ein. Bisher hat Luis kein Taschengeld bekommen, nun geht er zur Schule – da sollte er eines erhalten, fand ich. Und er fand es auch.

»Wir geben dir einen Euro pro Woche«, sagte ich.

»Nein, ich will fünf Euro pro Monat«, sagte Luis.

»Das ist ungefähr genau dasselbe«, sagte ich, »bloß, dass du dann die ganzen fünf Euro gleich am Anfang des Monats ausgibst und den Rest der Zeit kein Geld mehr hast. Und dann wirst du immer außer der Reihe Geld haben wollen.«

»Ja«, sagte Luis.

»Aber das finde ich nicht gut«, sagte ich.

»Dann gibst du mir halt fünf Euro im Monat *und* einen Euro pro Woche«, sagte Luis.
So ging das. Wir konnten uns nicht einigen. Verhandlungen mit Luis sind immer äußerst schwierig und langwierig.
Aber auch ohne Taschengeld hat Luis sein Auskommen. Wenn wir zum Beispiel Besuch haben und um den Küchentisch sitzen, kommt unter Garantie bald der Luis herein, legt sich eine Serviette über den Arm, holt ein Schreibheft und sagt, er sei nun der Kellner – was man denn zu bestellen wünsche. Jemand bestellt ein Bier, da notiert Luis »1 Bir«, ein anderer bestellt »auch ein Bier«, da notiert Luis »auch 1 Bir«. Dann bringt er das Gewünschte und rückt sofort mit einer großen Tengelmann-Plastiktüte an, in die jeder das Geld für sein Bier werfen soll.
Jeden Euro setzt er sofort zum Kauf von Donald-Duck-Heften ein. Luis liest dermaßen viele Donald-Duck-Hefte, dass man allmählich befürchten muss, er verlasse diese Welt und werde selbst zu einer Comicfigur.
Zum Beispiel tut er nichts mehr, ohne ein Geräusch dazu zu machen. Läuft er von der Küche über den Flur in sein Zimmer, macht er »Ssssssst…«. Löffelt er Corn-Flakes aus seinem Schüsselchen, ruft er: »Ham! Ham!« Und wenn er mit seinen Legomännchen spielt, erfüllt sowieso eine Wolke von Tönen sein Zimmerchen: »Drrrrt, poing, wuiiitsch, padong, zong, aaaaaah!, bumbumbum…«
So geht das die ganze Zeit, und man wartet manchmal darauf, dass sich über seinem Kopf Sprechblasen bilden, in denen »Grübel, grübel« steht, wenn er Hausaufgaben macht, oder dass ihm langsam ein gelber Schnabel

wächst, oder dass es irgendwie »Tapp, Tapp« macht, wenn er langsam durch sein Zimmer geht.
Neulich hat Luis gefragt: »Papa, gibt es eigentlich wirklich Leute, die einen Geldspeicher haben und in ihrem Geld baden wie Dagobert Duck.«
»Nein«, sagte ich. »Aber es gibt Leute, die so reich sind, dass sie das tun könnten. Sie könnten sich einen Geldspeicher bauen, ihr Geld hineinfüllen und darin baden. Aber ich glaube nicht, dass jemand das wirklich tut.«
»Ach so«, sagte Luis.
»Aber wenn du mal groß bist und sehr reich wirst«, sagte ich, »dann kannst du das ja tun.«
»Ja«, sagte Luis.
»Vielleicht kann ich dich dann besuchen und auch mal reinspringen«, fügte ich hinzu.
»Ja, wenn du dann noch lebst«, sagte Luis.

Inhalt

Umschlag: Michael Sowa
Satz: Schuster & Junge, München
Druck und Bindung: Pustet, Regensburg
ISBN 10: 3-88897-459-3
ISBN 13: 978-3-88897-459-5
1 2 3 4 5 6 • 10 09 08 07 06

Die Geschichten in diesem Buch erschienen zuerst im Magazin der Süddeutschen Zeitung